Niel Hancock, Anfang vierzig, liebt Segeln und deutsche Motorräder. Er ist viel herumgekommen, fand es auf den karibischen Inseln am allerschönsten und lebt jetzt in Texas.

Von Niel Hancock ist bei Knaur außerdem der vierbändige Romanzyklus *Der Ring des Lichts* erschienen:

»Greyfax Grimwald« (Band 1230)
»Faragon Fairingay« (Band 1231)
»Calix Stay, der Große Fluß« (Band 1232)
»Der Kreis schließt sich« (Band 1233))

Deutsche Erstausgabe

Titel der Originalausgabe »Dragon Winter«

Umschlaggestaltung Adolf Bachmann, Reischach
Umschlagillustration Wang Siu-Ying
Illustration im Innenteil Johanna Nilsson
Satz Satzstudio H. D. Günther, Köln
Druck und Bindung Elsnerdruck, Berlin
Printed in Germany 5 4 3 2 1
ISBN 3-426-01364-9

NIEL HANCOCK
DRACHENWINTER

Roman

Aus dem Amerikanischen von Ingeborg Ebel

Knaur®

ISBN 3-426-01364-9 880

Für Beth,
die fortging und wiederkam.

Inhalt

Erster Teil – Sturmwarnungen

Zweiter Teil – Der Weg zu den Wasserfällen

Dritter Teil – Der Dornenwald

Vierter Teil – In Old Barks Reich

ERSTER TEIL

Sturmwarnungen

Johanna Nilsson

1. Das Ende des Sommers

Der Sommer neigte sich dem Ende zu, und ein kühler Wind ließ den nahenden Herbst ahnen, obwohl die Sonne schien und es noch warm war.
Überall im Wald bereiteten sich dessen Bewohner, große und kleine, auf die langen kalten Monate vor, wenn der Schnee alles zudecken und der Nordwind über die zugefrorenen Seen blasen würde.
Doch viele Zeichen deuteten darauf hin, daß der Winter diesmal sehr streng sein würde, und es kursierten Gerüchte, man müßte sich wahrscheinlich sogar auf Drachenschneestürme gefaßt machen, die keiner der Waldbewohner je selbst erlebt hatte, sondern nur aus alten Erzählungen kannte. Aber ein Drachenwinter war – darin stimmten alle überein – das Schlimmste, das überhaupt passieren konnte, und niemand redete gern darüber, was dieser gefürchtete Winter bringen könnte.
Das einzige Tier, das sich nicht von diesen Schauergeschichten beeindrucken ließ, war Bramble* Otter. Er lebte in einem behaglichen Bau am Rand des Rambling Pond**. Wenn seine Nachbarn ihm rieten, zusätzliche Holz- und Gemüsevorräte für diesen schrecklichen Winter anzulegen, wackelte er nur verächtlich mit den Ohren.
»Das ist doch kompletter Unsinn«, schnaubte Bramble abschätzig. »Alles nur Geschichten, die Frau Igel und Frau Bisamratte erfinden, um ihren Nachmittagstee amüsanter zu gestalten. Seit Jahrzehnten haben wir keinen Drachenwinter mehr gehabt. Ich frage mich, ob überhaupt noch jemand lebt, der einen kennengelernt hat.«
»Ein Drachenwinter ist etwas Schreckliches«, stöhnte Basil Bi-

---

* Brombeer- oder Himbeerstrauch ** Langgezogener Teich

ber. »Schlimmer als Eichenfäule. Die vergangenen Winter haben wir Glück gehabt. Bis jetzt sind sie immer sehr mild gewesen. Doch mein Onkel, der schon vor zwanzig Jahren starb, hat mir Geschichten über einen Drachenwinter erzählt, die er wiederum von seinem Vater gehört hatte. Die Tiere erfroren, sobald sie nur die Nase aus ihrem Bau steckten.«
Bramble schüttelte den Kopf.
»Das ist doch alles gelogen«, sagte er und wanderte in seiner Küche auf und ab, auf der Suche nach seinem Honiglöffel, den er schließlich fand. »Dein Onkel war sicher ein großer Märchenerzähler, und wir wissen doch alle, daß unsere Kleinen von Drachengeschichten geradezu fasziniert sind.«
Auch Basil schritt in der Küche beunruhigt auf und ab.
»Trotzdem. Es stimmt, was ich sage. Jeder glaubt, daß es wahr ist.«
Bramble nahm den Teekessel, der fröhlich über dem Feuer summte, goß zwei Becher voll ein, und stellte sie auf den grünen Küchentisch.
»Da. Und hier ist der Honig.«
»Warum glaubst du mir nicht, Bramble?«
»Wer hat gesagt, daß ich es nicht tue?« fragte der Otter. »Ich habe nur behauptet, es handelt sich dabei um Geschwätz und lauter Ammenmärchen.«
»Das bedeutet doch, du glaubst nicht daran.«
»Im Gegenteil. Nur möchte ich über diese Geschichten mit jemandem reden, der sich darin auskennt.«
Basil machte große Augen.
»Und wer wäre das? Granny* Dachs vielleicht?«
Bramble schüttelte langsam den Kopf.
»Sie kennt zwar den Wald und seine Bewohner. Doch über einen Drachenwinter weiß sie nichts. Dazu ist selbst sie nicht alt genug.«
»Ja, und wer könnte etwas darüber wissen?« fragte Basil.
»Ich denke, ich werde eine kleine Reise flußabwärts machen.

---

* Großmutter

Vielleicht kann ich dort Old Bark* finden. Falls überhaupt jemand etwas weiß, dann er.«
»Old Bark?« rief Basil erschrocken und verkleckerte fast den Honig, den er gerade in seinen Tee geben wollte.
»Old Bark«, wiederholte Branch** Otter ehrfürchtig, die den Lärm in der Küche gehört hatte und nachschauen kam, ob jemand von ihrem Brombeerkuchen naschte, den sie gerade gebacken hatte.
»Ja, Old Bark«, bekräftigte Bramble. »Er ist uralt, und ich habe ihn schon ein- oder zweimal unten am Fluß getroffen. Sein Fell ist fast silbern, und er ist doppelt so groß wie ein Eichenschößling.«
»Aber er ist gefährlich«, jammerte Basil und stellte seinen Becher scheppernd auf den Tisch.
»Da bin ich mir nicht so sicher«, lachte Bramble, »obwohl ich mir ganz sicher bin, daß er es gern hat, wenn man ihn dafür hält.«
»Frau Bisamratte hat gesagt, daß ihr Sam gesagt hat, daß Old Bark diese Elchkuh letzten Herbst gemordet hat, und nicht nur sie, sondern auch anderes Wild, das im Frühling in unseren Wald gekommen ist.«
»Vielleicht war der Täter ein Bär, aber nicht Old Bark«, entgegnete Bramble. »Seit vielen Jahren schon jagt er nicht mehr. Er ist zu alt für die Jagd und zieht jetzt Beeren und Wurzeln vor.« Bramble schüttelte entschieden den Kopf. »Nein, ich glaube nicht, daß es Old Bark war. Dafür ist jemand anders verantwortlich.«
Branch Otter, die ruhig neben ihrem Mann stand, rang nervös die Pfoten.
»Wann willst du zu dieser Reise aufbrechen?« fragte sie schließlich zögernd.
»Nicht nur ich werde mich auf den Weg machen, meine Liebe. Du und Bumble***, ihr kommt auch mit.«
Basil hielt sich erschrocken am Tisch fest.

---

* Altes Fell ** Nebenfluß *** Ein Spieler, der sorglos spielt

»Du kannst deine Familie doch nicht einer solchen Gefahr aussetzen, Bramble.«
Der Otter stand auf, stellte sich vor den Kamin und starrte einen Augenblick in die Flammen, ehe er antwortete.
»Sei wie es will, aber von Old Bark haben wir nichts zu fürchten. Nein, da kommt mehr auf uns zu, als nur ein sogenannter Drachenwinter. Ich bin mir ganz sicher. Und sollte ich recht haben, müssen wir alles über diese Bedrohung in Erfahrung bringen, ehe es zu spät ist.«
So sehr sie auch drängten, weder Branch noch Basil konnten mehr aus Bramble herausbekommen. Schließlich entschuldigte sich der Otter und ging in sein kleines gemütliches Arbeitszimmer. Dort trank er noch einen Becher Tee und sah lange durch das geöffnete Fenster. Er fragte sich, was diese seltsam geformten dunklen Wolken, durch die die Spätnachmittagssonne manchmal aufblitzte, wohl zu bedeuten hatten.
Schließlich riß er sich von dem Anblick los und ging zu der Fensternische, wo sein kleiner Schreibtisch stand. Er öffnete die oberste Schublade und entnahm ihr ein altes abgegriffenes Buch mit verblaßten goldenen Lettern auf dem Einband, die im warmen Sonnenlicht aufleuchteten.
Er seufzte tief und griff nach einem ziemlich abgenutzten Vergrößerungsglas, das er vom Staub reinigte. Dann setzte er sich und schlug bedachtsam das alte Buch auf.

2. Die alten Meister der Otterweisheit

In zierlichen Lettern stand dort der Titel:

Über bedeutende Ereignisse
oder
Ein Leitfaden für Otter

Darunter standen die Namen aller Otter, die in dieses alte Buch der Otterweisheit geschrieben hatten, das Bramble von seinem Vater geerbt hatte.

Orion Wasserläufer, Colder Seichtwasser, Shore Wiesenbach, Runner Sumpfteich, Greystone Grünbaum und Stolter Mühlenkraut.

Jene Otter waren die ersten, die in das Buch geschrieben hatten, und noch viele, viele Namen kamen nach ihnen, obwohl Bramble noch nie in der Lage gewesen war, deren zierliche Pfotenschrift zu entziffern. Außerdem hatte er es längst aufgegeben, selbst einmal in dieses alte Buch der Weisheit seine eigenen Abenteuer niederzuschreiben. Er wußte nur zu genau, daß der einfache Bericht über einen seiner Ausflüge zum großen Shelter Weir* nicht bedeutsam genug war, um in dem Buch erwähnt zu werden. Diese Geschichte hätte kaum eine Chance, neben Schilderungen von Drachenkriegen, Angriffen der Bergwölfe oder dem Bericht über die Entstehung der fernen Gewässer zu bestehen.

Branch hatte ihm oft aus diesem etwas beunruhigenden Buch vorgelesen und ihm dabei immer versichert, daß auch er eines Tages die leeren Seiten füllen werde, und seine Geschichte würde dann die aufregendste von allen sein.

Bramble zuckte mit den Schnurrhaaren und lächelte, dann wurde er traurig. In seinem Leben gab es nichts Außergewöhnliches, das sich mit den Abenteuern in dem alten Buch messen könnte. Er hatte früher einmal Gedichte geschrieben, doch da er seiner poetischen Begabung mißtraute, sie sorgfältig versteckt, damit niemand sie las.

Wie es schien, würde er eines Tages seinem Sohn Bumble das Buch mit denselben leeren Seiten übergeben müssen, die ihn nun vorwurfsvoll ansahen, als ob sie sagen wollten, daß sein Leben die ganze Würze verloren habe und alle Geheimnisse, die es barg – das Erwachen an einem Wintermorgen und die Vorfreude auf eine lange Rutschpartie mit der Nase voran den Hügel hinunter. Ja selbst auf den nächsten Sommer konnte er sich nicht mehr freuen.

---

* Waldsee

Bramble seufzte wieder, blätterte die leeren Seiten um und schlug die Stelle auf, wo Orion Wasserläufer den ersten Bericht über die Otter niedergeschrieben hatte.
Schon bald ließ Bramble sich von der Erzählung fesseln, und er war so begeistert, daß er ganz und gar vergaß, wer und wo er war. Er pfiff und zirpte so laut vor sich hin, daß Branch in das Arbeitszimmer kam, um zu sehen, ob alles in Ordnung war.
Die Verzauberung der Geschichte wich, und Bramble zwinkerte, wackelte mit den Ohren und blickte langsam – wie erwachend – um sich.
»Für einen Augenblick war ich wirklich dort«, sagte er schließlich und markierte die Stelle, wo er zu lesen aufgehört hatte. »Sie rüsteten sich gerade zum Kampf gegen die Drachen.«
Branch ging zum Schreibtisch und nahm das Buch.
»Ich habe so lange nicht mehr darin gelesen. Soll ich dir vorlesen?«
Bramble nickte. Er war von dem Vorschlag seiner Frau entzückt, weil er sich so näher ans Feuer setzen konnte. Und während er seinen Stuhl vor den Kamin rückte, rief er nach seinem Sohn Bumble, damit der auch zuhören konnte.
Noch ehe Brambles Stimme verklungen war, saß der kleine kräftige Kerl schon auf seines Vaters Schoß, zwitscherte mit hoher Stimme und streichelte mit einem kleinen Löffel das weiche Fell seines Bauchs.
»Sei jetzt endlich einmal still! Deine Mutter will uns über die Drachenkriege vorlesen.«
Bumbles Augen wurden kugelrund vor Neugier.
»Wir sollen doch einen Drachenwinter bekommen. Hat das etwas damit zu tun?«
»Es kursieren schon genug Gerüchte. Mit denen wollen wir uns nicht beschäftigen«, erwiderte Bramble. »Die Geschichten, die deine Mutter vorliest, sind wirklich geschehen. Doch was du von diesen dummen Gänsen aufschnappst, ist nur Unsinn. Aber einen strengeren Winter als gewöhnlich bekommen wir bestimmt.«
»Sollten wir uns nicht lieber um unsere Vorräte kümmern, als

hier zu sitzen und zu lesen?« fragte Branch und legte das Buch auf den Schreibtisch.
»Nein. Ich habe mir überlegt, daß wir vielleicht weiter südlich überwintern könnten. Ich spiele schon seit ein paar Tagen mit dem Gedanken. Wahrscheinlich ist es viel einfacher, dorthin zu reisen, als mühsam genügend Vorräte zu sammeln. Außerdem möchte ich mit Old Bark sprechen.«
»Old Bark!« rief Bumble und hüpfte ganz aus dem Häuschen auf seines Vaters Schoß auf und ab. »Er hat einen ganzen Wald aufgefressen und Frau Igels Rezepte gestohlen – das hat sie jedenfalls behauptet –, und ich weiß, daß er alle Tiere jenseits unseres Flusses getötet hat.«
»Was für ein Unsinn!« schnaubte Bramble verächtlich. »Er ist ein sehr erfahrener und weiser Bär und hat entschieden mehr Kenntnisse über den Drachenwinter als alle Tiere hier.«
»Oh! Und wann machen wir uns auf die Reise?« fragte Bumble und tobte ausgelassen durch das Zimmer.
»Ja, wann brechen wir auf?« fragte auch Branch neugierig. Ihr Interesse an der Lektüre war verflogen.
»Ich hätte schon eher mit dir darüber geredet, Liebes. Doch erst nachdem ich in dem alten Buch der Otterweisheit heute nachmittag gelesen habe, ist mir klargeworden, daß dieses Jahr etwas nicht stimmt. Ich gehe nicht so weit, von einem kommenden Drachenwinter zu sprechen, aber die Schwalben sind sehr früh aufgebrochen, und es gab auch keine Lachse im Fluß. Das alles ist seltsam. Bisher hat es immer Lachse gegeben. Und im letzten Drittel des Sommers waren überhaupt keine Zugvögel mehr hier. Warum? Wir haben doch wunderbare Gewässer und ein überreiches Angebot an Nahrung. Darüber mache ich mir schon eine Zeitlang Gedanken.«
»Du weißt doch, wie Zugvögel sind«, entgegnete Branch ohne Überzeugung. Sorgenvoll runzelte sie die Stirn.
»Wann machen wir uns auf die Reise?« fragte Bumble wieder, diesmal ziemlich laut.
»Sei still!« befahl ihm seine Mutter. »Wir gehen, wenn die Zeit dafür gekommen ist.«

»Und ich glaube, das wird schon bald sein«, sagte Bramble. »Der Fluß führt genug Wasser, und wir können Bending Willow* mit dem ersten Schnee erreichen. Von dort ist es nicht mehr weit bis zu Old Barks Höhle.«

»Dann bist du also entschlossen, mit ihm zu reden? Trotz Basils Warnung?«

»Ich habe keine Angst vor Old Bark«, erwiderte Bramble. »Ich fürchte etwas ganz anderes. Und ich glaube, er kennt diese Gefahren und könnte uns helfen.«

»Was hat dich auf den Gedanken gebracht?« fragte Branch.

»Ich weiß es nicht genau«, entgegnete Bramble zögernd. »Ich glaube, es fing mit der Ermordung des Wildes im letzten Frühling an. Und dann verschwand diese Bisamrattenfamilie spurlos. Niemand hat sie je wieder gesehen.«

»Du kennst doch Chappie** Bisamratte. Er ist immer ein Streuner gewesen. Daran ist gar nichts Ungewöhnliches.«

»Und Bernice konnte sehr gut schwimmen«, plapperte Bumble dazwischen. »Und sie balancierte Stachelbeeren auf ihrer Nase.«

Bramble ignorierte das Geplapper seines Sohnes.

»Ich kenne Chappie gut. Er war nie sehr seßhaft, aber er war Schlagmann bei den Ruderern, und selbst da ist er nicht mehr erschienen, obwohl er sich so auf die Regatta gefreut hat.«

»Ich glaube, den Bisamratten gefiel es einfach nicht mehr im Pine Hollow***. Sie wollten weiterziehen.«

»Glaub, was du willst, Liebes. Aber vergiß nicht, was die beiden Spatzen uns erzählt haben.«

»Ach, die wußten doch überhaupt nichts. Meiner Meinung nach haben sie nicht einmal die Bisamratten fortgehen sehen.«

Bramble schüttelte den Kopf, ehe er weitersprach.

»Nein, meine Liebe. Ich glaube, uns steht etwas weit Schlimmeres als ein Drachenwinter bevor. Und wir werden Old Barks Rat bitter nötig haben, wenn wir mit heiler Haut davonkommen wollen.«

---

* Die Trauerweiden ** Kerlchen *** Piniental

»Denkst du, jemand von den anderen wird uns begleiten?« fragte Branch.
»Basil vielleicht. Er hat im Augenblick nicht allzuviel zu tun. Und Oakstaff*.«
»Weder Basil noch Oakstaff gehen jemals fort. Ihr ganzes Leben haben sie an diesem Fluß verbracht.«
»Wir berufen morgen die Ratsversammlung ein, dann sehen wir ja, wer uns begleiten will.«
»Hoffentlich geht Cabbage** mit«, sagte Bumble.
Cabbage war der jüngste Sohn von Basil Biber.
»Wir werden während der Reise genug zu tun haben, um uns auch noch um diesen jungen Heißsporn zu kümmern«, entschied Bramble.
Er lächelte, obwohl er spürte, daß eine Bedrohung wie eine schwarze Wolke ihrer aller Dasein verdunkelte.

3. Granny Dachs

Die Tiere hatten sich in Granny Dachs' gemütlichem Wohnzimmer versammelt, sprachen leise miteinander und aßen Kekse zum Tee. Niemand von ihnen fühlte sich wohl, sie waren scheu und sehr höflich zueinander.
Es war lange her, seit sie zum letztenmal in diesem Wohnzimmer gesessen hatten. Damals hatten sie den alten Gruff*** Dachs in einem der tiefen, weitläufigen Tunnel seines Baus zur letzten Ruhe gebettet. Das war ein sehr trauriges und feierliches Ereignis gewesen.
Gruff war ihr aller Freund gewesen und eines Tages völlig unerwartet gestorben, während er in seinem Gemüsegarten arbeitete, auf den er immer so stolz gewesen war.
Granny hatte ihren Mann gefunden und schnell die anderen geholt, doch da war er schon tot. Bei Sonnenuntergang hatten sie

---

* Eichenstab ** Kohlkopf *** Griesgram

ihn mit süß duftenden Blumen bedeckt und zu seinem Grab getragen.
»Mein ganzes Leben habe ich in diesen Wäldern verbracht, und wenn die Stunde kommt, tut ihr mir sicher den Gefallen und tragt das, was von mir übrig ist, an den Ort, den ich schon seit langem vorbereitet habe, mitten im Herzen der Erde. Dort kann ich sicher und geborgen ruhen, bis zu dem Tag, wo ich wieder auferstehe und alles von neuem beginnt.«
Gruff Dachs wirkte immer etwas einschüchternd auf andere; er sprach von Dingen, die niemand verstand und schloß sich oft in seine Bibliothek ein, wo er seltsam geheimnisvolle Bücher las. Und Granny Dachs wirkte ebenso einschüchternd, wenn auch auf eine freundliche Art. Manche Tiere behaupteten sogar, sie rede jede Nacht mit Gruffs Geist und bringe ihm zu seinem Geburtstag Apfelkuchen.
Bramble Otter glaubte diese Geschichten nicht. Er wußte nur, daß Granny ebenso weise war, wie sie alt war, und er wünschte von ganzem Herzen, Gruff wäre nicht so plötzlich gestorben, denn er hätte den Rat dieses erfahrenen Dachses jetzt gut gebrauchen können.
Granny reichte noch einmal das Tablett herum, und jeder bediente sich.
Halbkreisförmig um das offene Feuer saßen Morley Bisamratte – ein entfernter Verwandter der Familie, die verschwunden war –, Branch und Bramble Otter, Basil Biber, Beryl Biber, seine Frau, Acorn* und Ash** Eichhörnchen und ein ziemlich verschrobener Maulwurf namens Stump***.
Granny Dachs saß in einem Lehnstuhl dicht am Kamin, eine Wolldecke auf den Knien. Sie setzte ihre Brille auf und sah jeden der Anwesenden prüfend an. Alle Blicke waren hoffnungsvoll auf sie gerichtet.
»Nun«, sagte sie – ihre tiefe Stimme klang durchdringend wie das Schmettern einer Trompete –, »wir haben uns heute abend hier versammelt, um eine wichtige Entscheidung zu treffen.«

* Eichel ** Esche *** Stumpf

Sie schwieg und sah Bramble an.
»Ihr alle kennt Bramble. Ich brauche ihn also nicht vorzustellen. Jetzt möchte ich ihn bitten, das Problem zu erläutern und uns zu sagen, wie wir am besten damit fertigwerden.«
Verlegen stand Bramble auf.
»Vielen Dank«, murmelte er. »Ich habe etwas mitgebracht, das ich euch allen zeigen möchte. Vielleicht wird mein Anliegen dadurch etwas verständlicher.«
Er nahm das alte Buch der Otterweisheit und legte es in Granny Dachs' Schoß.
»In diesem Buch steht geschrieben, daß von Zeit zu Zeit – den genauen Zeitraum kenne ich nicht – eine Periode der Gewalt und Not anbricht. Nicht nur in meinem Buch der Otterweisheit ist davon die Rede, sondern in allen anderen Büchern der Weisheit ebenfalls. Irgend etwas wird geschehen: Krieg, Tod und Verderben.«
Bramble schwieg, und alle Tiere murmelten betroffen.
»Aber, aber, alter Junge. Davon wollen wir nicht sprechen. Schließlich sind Damen anwesend«, sagte Acorn und runzelte ärgerlich die Stirn.
»Es liegt mir fern, die Damen beunruhigen zu wollen«, entgegnete Bramble. »Ich möchte euch nur sagen, daß sich in letzter Zeit in unserem stillen Wald ziemlich seltsame Dinge zugetragen haben. Und zwar mit besorgniserregender Regelmäßigkeit.«
»Ich glaube, ich weiß, was Bramble meint«, unterbrach ihn Basil. »Wir sind alle unserer Arbeit nachgegangen, anstatt mit ihm zu spielen. Und Bramble langweilt sich schrecklich, wenn er allein ist.«
»Ja, wir haben ihn vernachlässigt«, meinte Ash schmollend.
Bramble hob eine Pfote, und alle verstummten.
»Das hat überhaupt nichts mit unseren sommerlichen Vergnügungen zu tun. Nein, es geht um etwas, das mich wirklich erschreckt, und ich brauche bloß mein Buch der Otterweisheit aufzuschlagen und weiß, daß diese Dinge schon früher geschehen sind. Und immer wieder geschehen werden.«
»Das ist uns allen doch bekannt«, nörgelte Stump. »Es hat über-

haupt keinen Sinne, in diesen Büchern zu lesen, wenn du mich fragst.«

»Sei still, du Dummkopf«, sagte Granny zu dem Maulwurf, der zu aller Erstaunen über die Zurechtweisung lächelte, sich in seinen Stuhl zurücklehnte und genießerisch seinen Tee schlürfte.

»Natürlich hat es einen Sinn, Stump. Ich habe alle Berichte über Drachenwinter immer wieder gelesen.«

»Und was hast du erfahren? Daß dann eine klirrende Kälte herrscht? Und wieviel Holzvorräte wir anlegen müssen? Und welche Mengen an Essensvorräten?«

Morley überschüttete Bramble mit seinen Fragen, der ihn geduldig ausreden ließ.

»Es steckt viel mehr dahinter, als man auf den ersten Blick meint. Es geht um mehr als nur einen bitterkalten Winter oder Nahrungsmittelknappheit oder Mangel an Brennholz. Nein, auch von Überfällen und Mord ist die Rede, in die Menschen und die wilden Tiere des Nordens verwickelt sind. Und ich bin der festen Überzeugung, daß wir bereits einen Vorgeschmack von dem erlebt haben, was auf uns zukommt. Denkt nur an die Ermordung unserer Freunde letzten Frühling und an das Verschwinden der Bisamrattenfamilie letzten Sommer.«

Basil Biber stand ärgerlich auf und schritt aufgebracht hin und her, bis Bramble schwieg.

»Kompletter Unsinn, das alles! Wir wissen, wer die armen Elche umgebracht hat und wohin die Bisamratten gegangen sind. Das ist doch nur Geschwätz aus deinem dummen alten Buch. Mindestens die Hälfte von dem, was da drin steht, haben deine Vorfahren doch nur erfunden, um ihre Kinder zu beeindrucken.«

Er schwieg und sah sich beifallheischend im Kreis seiner Freunde um. Alle Tiere nickten zustimmend, obwohl sie ihre Augen vor Furcht und Erstaunen weit aufgerissen hatten.

Nur Granny Dachs blickte wie in Trance vor sich hin. Schließlich sprach sie.

»Bramble sagt die Wahrheit. Gruff wußte es, und ich weiß es auch. Diese Erzählungen sind keine Gute-Nacht-Geschichten für kleine Kinder. Gruff und ich haben Greystone Millweed* gut gekannt. Er war kein Tier, das beim Geschichtenerzählen übertrieb, sondern ein ernsthafter Bursche, und ich weiß, daß er viel Zeit in den verschiedensten Gebieten des Waldes zubrachte. Gruff erzählte mir einmal, daß er mit Greystone bei den Wasserfällen gewesen ist.«

Alle Tiere hielten bei der Erwähnung der Wasserfälle den Atem an – denn die Fälle markierten die absolute Grenze des Waldes und ihres Lebensbereichs. Nie hatte jemand von ihnen gewagt, dorthin zu reisen, denn in jenem Teil des Waldes lauerten schreckliche Gefahren.

Granny Dachs sprach weiter.

»Gruff und Greystone haben nie viel darüber gesprochen, was sie dort gesehen haben oder warum sie diese gefährliche Reise überhaupt machten. Gruff sagte nur, es würde eine Zeit kommen, wo wir unseren ganzen Mut brauchen würden. Das war alles.

Danach verschwanden die beiden oft länger als den halben Winter lang. Erkundungsreisen nannten sie das. Ausflüge, damit ihre alten Knochen nicht einrosten. Doch jedesmal, wenn sie zurückkehrten, schienen sie älter und betroffener geworden zu sein. Bis sie – schweren Herzens – ihre Reisen ganz aufgeben mußten.«

Granny blickte nachdenklich auf das alte abgegriffene Buch in ihrem Schoß.

»Greystone war Gruffs bester Freund. Die beiden waren wie Brüder, ihr Leben lang. Und ich weiß, daß alles, was Greystone in dieses Buch der Weisheit geschrieben hat, die reine Wahrheit ist.«

»Vielen Dank, Granny«, entgegnete Bramble und verneigte sich. »Mein Großvater war sicherlich ein höchst bemerkenswertes Tier. Und das mußte er sein, da er Gruffs Freund war.«

Die grauhaarige Dächsin lächelte und nickte zustimmend.

»Aber was hat das alles mit uns zu tun?« fragte Acorn. »Wir wissen, was für prachtvolle Kerle die beiden waren. Wie geht diese

---

* Graustein Mühlenkraut

Geschichte nun aus? Oder hat das alles mit diesen schrecklichen Dingen zu tun, von denen ihr gesprochen habt?«

»Diese schrecklichen Dinge sind schon geschehen«, entgegnete Bramble ernst. »Wir alle reden über den Drachenwinter, als handele es sich nur um einen Schneesturm, und darüber, das Feuer nicht ausgehen zu lassen oder ein undichtes Dach zu reparieren.«

»Ja, müssen wir denn diesen Tatsachen nicht ins Gesicht sehen?« fragte Beryl.

»Natürlich, das auch. Aber wichtiger ist, daß wir uns auf das Schlimmste gefaßt machen.«

»Und das heißt?« fragten Acorn und Ash wie aus einem Munde.

»Das heißt, daß der Wald schon seit geraumer Zeit voller Gefahren ist. Wir müssen uns einen Verteidigungsplan zurechtlegen, sonst finden wir uns unversehens im Bauch eines unbekannten Feindes wieder.«

Alle weiblichen Tiere, außer Granny, stießen laute Schreckensrufe aus.

»Das ist nun wahrhaftig übertrieben«, meinte Basil Biber ärgerlich. »Seit langem schon leben wir hier friedlich. Seit dieses plündernde Untier unseren Wald verlassen hat. Gegen diesen Rotluchs hätten wir sowieso nichts ausrichten können.«

»Aber die Gefahr ist da«, beharrte der kleine graue Otter. »Wir sollten alles zu unserer Verteidigung vorbereiten, und wir können Old Bark um Rat fragen. Es gibt nur wenige Raubtiere, die ihn nicht fürchten.«

Als der Name des großen Bären fiel, stießen alle weiblichen Tiere spitze Angstschreie aus. Erst nachdem Granny Dachs sich zu ihrer vollen Größe erhoben hatte und ruhegebietend in die Runde blickte, konnte Bramble weitersprechen.

»Der zweite Grund, warum wir heute abend hier zusammen gekommen sind, ist folgender: Wer begleitet mich auf der Suche nach Old Bark, damit er uns hilft?«

Nach diesen Worten fiel tödliches Schweigen über die Versammlung.

»Keiner von uns konnte Gruff oder Greystone jemals das Wasser reichen«, sagte Stump schließlich.
Der Maulwurf war aufgestanden und stand jetzt vor dem Feuer. Er war aufgebracht und verwirrt.
»Doch sei es wie es sei: Bramble hat nur etwas ausgesprochen, was wir insgeheim alle längst schon wußten, uns aber nicht eingestehen wollten. Ja, das sind wirklich unerfreuliche Nachrichten.«
Protestgemurmel wurde laut, und Ash Eichhörnchen rutschte auf ihrem Stuhl hin und her, so als hätte sie vor, gleich aufzustehen und zu gehen. Ein Blick von Granny beruhigte die Tiere, und nachdem Stump sich laut geräuspert hatte, sprach er weiter.
»Ich brauche nicht in irgendeinem gelehrten Buch zu lesen, um zu wissen, daß sich irgendwer an meinem Spinat und meinen Tomaten gütlich getan hat. Dieses bißchen gönne ich jedem, der hungrig ist. Aber was diesen Sommer passiert ist, geschah aus reiner Zerstörungswut, das war Vandalismus. Keine Pflanze blieb stehen, alles wurde ausgerissen, scheinbar grundlos.«
»Mein ganzes Gemüse ist auch verschwunden«, sagte Beryl. »Und ich glaubte, die Wanderratten wären dafür verantwortlich.«
Branch und Ash kicherten, doch Stump warf ihnen einen so bösen Blick zu, daß sie schnell verstummten.
»Vor den Wanderratten brauchen wir uns nicht zu fürchten«, schnaubte er wütend. »Diese armen Wesen haben genug mit sich selbst zu tun. Nein, die Kreaturen, von denen ich spreche, haben sich heimlich in der Dunkelheit der Nacht, während wir schliefen, in unsere Gärten geschlichen, um uns unserer dringend benötigten Wintervorräte zu berauben.«
In Acorns Augen blitzte es verstehend auf.
»Du glaubst also, das hat jemand mit voller Absicht getan?« fragte er vorsichtig und hob eine Braue.
»Ich weiß wirklich nicht, wie ich mich deutlicher ausdrücken soll, du pluderschwänziger Baumhüpfer«, entgegnete der Maul-

wurf. »Außerdem habe ich Gerüchte gehört, daß sich in unserem Wald jetzt Menschen herumtreiben sollen.«
Bei diesen Worten quiekten Beryl und Ash laut und bedeckten ihre Augen mit den Pfoten.
»Es hat überhaupt keinen Zweck, vor diesen Tatsachen wie ein Strauß den Kopf in den Sand zu stecken«, sagte Stump mürrisch. »Heutzutage ist es nichts Ungewöhnliches mehr, auf Menschen zu treffen.«
»Sie sind es also, die unsere Ernten vernichten und für das Verschwinden meiner Verwandten verantwortlich sind«, konstatierte Morley.
»Vielleicht«, meinte Stump. »Doch eigentlich glaube ich es nicht. Mein Garten war schon verwüstet, ehe ich auch nur von Menschen hörte.«
»Wer hätte es dann gewesen sein können, Stump?« fragte Basil. »Wir haben auf unserem Territorium keine Fremden gesehen.«
»Dieses Pack würden wir auf unseren Streifzügen auch nicht antreffen«, entgegnete Stump leise.
Er sah jeden der Versammelten an und sprach dann weiter.
»Das waren die Mörderwölfe aus dem Nordland.«
Eine Teetasse zerbrach laut klirrend auf dem Fußboden, dann herrschte Schweigen.
Schließlich ergriff Bramble Otter das Wort.
»Vielen Dank, Stump. Ich bin genauso wie alle anderen überrascht, von den Mörderwölfen zu hören. Doch von der Zerstörung unserer Gärten habe ich gewußt.«
»Das mit den Wölfen habe ich allein herausgefunden«, sagte Stump.
»Wie konnten sie nur bis hierher vordringen, ohne daß wir sie entdeckten?« fragte Basil. »Wir hätten doch zumindest ihre Spuren finden müssen.«
Granny beantwortete Basils Frage, obwohl der Biber sie an Stump gerichtet hatte.
»Gruff und Greystone machten einmal während einer ihrer Reisen die Bekanntschaft eines dieser Untiere. Ein ziemlich übler Bursche, sagte Gruff, und sie hatten Mühe, mit dem Leben da-

vonzukommen. Natürlich kleidete er das Erlebnis in eine amüsante Geschichte, aber Greystone erzählte mir später, daß nur der Fluß sie vor dem sicheren Tod bewahrte. Gruff machte sich nie viel aus Wasser, aber an diesem Tag schlug er sogar Greystone, dessen Element ja schließlich das Wasser war, im Schwimmen. Und wie es scheint, mögen diese üblen Burschen das Wasser noch weniger.«

»Du meine Güte«, stammelte Ash. »Ich habe die beiden Kleinen ganz allein zu Hause gelassen. Am besten gehe ich gleich und sehe nach ihnen.«

Sie stand auf, ihre Stimme zitterte.

»Ich begleite dich«, bot Branch ihr an und folgte dem verängstigten Eichhörnchen aus dem gemütlichen Zimmer. Dann drehte sie sich um und lächelte Bramble beruhigend zu.

»Wenn wir nach den Kindern geschaut haben, komme ich sofort zurück«, sagte sie und ging.

Morley Bisamratte trommelte nervös mit den Pfoten auf die Armlehnen seines Sessels.

»Glaubst du, diese Mörderwölfe sind am Verschwinden meiner Verwandten schuld?«

»Mit größter Wahrscheinlichkeit«, erwiderte Stump knapp. »Vielleicht tauchten sie an einem Nachmittag gerade zur Teestunde auf, oder irgend jemand warnte deine Verwandten, daß die Untiere in der Nähe waren, und sie entschlossen sich zu fliehen. Gegen diese Bestien haben Bisamratten nicht die geringste Chance.«

»Und wir auch nicht«, sprach Basil weiter. »Ich habe einfach haarsträubende Geschichten über sie gehört.«

»Die wohl kaum stimmen dürften«, fiel Granny ihm ins Wort. »Aber sie sind ziemlich gefährlich. Vor allem, wenn sie in Rudeln auftreten. Falls es sich bei uns überhaupt um Mörderwölfe handelt, dürften es nicht mehr als einer oder zwei sein.«

»Ich kann Stump nur zustimmen«, meinte Bramble. »Meine Nachforschungen stimmen genau mit dem überein, was in meinem Buch der Otterweisheit steht. Jedesmal zu Beginn eines Drachenwinters kriechen diese Wölfe aus ihren Verstecken und machen sich überall breit. Normalerweise leben sie in den nördlichen Regionen und ernähren sich von alten und kranken Tieren. Doch während eines Drachenwinters erstirbt dort jedes Leben wegen der klirrenden Kälte, und sie sind gezwungen, weit nach Süden zu wandern. Mein Großvater sprach einmal von einem Rudel Wölfe, so groß, daß er fast eine Stunde brauchte, um sie zu zählen. Sie bewegten sich nur nachts fort, und er sah sie, als er vom Fluß kam. Glücklicherweise konnte er sich im Schilf verstecken, wo sie ihn nicht entdeckten. Sonst könnte ich euch heute die Geschichte auch nicht erzählen. In jener Nacht war Vollmond, und das Rudel schien ihm wieder der Silberne Tod, der über die Hügel streicht, sagte er. Schon damals durchquerten sie unsere Wälder, und obwohl viele Tiere darin lebten, griffen sie niemanden an. Wahrscheinlich hofften sie auf noch reichere Beute weiter südlich.«

»Meine Mutter hat mir dieselbe Geschichte erzählt«, sagte Granny. »Ich war damals noch sehr klein und versteckte mich vor Angst in dem hintersten Eckchen unseres Baus, jedesmal, wenn von den Mörderwölfen gesprochen wurde. Gruff hätten sie fast erwischt. Zeit seines Lebens behielt er eine häßliche Narbe als Erinnerung an jene Nacht an seiner Hinterhand zurück, weil ihn einer der Wölfe gebissen hatte.«

Stump räusperte sich wieder laut.

»Nun, das ist ja alles schön und gut, und wir könnten noch stundenlang Geschichten erzählen, aber es bringt uns nicht weiter. Wir haben weder unser Problem gelöst noch entschieden, wer Bramble auf seiner Suche nach Old Bark begleiten soll.«

»Ich würde gern mitgehen, wenn ich noch genug Kraft für eine so lange Reise hätte«, sagte Granny. »Gruff hätte sich mit Freuden auf ein solches Abenteuer eingelassen, da bin ich sicher.«

»Wie kann man bei solchen Unternehmungen überhaupt von einem Abenteuer sprechen?« meinte Basil ziemlich scharf. »Wahrscheinlich würde sich jemand hier freuen, wenn Bramble in die Fänge der Wölfe geriete, anstatt von diesem verräterischen Bären gefressen zu werden.«

»Du redest, wie du es eben verstehst, Basil Biber«, wies Granny

Dachs ihn zurecht. »Wir alle haben nur blutrünstige Geschichten über den armen Old Bark gehört und glauben jedes Gerücht, das an unsere Ohren gedrungen ist. Vor allem, wenn es uns in den Kram paßt.«
Sie schwieg und stellte ihre Teetasse geräuschvoll ab.
»Gruff sprach immer nur mit höchster Ehrerbietung von Old Bark; und er und Greystone liebten den alten Knaben.«
»Selbst wenn er uns nichts Böses antun will, von welchem Nutzen könnte er für uns sein?« fragte Morley. »Er muß doch schon uralt sein.«
»Wohl kaum«, entgegnete Bramble. »Natürlich sind seine Schnauzhaare schon grau, und er hat viele Winter gesehen, aber gerade deshalb wollen wir ja mit ihm reden. Nur er kann uns helfen, einen Drachenwinter lebend durchzustehen.«
»Wäre es nicht einfacher, genügend Vorräte anzulegen und schön warm beim Feuer zu sitzen? Greystone hat doch gesagt, daß diese Wölfe alle wieder verschwunden sind. Wir brauchen also nur unsere Nasen nicht vor die Tür zu stecken, dann greifen sie uns auch nicht an.«
»Das wäre zu schön, um wahr zu sein, Acorn. Aber ein Drachenwinter ist derart streng, daß unsere Vorräte und das Holz schnell aufgebraucht sein werden, und dann sind wir gezwungen, unsere Behausungen zu verlassen. Eine Gelegenheit, auf die die Wölfe nur warten.«
»Können wir denn nicht alle weiter nach Süden ziehen?« fragte Morley.
»Daran habe ich auch schon gedacht«, entgegnete Bramble. »Es schien mir ein guter Plan, falls wir keinen anderen Ausweg haben. Aber ein Drachenwinter ist derart streng, daß wir viel weiter als bis zu den Wasserfällen gehen müßten. Und um dieses Ziel zu erreichen, hätten wir schon zu Beginn des Sommers aufbrechen müssen.«
»Hinter den Wasserfällen gibt es nichts mehr«, stieß Acorn zwischen zusammengebissenen Zähnen hervor.
»Nein, nichts, das dich interessieren könnte, Acorn«, tadelte ihn Granny.

Das Eichhörnchen schwieg verstimmt.
»Ich glaube, unsere Gastgeberin will uns klarmachen, daß wir unser Problem nicht lösen, indem wir einfach davonlaufen. Ich gebe zu, der Gedanke, woanders zu überwintern, erschien mir anfänglich auch verführerisch.«
Bramble schwieg einen Moment und blickte versonnen in seine Teetasse.
»Nach unserer Besprechung heute, scheint es mir jedoch eher gefährlich, eine solche Reise zu unternehmen, wenn wir nicht einmal wissen, wie weit wir überhaupt gehen müssen und welche Gefahren auf uns lauern.«
»Glaubst du denn, daß wir jetzt schon bedroht sind?« fragte Basil.
»Stump behauptet es«, sagte Bramble einfach.
»Stump denkt immer nur an Tod und Verderben. Ich hätte gern den *Beweis*, daß wir wirklich bedroht werden. Allein die Tatsache, daß ein paar Wanderratten sich aus unseren Gärten bedient haben, genügt mir nicht.«
»Das waren keine Wanderratten«, brauste Stump auf. »Nicht mit diesen Pfotenabdrücken so groß wie Bratpfannen. Jedenfalls kenne ich keine Wanderratte von dieser Größe.«
»Wenn wir aber nun nicht weiter nach Süden ziehen, was können wir dann tun?« wandte Acorn ein, der immer betroffener wurde.
»Wir können Hilfe suchen, so wie ich es vorgeschlagen habe«, sagte Bramble.
»Und das ist bei weitem der klügste Vorschlag«, stimmte Granny zu. »Einen Feind, den man nicht kennt, kann man nicht bekämpfen.«
»Ich warte noch immer auf eine Antwort«, sprach Bramble weiter. »Ist jemand unter euch, der mich begleitet, damit wir bei unserem Freund Hilfe suchen können?«
Stump sah erst Bramble, dann die anderen pfiffig an.
»Es scheint, als würden nur wir beide übrig bleiben«, sagte er schließlich nach langem Schweigen.
Bramble schüttelte traurig den Kopf.

»Ich verstehe euch schon. Ich kann von niemandem verlangen, sein sicheres Heim aufzugeben. Trotzdem hoffe ich, daß ihr alle begriffen habt, in welch großer Gefahr wir uns befinden und daß wir ohne gegenseitige Unterstützung alle nicht mehr lange leben werden.«
Bramble machte eine Pause, da stürmte Branch atemlos in das Zimmer.
»Sie sind dagewesen«, keuchte sie, die Augen vor Schreck weit aufgerissen.
»Wer?« riefen alle Tiere im Chor, sprangen auf und eilten zu der zitternden Branch.
»Die Wölfe! Sie haben unser Kartoffelfeld zertrampelt und die Winterkarotten vernichtet. Und sie haben die Honigvorräte gestohlen und die Bienenstöcke zerstört.«
»Woher weißt du, daß es die Wölfe waren?« stieß Bramble hervor.
»Ich habe sie gesehen!« rief Branch schluchzend.

5. Draußen vor dem Küchenfenster

Es herrschte ein solches Geschrei und Durcheinander, daß Stump schließlich auf den Kaminsims kletterte und mit der ganzen Kraft seiner Lungen schrie, bis die Tiere sich endlich beruhigten.
Bramble hatte Granny in die Küche geleitet und ihr einen heißen Holundertee zubereitet, damit sie ihre Fassung wiedergewinnen konnte. Sie war es gewohnt, allein zu leben, und nicht in der Lage, mit ihren aufgebrachten Gästen in ihrem Wohnzimmer fertig zu werden.
Dann kam Branch, gefolgt von der hysterischen Beryl Biber und dem ununterbrochen redenden Basil, in die Küche.
»Hör zu, Bramble. Du willst doch jetzt nicht mehr an deinem Plan festhalten und abreisen, wo diese Bestien bereits vor unseren Türen lauern? Wir müssen sie irgendwie vertreiben.«
Stump, der jetzt auch in die Küche gekommen war, reichte Basil einen Schürhaken und lächelte sein schiefes Lächeln.

»Da, nimm das, alter Knabe. Zieh ihnen damit eins über den Schädel und frag sie, ob sie dann noch Lust haben, hierzubleiben.«
»Du hast überhaupt keinen Grund, Witze zu machen«, schimpfte Basil und gab Stump den Schürhaken wütend zurück.
»Wir brauchen sie nur zu fragen«, sprach Stump weiter. »Ich bin sicher, sie verstehen uns. Außerdem sind sie nicht so gierig, daß sie unser Gemüse und unseren Honig essen. Sie warten nur auf einen hungrigen Biber, das ist ein wahres Festmahl für sie.«
»Ach, halt den Mund, Stump!« mischte sich Acorn ärgerlich ein. »Du machst jetzt deine Späße, aber ich möchte dich einmal sehen, wenn diese verdammten Biester vor deiner Tür sitzen.«
Stump grinste noch mehr.
»Wahrscheinlich werde ich sie fragen, ob sie schon Tee getrunken haben. Wenn nicht, zeige ich ihnen mein neues Teeservice.«
Er machte eine Bewegung, als würde er kochendes Wasser über einen imaginären Mörderwolf schütten.
»Das sagst du jetzt. Doch deine Geschichte würde ganz anders klingen, wenn du den heißen Atem eines dieser Untiere in deinem Nacken spüren würdest oder seine schrecklichen rotglühenden Augen dich anstarrten«, sagte das Eichhörnchen aufgebracht.
Stump wandte sich an Bramble.
»Der Junge hat eine blühende Phantasie. Er wird sicher bald seine eigenen Bücher schreiben.«
Granny Dachs hatte sich wieder erholt. Jetzt hob sie ihre altersgeschwächte Pfote und bat um Ruhe. Alle Tiere schwiegen.
»Wie ihr wohl wißt, ist es mir in den letzten Monaten gesundheitlich nicht sehr gut gegangen. Entschuldigt bitte, daß ich mich wie ein junger Dachs aufgeführt habe. Doch jetzt fühle ich mich wieder wohl, und ich denke, wir sollten einen Plan schmieden, wie wir uns am besten verteidigen können.«
»Zuerst müssen alle Tiere sich versammeln«, erklärte Bramble. »Nur Einigkeit macht stark. Und wir sollten alle unsere Wintervorräte in einem gemeinsamen Keller lagern.«
»Wie sollen wir das denn anstellen, wenn die Wölfe schon da sind?« fragte Acorn.

»Das dürfte nicht allzu schwierig sein«, antwortete Stump. »Die Wölfe sind vor Sonnenuntergang nicht sehr aktiv. Und Grannys Bau hat viele Ausgänge, die nicht weit entfernt von unseren eigenen Behausungen münden.«
Granny nickte zustimmend.
»Diese Tunnel wurden vor langer Zeit gegraben«, erklärte sie. »Unser Bau war einer der ersten hier im Wald. Es müßte sogar noch eine Karte der Tunnel existieren, irgendwo in Gruffs Bibliothek.«
»Hast du die Wölfe genau sehen können?« fragte Morley Branch.
»Genau genug, um zu Tode erschrocken zu sein. Ash hat sich mit ihren Kindern im Baum versteckt, und ich glaube nicht, daß die Wölfe mich gesehen haben. Ich habe zur Vorsicht einen Umweg am Flußufer entlang gemacht.«
»Wie viele waren es?« fragte Bramble.
»Das kann ich wirklich nicht sagen«, entschuldigte sich seine Frau. »Doch ich habe mindestens drei oder vier gesehen, die aus Beryls Gemüsegarten kamen, und zwei oder drei weitere trieben sich bei den Bienenstöcken herum.«
»Also sieben«, murmelte Bramble. »Kein Rudel, aber genug, um uns in ernsthafte Schwierigkeiten zu bringen.«
»Und was können wir jetzt tun?« jammerte Acorn schrill und schlug heftig mit dem Schwanz.
»Erst einmal müssen wir Ruhe bewahren«, sagte Granny. »Im Augenblick sind wir sicher. Kopflose Pläne haben noch nie zu etwas geführt. Im Gegenteil, sie endeten immer in einer Katastrophe.«
»Gut gesprochen, Granny«, stimmte Stump ihr zu.
»Wo ist Bumble?« fragte Bramble seine Frau.
»Er ist mit Cabbage zum Willow Pond* gegangen. Sie wollten dort nach Wasserkäfern suchen«, sagte sie und schlug dann erschrocken eine Pfote vor ihre Schnauze. »Sie sollten eigentlich zum Abendessen zurück sein.«
Brambles Augen verfinsterten sich.

* Weidenteich

»Und der Teich liegt gerade an dem Weg, wo du die Wölfe gesehen hast.«
Basil war aufgesprungen; er stand schon an der Tür.
»Wo willst du denn hin?« fragte Bramble seinen Freund.
»Sie warnen«, antwortete der Biber und öffnete die Tür.
Bramble bedeutete ihm, noch einen Moment zu warten.
»Warte. Vielleicht finden wir eine Hintertür. Wahrscheinlich beobachten die Wölfe unsere Behausungen. In unseren Gärten scheinen sie sich ja bereits gut auszukennen.«
»Aber unsere Jungen!« flehte Basil.
»Ich weiß. Bumble ist ja schließlich auch draußen. Doch wir helfen ihnen kaum, wenn wir sie finden und zu Tode erschrekken. Außerdem gefällt mir der Gedanke nicht, da herumzulaufen, wenn die Wölfe in der Nähe sind.«
»Bumble und Cabbage sind allein und ohne Schutz«, wehklagte Branch. Ihre Augen füllten sich mit Tränen.
»Ihr haltet sie wohl alle für ausgemachte Dummköpfe«, meinte Granny, und alle Blicke richteten sich auf sie.
»An den schlauen Burschen werden sich die Mörderwölfe ganz schön die Zähne ausbeißen. Die beiden Kerlchen haben mich oft besucht, ich kenne sie, und es würde mich wundern, wenn sie diesen Wölfen keine Falle gestellt hätten.«
»Sie wissen, wie sie sich zu verhalten haben«, versicherte Bramble.
»Vielleicht hast du recht«, meinte Basil und schloß die Tür wieder. Dann ging er zum Fenster, zog den frischgestärkten Vorhang beiseite und spähte zum Eingang.
Draußen schien die späte Nachmittagssonne, doch es wurde kühl, weil ein Nordwind aufgekommen war. Nichts, außer den herbstlich buntgefärbten Bäumen, deren Blätter im Wind raschelten, war zu sehen.
Dann entdeckte Basil eine Bewegung in einem entfernter stehenden Beerengesträuch, doch er atmete erleichtert auf, als er merkte, daß nur der Wind die Zweige bewegt hatte. Sein Herz war fast stehengeblieben, denn an diesem Strauch wuchsen Cabbages Lieblingsbeeren, und einen schrecklichen Moment lang

glaubte er seinen rundlichen kleinen Sohn glücklich den Pfad heruntertollen zu sehen, von sieben mordlüsternen Wölfen bedroht.
Ihn schauderte, dann wandte er sich an Bramble.
»Schnell. Wir wollen diesen unterirdischen Gang ausfindig machen, ehe es zu spät ist.«
»Bumble und Cabbage sind noch nie pünktlich zu Hause gewesen«, beruhigte ihn Bramble. Doch sobald er ausgeredet hatte, merkte er, daß er mit seinen Worten eher sich selbst als seinen Freund trösten wollte.
Er wußte, daß Basil recht hatte. Wenn die beiden Burschen nicht zum Abendessen auftauchten, konnten sie sehr gut bis Mitternacht ausbleiben.
Granny zeigte Bramble, wo er nach der Karte suchen mußte, und nach kurzer Zeit hatten er und Basil einen Plan gefunden, auf dem ein unterirdischer Gang eingezeichnet war, der fast bis zum Ufer des Willow Pond reichte.
Bramble wollte Granny gerade die Karte zeigen, damit sie ihnen den Weg zum Eingang des Tunnels weisen konnte, als aus der Küche erneut erregtes Stimmengewirr zu hören war.
»Was ist denn nun schon wieder los?« stöhnte Basil und eilte aus der Bibliothek, gefolgt von seinem Freund.
»Wahrscheinlich weitere Neuigkeiten«, entgegnete Bramble.
»Als ob wir nicht schon genug davon hätten«, sagte Basil verdrießlich, »und alles schlechte.«
»Vielleicht diesmal nicht«, meinte Bramble, denn er hatte unter all dem Lärm eine vertraute Stimme gehört und stürmte in die Küche.
»Bumble!« rief er. »Cabbage!«
»Ja, Sir«, sagte der knubbelige kleine Otter und senkte den Kopf. Plötzlich im Mittelpunkt des Interesses zu stehen, verwirrte ihn. Cabbage saß zufrieden auf einem kleinen dreibeinigen Stuhl und knabberte dankbar an Grannys Teegebäck.
Basil schoß auf seinen Sohn zu und polterte: »Woher seid ihr beiden gekommen?« Seine Stimme zitterte noch vor Sorge und gleichzeitiger Erleichterung.

»Durch Tante Branchs Gemüsegarten«, antwortete der kleine Biber.
»Ihr seid also einfach so in der Gegend herumspaziert?« brüllte Basil.
Cabbage hörte auf zu essen und nickte.
»Wir fanden ein paar tolle Lilien«, fügte er hinzu und nahm noch einen Keks.
Nur unter großer Anstrengung konnte Branch sich beherrschen, ihren kleinen Sohn nicht in die Arme zu nehmen, doch Bramble schüttelte den Kopf und hielt ihre zitternde Pfote.
Bumble blickte auf.
»Ein paar seltsame Dinge sind da draußen schon passiert«, sagte er schließlich leise.
»Seltsame Dinge?« fragte Granny.
»Nun, wir hörten so ein komisches Schnaufen. Wie jemand, der lange geschwommen und dann außer Atem ist. Doch wir haben am Teich und auch anderswo niemanden gesehen.«
»Vergiß das Knurren nicht«, fügte Cabbage hinzu und putzte sich Kekskrümel vom Schnäuzchen.
»Was für Knurren?« fragte Morley.
»Lautes Knurren«, antwortete Bumble.
»Wissen sie es schon?« fragte Stump.
»Was?«
»Siehst du, Bumble, wir haben uns alle um dich und Cabbage ein wenig Sorgen gemacht, weil sich auf unserem Territorium Plünderer herumtreiben.«
»Du meinst, dieser Rotluchs ist zurückgekehrt?« rief Cabbage.
»Nein. Viel schlimmer. Aus irgendeinem Grund sind Mörderwölfe hier.«
»O Mann!« schrie Bumble. »Etwa die, über die Greystone immer in seinen Büchern geschrieben hat?«
»Ich kann nicht verstehen, warum du dich darüber freust«, schimpfte Branch. »Uns gefallen diese Eindringlinge aus dem Norden überhaupt nicht.«
»Wer hätte gedacht, daß die Suche nach Wasserläufern so aufregend wird«, meinte Cabbage.

»Ihr beiden, jetzt hört mir mal zu«, grollte Basil. Doch er war nicht sehr streng, denn die Erleichterung, jetzt seinen Sohn in Sicherheit zu wissen, stimmte ihn milde. Innerhalb eines einzigen Nachmittags hatte das Erscheinen der Mörderwölfe den Frieden und die Ruhe der Freunde gestört, und sie mußten alle ihre Pläne für die kommende kalte Jahreszeit ändern. Nicht einmal der Drachenwinter war das Schlimmste, dem sie ausgeliefert waren, sondern diese schrecklichen Wölfe, von denen behauptet wurde, sie wären so groß wie Bäume.

»Dürfen wir sie uns anschauen, diese Wölfe?« fragte Bumble.

»Ganz gewiß nicht«, schnauzte Branch ihn an.

»Ach, ich habe schon gewußt, daß wir keinen Spaß haben würden. Es sind ja nur ein paar alte Wölfe.«

»Ja, und sie sind so hungrig, daß sie auch alles und jeden fressen«, warnte Morley.

»Vor allem vorlaute Bürschchen mit schlechten Manieren«, fügte Granny hinzu. »Ab mit euch beiden zum Waschbecken und reinigt eure Pfoten. Ich mag keine Marmeladeflecken auf meinem sauberen Tischtuch.«

Die beiden gehorchten.

Bumble hatte mit der Pumpe frisches Wasser ins Waschbecken gepumpt, und Cabbage wusch sich schon die Pfote, als Bumble einen Blick durchs Fenster warf.

Und da blickte er in die eiskalten Augen eines großen grauen Wolfes, dessen Lefzen gebleckt waren und tödliche weiße Fänge enthüllten. Aus seinem Maul tropfte gelblicher Geifer.

Bumble schrie auf, und schon eilten Stump und Bramble zum Fenster und schlossen die inneren Läden.

Ein markerschütterndes Geheul war jetzt zu hören und wurde weiter entfernt von anderen Wölfen beantwortet.

Dieses grausam blutrünstige Geheul ließ die Luft erzittern, und die Tiere starrten das Fenster voller Todesangst an. Die Innenläden klapperten in ihren Angeln, und sie hörten, wie die Fensterscheiben klirrend zerbrachen.

Bramble war zur Tür geeilt und hatte sie verriegelt. Kaum eine Sekunde später erzitterte das dunkelgrün gestrichene Holz unter fürchterlichen Schlägen, und wutentbrannte Schreie tobten durch den Nachmittag.

»Ich meine, du hättest gesagt, daß sie nur nachts aktiv werden«, sagte Basil mit bebender Stimme.

»Jedenfalls wird es behauptet«, erwiderte die Bisamratte.

»Ich glaube, die Burschen haben ziemlich großen Hunger«, sagte Stump. »Normalerweise führen sie sich nicht so auf. Jedenfalls nach dem, was ich über sie gelesen habe.«

»Warum sind sie denn jetzt da draußen?« fragte Beryl weinend. Sie umklammerte ängstlich ihren Sohn, der sich aus ihrer Umarmung zu befreien versuchte.

»Sie sind ausgehungert und wissen, wo ihre nächste Mahlzeit zu holen ist«, entgegnete Stump, lächelte schief und deutete auf sich.

»Und was können wir dagegen machen?« jammerte Acorn. »Und was ist mit Ash und den Kleinen? Sie sind ganz allein in ihrem Bau und wissen nicht, wie es uns geht.«

»Schürt das Feuer!« befahl Granny.

»Was sollen wir tun?« fragten Morley und Acorn wie aus einem Mund.

»Schürt das Feuer. Im Vorratsraum liegt Holz genug. Und setzt den großen Kessel auf.«

»Wie kannst du nur jetzt an Tee denken!« sagte Beryl vorwurfsvoll. Nervös rang sie die Pfoten.

»Mir fiel nur gerade ein, was Stump gesagt hat«, entgegnete Granny. »Es hatte doch etwas mit dem Nachmittagstee zu tun, obwohl diese Einladung denen da draußen kaum schmecken wird.«

Stump machte große Augen.
»Du willst also die Tür öffnen«, brachte er schließlich hervor.
»Ganz recht. Wir werden die Burschen einladen, sich ein bißchen bei uns aufzuwärmen. Sie müssen ja bis auf die Knochen durchgefroren sein, weil sie immer in dieser Kälte leben müssen.«
»Wir dürfen die Tür auf keinen Fall öffnen, Granny«, rief Morley. »Sie werden uns in Null Komma nichts verschlingen.«
»Nein. Das kochende Wasser wird sie schon aufhalten.«
Ganz langsam hatte Bramble erkannt, welch schlauen Plan sich die alte Dächsin da ausgedacht hatte.
»Es könnte klappen, Granny. Vielleicht ist es die Lösung.«
»Aber sie sind doch zu sechst oder gar sieben!« wandte Basil ein.
»Das spielt keine Rolle. Wir sind hier so lange gefangen, bis es uns gelingt, wenigstens vorläufig die Eindringlinge zu vertreiben. Erst dann können wir darüber nachdenken, wie wir sie endgültig loswerden.«
»Oder weiter nach Süden fliehen«, schlug Stump vor.
»Du, Stump? Du würdest deinen wunderbaren Bau aufgeben, den du in jahrelanger Arbeit so kunstvoll angelegt hast?«
»Falls mir keine andere Wahl bleibt, ja«, erwiderte der Maulwurf. »Und im Augenblick bin ich so heimatlos, als wäre ich Meilen von unserem Wald entfernt.«
»Verreisen wir jetzt?« rief Bumble vergnügt und zerrte aufgeregt am Arm seines Vaters.
»Sei still«, befahl ihm Branch. »Dein Vater denkt nach.«
»Vielleicht verreisen wir, mein Sohn. Ich weiß es noch nicht. Wenn ich sicher wäre, daß wir vor den ersten Schneefällen einen Unterschlupf finden, würde ich keine Sekunde zögern, aufzubrechen. Natürlich haben wir auch noch das Problem mit den Bestien da draußen.«
Bumble warf vor Begeisterung die Pfoten hoch und tollte übermütig durch die Küche.
»Ich auch«, rief Cabbage. »Ich will auch mitgehen.«
Doch die beiden Grünschnäbel verstummten schnell, als Granny ihnen einen gestrengen Blick über den Rand ihrer Brille zuwarf.

»Du gehst nirgendwo hin«, schalt Beryl Biber, »außer ohne Abendessen sofort ins Bett.«
»Ich habe ja nicht mal mehr ein Bett«, meinte Cabbage. »Wir müssen jetzt alle bei Granny bleiben.«
»Sei still!« befahl Bramble.
Wieder erzitterte die Tür unter furchtbaren Schlägen, und von der Mauer bröckelte der Putz.
»Sie haben irgend etwas, um gegen die Tür zu rammen«, sagte Morley. Seiner Stimme war die Todesangst anzuhören.
Brambles Stirn krauste sich nachdenklich.
»Ich habe noch nie gelesen, daß die Wölfe aus den Nordländern Werkzeug gebrauchen.«
»Es hört sich wie ein Rammbock an«, meinte Stump.
»Beeilt euch mit dem kochenden Wasser«, drängte Granny. »Nehmt alle Gefäße, die ihr auftreiben könnt, und vergewissert euch, daß das Wasser auch wirklich kocht. Und ihr beide kommt mit mir«, sagte sie und deutete auf Bumble und Cabbage. »Wir wollen Fackeln aus den Gängen holen.«
Die kleinen Kerlchen murmelten gehorsam: »Ja, Granny«, und folgten der alten Dächsin aus der Küche.
Mit erschreckender Beständigkeit hielten die Schläge gegen die Tür an. Die propere Küche war jetzt voller Staub, und die Tiere zuckten bei jedem neuen Schlag zusammen, so als würden sie selbst getroffen.
»Stapelt alles, war ihr finden könnt, vor der Tür und den Fenstern auf«, rief Bramble. Und er trug gemeinsam mit Morley den massiven Eichentisch hin. Sie kippten ihn mit der Tischplatte gegen die splitternden inneren Fensterläden.
Dann türmten sie die beiden Sitzbänke übereinander, und dahinter stellten sie die große schwere Anrichte. Stump konnte nur wenig helfen. Er klagte über seine lahme Hinterpfote. Die Wölfe rammten weiter gegen die Tür, und die Tiere konnten ihr wütendes Knurren hören.
»Ich glaube, sie reden miteinander«, sagte Basil und hielt sein Ohr so nah wie möglich an die erzitternde Tür.
»Unmöglich«, entgegnete Bramble. »Im Norden leben keine

Tiere, die über eine differenzierte Sprache verfügen. Jedenfalls steht das in den Büchern, die ich gelesen habe.«
»Sie *reden* aber«, beharrte Basil und winkte Bramble näher, damit er es auch hören könne.
Der Otter ging zu seinem Freund und lauschte angestrengt. Seine Augen wurden groß.
»Ja, sie reden miteinander«, stimmte er schließlich zu. »Es hört sich wie eine Art Gesang an.«
»Sie geben sich Kommandos, damit sie den Rammbock gemeinsam mit voller Kraft einsetzen können«, sagte Morley. »Genau wie Ruderer.«
In diesem Augenblick betrat Granny, gefolgt von ihren beiden kleinen Helfern, wieder die Küche. Die beiden schleppten große Fackeln, unter deren Gewicht sie fast zu Boden gedrückt wurden.
Beryl und Branch hatten sich um das Feuer gekümmert. Jetzt reichten sie die dampfenden Kessel Acorn, der sie auf dem Boden sorgfältig nebeneinander aufreihte.
»Ihr beiden, Bumble und Cabbage, nehmt jetzt jeder eine Fackel und entzündet sie im Feuer«, befahl Granny.
Sie taten, wie ihnen geheißen, und bald brannten die Fackeln.
»Die Möbel vor der Tür müssen wieder verschwinden«, meinte Granny ruhig, »sonst können wir unsere Gäste nicht gebührend empfangen.«
»Nur das nicht«, bat Basil. »Wenn wir die Möbel nicht aufgestapelt hätten, wären die Wölfe schon längst hier eingedrungen.«
Granny sah den Biber ernst an.
»Wie glaubst du denn, du junger Spund, soll ich vernünftig zu Abend essen, wenn mein Tisch da gegen die Tür gelehnt ist?«
Der vernichtende Blick, mit dem sie ihn ansah, und ihre ruhigen Worte bewegten Basil schließlich, das Gewünschte zu tun.
»Und jetzt, Kinder, zündet alle eine Fackel an. Dann wollen wir mit denen da draußen mal abrechnen.«
Granny straffte sich, und für einen Augenblick sah sie wieder wie die hübsche junge Dächsin aus, der Gruff einmal den Hof gemacht hatte.

»Es ist einfach unbegreiflich, Basil«, rief Bramble. »Diese Wölfe reden wirklich miteinander, und sie gebrauchen auch Werkzeuge. Ich kann das einfach nicht begreifen.«
»Kann ich nicht durch einen der unterirdischen Gänge Ash und die Kleinen erreichen?« fragte Acorn. »Sie sind in Gefahr.«
»In keiner größeren als wir auch«, entgegnete Bramble finster und entzündete seine Fackel an der seines Sohnes. »Wir müssen sie hier aufhalten, sonst folgen sie uns in die Tunnel, und wir sind für immer verloren.«
Branch ging zu ihrem Mann.
»Haben wir denn überhaupt eine Chance?« flüsterte sie leise, damit die anderen sie nicht hören konnten.
Bramble lächelte sie an.
»Eine ganz reelle. Selbst wenn diese Bestien jetzt Werkzeug benutzen und sprechen können, glaube ich doch nicht, daß ihnen der Gebrauch des Feuers geläufig ist.«
»Die beiden ersten Fähigkeiten hast du ihnen schon abgesprochen«, erinnerte ihn Basil.
»Ja, das stimmt. Ich nahm an, daß die Tiere aus den Nordländern nur zerstören und töten, doch irgend etwas muß sie verändert haben. Sie eignen sich jetzt alles an, was wir auch können.«
»Aufgepaßt!« warnte Stump. Er stand neben der Tür und hielt einen Kessel mit kochendem Wasser über seinen Kopf gestemmt. Noch während er sprach, barst die Tür mit ohrenbetäubendem Lärm. Eine Staubwolke breitete sich in der Küche aus, so dicht, daß die Freunde kaum die schemenhaften Umrisse der Mörderwölfe erkennen konnten, die, gutturale Knurrlaute ausstoßend, hereinstürmten.
Stump goß dem Anführer das kochendheiße Wasser über den häßlichen Kopf, der – momentan erblindet – taumelte und direkt vor Beryl Biber hinstürzte. Sofort schlug sie mit ihrer brennenden Fackel auf die betäubte Bestie ein, deren Fell sofort zu brennen anfing. Vor Schmerz stieß der Wolf ein fürchterliches Geheul aus.
Noch ehe die anderen merkten, was überhaupt geschah, hatte Bramble das zweite Tier mit seiner Fackel attackiert. Die Flam-

men verbrannten sein Maul; ein Schrei drang aus seiner Kehle, und seine schrecklichen roten Augen verdunkelten sich vor Todesangst.
Schnell sprang Bramble zur Seite, als Branch das Tier mit dem Feuerhaken niederschlug. Aufheulend ergriff der Wolf die Flucht.
Der Geruch verbrannten Fleisches und verbrannter Haare erfüllte Grannys zerstörte Küche, und erst Sekunden später merkten die entsetzten Tiere, daß sie wieder allein waren und daß die einzigen Geräusche ein entferntes Todesröcheln und ihr eigener keuchender Atem waren.
Benommen starrten sie einander an und wagten nicht, sich zu rühren, bis Bumble und Cabbage aufsprangen, in ihrer Hast übereinander stolperten und auf die Tür zurasten.
Bramble folgte ihnen und blickte durch die zersplitterte Tür nach draußen. Bumble und Cabbage standen neben der noch rauchenden Leiche eines großen, grauen Mörderwolfs. Bramble schüttelte den Kopf. Erst jetzt merkte er, wie ihn der Kampf mitgenommen hatte. Branch legte ihre Pfote in seine, und sie gingen, gefolgt von den anderen, nach draußen.
»Meine Mama hat ihn getötet«, brüstete sich Cabbage laut.
»Allein hat sie es nicht getan«, wandte Bumble ein.
»Ruhig, ihr zwei«, sagte Bramble ernst und blickte voller Erleichterung auf die bewegungslose Gestalt.
Ihn schauderte; er wandte sich ab.
»Wir wollen ihn schnell begraben«, sagte er.
»Und dann könnt ihr mir helfen, meine Küche wieder in Ordnung zu bringen«, sagte Granny. »Es zieht ganz schrecklich durch die kaputte Tür.«
Während die Freunde den Wolf mit Steinen und Zweigen bedeckten, stellte Basil Bramble die Frage, die ihn schon eine Zeitlang bedrückte.
»Glaubst du, daß die Wölfe jetzt genug haben?«
Bramble sah seinen Freund liebevoll an und schüttelte dann traurig den Kopf.
»Ich glaube nicht, daß es ihnen viel ausmacht, wenn sie geringe

Verluste hinnehmen müssen, dafür aber die Chance haben, etwas zu essen zu bekommen.«

»Ich wußte, das würdest du sagen.«

Und als die Tiere sich auf den Rückweg machten, um Grannys Tür zu reparieren, ertönte vom Wald her ein langgezogenes klagendes Geheul, so als ob die Wölfe das Gesagte bestätigen wollten.

»Ich wette, sie schmieden bereits wieder Pläne«, sagte Bramble. »Und wenn wir nur ein wenig Verstand haben, müssen wir unsere *eigenen* schmieden.«

Sie arbeiteten hart und schnell und zimmerten eine neue dicke Eichentür, die sie fest in der Mauer verankerten. Nachdem auch Ash und die Kleinen sicher in Grannys Haus eingetroffen waren, setzten sich die Tiere zusammen, um zu beraten, wie sie am besten den Angriffen der Mörderwölfe begegnen könnten.

7. Kampfpläne werden geschmiedet

Ein bleicher Mond schien durch die dahinjagenden schwarzen Wolken. In Grannys Küche saßen alle dicht um das Feuer gedrängt. Bramble kehrte vom Fenster zurück, von wo aus er vorsichtig Ausschau gehalten hatte.

»Ich kann nichts Ungewöhnliches entdecken«, sagte er. »Nur daß der tote Wolf verschwunden ist.«

»Haben sie ihn geholt?« fragte Bumble.

»Ich weiß es nicht.«

»Glaubst du, sie greifen heute nacht noch einmal an?«

Basil Biber schritt nervös in der Küche auf und ab.

»Keine Ahnung. Auf jeden Fall müssen wir zu einem Entschluß kommen.«

»Ist genug zu essen für uns alle im Haus?« fragte Branch.

»Ich denke schon«, entgegnete Granny.

»Wie lange werden wir wohl hier ausharren müssen?« fragte Beryl Biber ängstlich.

Cabbage lag in tiefem Schlaf neben ihr.

»Es dreht sich wohl weniger um die Tatsache, wie lange wir hier bleiben können, sondern eher, wie wir hier hinauskommen«, meinte Stump ernst.

»Ja. Es scheint mir auch wenig sinnvoll, hierzubleiben. Schließlich ernähren sich die Wölfe nicht von Gemüse. Sie werden also auf jeden Fall wieder versuchen, bei uns einzudringen.«

»Sie sind seltsam«, murmelte Bramble. »Ich weiß gar nicht, was ich davon halten soll, was hier passiert ist. Sie können sprechen und Werkzeug benutzen. Das sieht nicht gut aus.«

»Und sie gehen planmäßig vor«, meinte Morley.

»Vielleicht ist es am besten, bis Tagesanbruch zu warten und dann einen Späher auszuschicken. Es könnte sein, daß die Wölfe so hungrig sind, daß sie weiterziehen.«

»Und das müßte jemand von uns bitter bezahlen, Ash«, sagte Granny.

»Wir können doch überhaupt nichts dagegen tun«, wandte Acorn ein.

»Wir können es zumindest versuchen, falls wir noch etwas Mumm in den Knochen haben. Wer sagt denn, daß wir einfach die Hände in den Schoß legen müssen, wenn uns diese Bestien angreifen? Auch sie gehören zur Schöpfung und sind eigentlich dazu bestimmt, nur kranke Tiere zu fressen. Nirgendwo steht, daß sie alles beherrschen sollen. Und solange in meinem alten Körper noch ein Herz schlägt, bin ich nicht gewillt, mich von diesen Mördern aus meinem Haus vertreiben zu lassen.« Wütend schritt Granny vor dem Kamin auf und ab.

»Wenn Gruff noch lebte, er wüßte, was zu tun ist«, fügte sie trotzig hinzu.

»Vielleicht finden wir etwas in seinen Notizen, das uns helfen könnte«, schlug Bramble vor.

»Natürlich. Das ist eine gute Idee. Er führte über alle seine Reisen Tagebuch. Es ist durchaus möglich, daß wir etwas finden, das uns weiterhilft.«

»Dann wollen wir uns beeilen«, sagte Bramble. »Es ist viel zu still da draußen. Die Wölfe führen etwas im Schilde.«

»Das spüre ich auch«, meinte Branch leise.

»Hier sind die Tagebücher«, sagte Granny und nahm einen Stapel Hefte aus einem Regal, das neben dem Kamin stand.
Sie legte die Hefte auf den Tisch und ordnete sie.
»Hier ist die Beschreibung von dem Jahr, als die gesamte Ernte vernichtet wurde«, sagte Basil.
»Das hilft uns überhaupt nicht«, schimpfte Acorn.
»Und hier ist eine von Gruffs Reisebeschreibungen mit der Zeichnung eines Mörderwolfs«, rief Branch.
»Ja, das stimmt«, bestätigte Granny.
»Brrr. Wenn ich das Bild nur ansehe, kriege ich schon eine Gänsehaut«, meinte Acorn.
Basil blätterte in dem Tagebuch weiter.
»Seht mal. Da steht etwas.«
Alle Tiere beugten sich vor, um sich anzuschauen, auf was der Biber deutete. In Gruff Dachs' kühner Schrift stand dort eine summarische Beschreibung der Sprache der Mörderwölfe, mit Zeichen und Symbolen.
»Kannst du das lesen?« fragte Basil und sah Bramble an.
»Seltsam. Aber sieh mal, das da gleicht unserer eigenen Sprache.«
Bramble runzelte die Stirn und versuchte den Laut, der dort stand, auszusprechen.
»Das hört sich ja scheußlich an!« rief Morley.
»Aber es klingt genau so, wie die Wölfe gesprochen haben«, entgegnete Bramble und wiederholte den gutturalen Laut.
Das weckte die beiden Jungen, die weinend nach ihren Müttern riefen.
»Du hast die Kinder erschreckt«, schimpfte Beryl.
»Es fehlt ihnen nichts. Doch sollten wir nicht bald einen Entschluß fassen, ist es für uns alle zu spät. Hier können wir nicht mehr lange bleiben. Unsere Freunde da draußen haben Übles im Sinn.«
Als Bramble geendet hatte, hörten die Tiere ein schwaches Geräusch.
»Pst!« sagte Granny. »Pst! Das kommt von den unteren Gängen.«

Dann hörten sie, wie knisternd Holz brannte.
Basil erstarrte, und seine Augen weiteten sich vor Angst.
»Sie haben irgend etwas in Brand gesetzt«, murmelte er.
»Aber sie kennen sich doch im Gebrauch des Feuers überhaupt nicht aus. Oder doch?« sagte Stump.
»Sie haben eine Sprache und benutzen Werkzeug. Warum sollten sie sich mit Feuer nicht auskennen?« entgegnete Bramble.
»In welche Richtung führt dieser Gang, Granny?« fragte Stump.
»Ich denke, von der ebenen Erde nach unten. Vielleicht haben sie einen der Eingänge gefunden. Wir haben sie schon seit langem nicht mehr getarnt.«
»Können wir den Gang verschließen?« fragte Bramble.
»Ja. Es gibt eine Tür zu den unteren Gängen. Und auch noch eine komplett eingerichtete Wohnung, die Gruff manchmal benutzte, wenn er nicht gestört werden wollte.«
Bramble berührte nachdenklich seine Schnauze mit der Pfote und schwieg. Nach einer Weile sagte er mit fester Stimme: »Dann müssen wir uns dorthin zurückziehen. Hier sind wir den Angriffen unserer Feinde zu sehr ausgesetzt.«
»Gibt es dort Vorräte?« fragte Beryl.
»Wenn nicht, nehmen wir alles mit, was wir hier haben.«
»Und nehmt die Tagebücher und die Pläne von den Gängen mit«, riet Granny. »Gruff hat von jedem Gang einen Plan angefertigt. Wir werden sie sicher brauchen.«
Es ertönte ein lauter Knall, dann drang eine dicke schwarze Rauchwolke in die Küche ein. Nachdem die Tiere sekundenlang wie erstarrt dagesessen hatten, sagte Granny: »Schnell, beeilt euch! Nehmt alles, was ihr tragen könnt, und folgt mir. Wir müssen den unteren Gang erreichen, ehe sich zuviel Rauch entwickelt hat.«
In dem immer dichter werdenden Qualm rafften die Tiere so schnell wie möglich alles Nötige zusammen und folgten der alten Dächsin in die Schwärze des Tunnels.
Innerhalb von kürzester Zeit war die Küche leer, und Sekunden später züngelten Flammen durch die dicke Eichentür.

8. Flucht

Die Tiere waren kaum aus Grannys gemütlicher Küche geflohen, als die Mörderwölfe die schwere Eichentür und die Fensterläden in Brand setzten. Der Rauch wurde immer dichter, der Boden und die Wände fingen Feuer, und draußen in der Dunkelheit erklang ein schreckliches Geheul, während die schauerlichen Gestalten wie verrückt im flackernden Licht des Feuers umhertanzten.

Tief unten im Gang, wohin Granny die Tiere geführt hatte, machte Bramble halt und zählte, ob seine Freunde auch vollzählig waren. Nur mit knapper Not war es ihnen gelungen, dem verheerenden Feuer zu entkommen. Branch blieb immer an seiner Seite und paßte auf den zutiefst erschreckten Bumble auf. Cabbage war bei seinen Eltern, dahinter ging Morley Bisamratte.

Stump folgte. Er hatte noch nicht allen Mut verloren. Als er an Bramble vorbeiging, blieb er kurz stehen und sagte: »Es scheint, daß viel mehr auf uns zukommt, als wir uns in unseren schlimmsten Träumen vorgestellt haben. Diese Wölfe kennen sich sogar im Gebrauch des Feuers aus.«

Er schwieg bedrückt und sah seinen Freund lange an.

»Das bedeutet doch, daß irgend etwas Wichtiges geschehen sein muß. Nie hat jemand davon gehört, daß die Bewohner der Nordländer alle diese Kenntnisse besitzen.«

»Ich weiß nicht, was passiert ist, Stump. Aber es hat sicher mit dem Drachenwinter zu tun. Wenn wir in Sicherheit sind, können wir in Ruhe Gruffs Tagebücher studieren. Vielleicht finden wir darin irgendwelche Hinweise. Und dann müssen wir eine Entscheidung treffen.«

»Bist du immer noch der Meinung, wir sollten versuchen, Old Bark zu finden?«

»Ich glaube, das ist die einzige Möglichkeit, die uns bleibt, so wie die Lage jetzt ist.«

Granny Dachs kam vorbei. Für ihr Alter war sie noch erstaunlich gut zu Fuß.

»Wir haben unser Ziel fast erreicht, und diese Bestien können uns nichts mehr anhaben«, schnaubte sie verächtlich und schnalzte mit der Zunge. »Wenn Gruff doch nur hier wäre!« Sie schnaubte wieder. »Er hätte ihnen ganz schön eins auf die Schnauze gegeben.«

»Wenn du dich da nur nicht irrst«, meinte Stump finster.

»Wir kommen aus dieser Klemme schon heraus, du junger Spund!« fuhr Granny ihn an. »Ich bin sicher, Gruffs Tagebücher werden uns helfen.«

Ein lautes, lang anhaltendes Geheul erklang in dem muffig riechenden Gang; alle standen vor Entsetzen wie erstarrt da. Und dann konnten die Tiere das Prasseln der Flammen hören.

»Es hört sich ganz so an, als würde dein Haus niederbrennen, Granny«, sagte Branch mitfühlend zu der alten Dächsin.

»Mir tut es nur um Gruffs Lieblingssessel und meine Preiselbeerkonfitüre leid.«

Grannys Stimme zitterte leicht, und in ihren Augen stand ein entrückter Ausdruck.

»Sobald wir ein neues Heim gefunden haben, werden wir den Sessel ersetzen«, tröstete sie Bramble.

»Und ich habe noch das Rezept für die Konfitüre. Du hast es mir erst letzten Herbst gegeben«, sagte Beryl.

»Ach, ihr Kinder! Ihr braucht eine alte Haut wie mich doch nicht zu trösten. Ich bin robuster, als ihr glaubt.« Sie warf resolut den Kopf zurück. »Jetzt wollen wir weitergehen. Ich kann den Rauch in meiner Nase nicht mehr ertragen.«

Und die kleine Gruppe Freunde ging ohne weitere Unterbrechung die dunklen Gänge entlang. Um sich gegenseitig Mut zu machen, schwatzten sie miteinander und hatten nur die eine Hoffnung, daß sie bald in Sicherheit sein würden. Niemand wagte zurückzublicken, aus Furcht, die gespensterhaften Schatten der Mörderwölfe in der Dunkelheit hinter sich auftauchen zu sehen. Nach ein paar weiteren Minuten eiligen Dahinhastens hielt Granny vor einer scheinbar soliden Mauer aus Mörtel und Steinen. Im Gang herrschte jetzt ein frischer Geruch aus Erde und Gras, obwohl keine Öffnung zu sehen war.

»Dies ist der Eingang zur ersten Ebene«, sagte Granny und nahm Ashs Fackel.
»Wo?« fragte Bramble und versuchte vergeblich, in dem flackernden Licht etwas zu erkennen.
»Hier? Es ist noch genau so, wie wir es verlassen haben. Ich war schon lange nicht mehr hier. Hoffentlich ist noch alles in Ordnung.«
Jetzt konnten alle unten in der Wand ein kleines Loch erkennen, und der frische Erdgeruch wurde stärker.
»Ich will es prüfen«, sagte Bramble. »Gebt mir eine Fackel.«
Vorsichtig steckte er – die Fackel voran – den Kopf in die schmale Öffnung und verschwand alsbald. Die Tiere warteten ängstlich auf seine Rückkehr.
»Führt dieser Gang nach draußen, Granny?« fragte Basil. Er hatte die Augen, in dem Bestreben etwas zu sehen, zu schmalen Schlitzen zusammengekniffen.
»Früher einmal. Dort ist ein Luftschacht. Daher kommt die frische Luft. Gruff hat ihn angelegt, damit das Gemüse im Winter frisch bleibt. Aber es ist so eng, daß nur sehr kleine Tiere hindurchschlüpfen können.«
»Glaubst du, daß die Ungeheuer da draußen uns durch das Loch wittern können?« fragte Morley.
»Möglich ist es. Doch selbst wenn es so ist, können sie uns nicht erreichen«, antwortete die alte Dächsin.
»Und was sollen wir tun, wenn sie uns heimlich gefolgt sind und versuchen, uns auszuräuchern?« fragte Acorn Eichhörnchen.
Granny drehte sich langsam um.
»Daran habe ich nicht gedacht. Sie wären durchaus dazu in der Lage, falls sie den oberen Eingang finden.«
»Wie weit sind wir denn von deinem Haus entfernt?« fragte Stump ernst.
»Vielleicht nicht weit genug«, entgegnete Granny.
»Dann sollten wir uns beeilen, einen sichereren Ort aufzusuchen.«
»Also beeilt euch«, sagte Granny. »Erst du, Bumble. Dann du, Cabbage. Ihr werdet Brambles Fackel sehen. Folgt ihr.«

Gerade als der kleine Otter in das Loch kriechen wollte, steckte Bramble seinen Kopf wieder durch. Seine Schnurrhaare zitterten vor Aufregung.
»Ich habe Geräusche in den Gängen über mir gehört«, platzte er heraus. »Ich weiß nicht genau, was es war, aber sie klangen ganz nah.«
Cabbage fing an zu weinen.
»Hör auf!« befahl seine Mutter. »Dir passiert schon nichts.«
»Ich will nach Hause«, murmelte der kleine Biber kläglich. »Ich bin müde.«
»Gedulde dich noch etwas«, beruhigte ihn sein Vater und wandte sich dann an seinen Freund.
»Müssen wir uns hier verbarrikadieren?«
»Ich weiß nicht. Kannst du dieses Loch wieder verschließen, Granny?«
»Ja, das geht. Doch wenn wir es tun, haben wir uns jeden Fluchtweg versperrt. Hinter dieser Wand liegt der Eingang zu den unteren Tunneln.«
»Was war das, Bramble?« fragte Stump. »Ich habe doch ein Geräusch gehört.«
»Ich auch. Es klang, als wollte sich jemand anschleichen.«
»Was tun wir jetzt, Granny?« fragte Morley.
»Wir gehen weiter«, sagte sie entschlossen. »Uns bleibt gar keine andere Wahl.«
»Was hältst du davon, Stump?« fragte Basil.
»Ich stimme Granny zu.«
»Psst«, wisperte Bramble und drehte den Kopf in die Richtung des Lochs, um besser lauschen zu können.
»Was ist los?« flüsterte Beryl.
»Ich weiß nicht. Es hört sich an, als ob jemand kommt.«
»Bewaffnet euch mit Steinen! Wir greifen sie an. Sobald sie die Köpfe durch die Öffnung stecken.«
»Was sollen wir mit den Fackeln machen?« fragte Morley.
»Du hältst sie, Branch. Tritt zurück, damit du nicht im Weg stehst. Unser Angreifer wird dann durch das Licht geblendet.«
»Macht euch bereit«, sagte Bramble und stellte sich neben die dunkle Öffnung in der Wand.

Morley stand ihm gegenüber, und dann kamen Stump, Beryl und Basil mit Cabbage. Alle Tiere waren mit großen Steinen bewaffnet.
Die Freunde warteten klopfenden Herzens; eine unerträgliche Spannung hatte sie ergriffen.
Und dann wurde die Stille von einem Geräusch unterbrochen.

9. Schatten in der Dunkelheit

Die Freunde hörten seltsame Schnüffellaute, und sie standen da, bereit, ihr Leben bis zum letzten Atemzug zu verteidigen.
Dann herrschte wieder völlige Stille, die sich lähmend über sie senkte. Nach einer Weile konnte Bramble die Spannung nicht mehr ertragen und wollte vorsichtig seine Nase in die Öffnung stecken.
Gerade als er sich vorbeugte, erschien dort eine schwarze graugesprenkelte Schnauze, und große tiefbraune Augen sahen ihn überrascht an.
»Hallo«, ertönte eine tiefe freundliche Stimme.
Bramble machte einen Satz rückwärts und plumpste vor Schreck auf die Hinterpfoten.
Jeder war beim Klang der Stimme verängstigt zusammengefahren, und jetzt schnatterten alle aufgeregt durcheinander.
»Hallo, ich heiße Bramble«, sagte der Otter, der sich als erster wieder von dem Schrecken erholt hatte. »Du hast uns ganz schön Angst eingejagt.«
Zwei kräftige Pfoten erweiterten das Loch, und bald darauf erschien das schwarzweiße Gesicht eines mächtigen Dachses.
Granny ging auf den Neuankömmling zu.
»Sei gegrüßt, Bruder. Unsere Höhle ist deine Höhle.«
Der Dachs arbeitete sich durch die Öffnung und schüttelte den Staub aus seinem Pelz. Er hob die Pfote und verneigte sich vor der Dächsin.
»Zu Diensten, Mutter. Ich heiße Blackpaw*.«

---
* Schwarzpfote

Die Tiere begrüßten den Dachs erleichtert, schüttelten ihm die Pfote und klopften ihm auf den Rücken.
»Eins nach dem anderen. Immer eins nach dem anderen«, rief Granny laut, denn plötzlich redeten alle durcheinander, so daß niemand mehr sein eigenes Wort verstehen konnte.
Als wieder Ruhe herrschte, sagte Blackpaw: »Mutter hat recht, eins nach dem anderen. Außerdem müssen wir leise sein, denn ich habe guten Grund anzunehmen, daß die Wände hier Ohren haben und wir in Gefahr sind.«
»Genau das wollten wir dir doch klarmachen«, entgegnete Bramble und stellte sich neben den mächtigen Dachs. »Wir wurden von Mörderwölfen angegriffen, die Grannys Haus niedergebrannt haben.«
»Außerdem benutzen sie Werkzeug, und sie haben eine eigene Sprache«, klangen die Stimmen durcheinander.
»Und wir haben einen von ihnen getötet«, erklärte Bumble stolz.
Blackpaw hörte aufmerksam zu und nickte von Zeit zu Zeit grimmig. Seine Augen waren zu nachdenklichen Schlitzen zusammengezogen. Dann räusperte er sich und sagte: »Ich fürchte, auch ich habe nur schlechte Nachrichten. Es ist traurig, daß wir uns unter solchen Umständen kennenlernen.«
»Was für Nachrichten?« fragte Bramble.
»Ich hatte gehofft, hier einen sicheren Unterschlupf für unsere Siedlung zu finden«, sagte Blackpaw leise. »Aber wie ich sehe, ist es dafür schon zu spät.«
»Wo wohnst du? Und wie viele leben dort?« fragte Granny.
»Die Siedlung lag hinter Bent Oak*, und unsere Familie zählte zwölf Dachse. Außerdem lebten dort noch drei Bisamratten, zwei Eichhörnchen, eine ganze Menge Hasen und ein paar Igel. Vor drei Tagen sind die Mörderwölfe über uns hergefallen und haben die Hälfte von uns getötet. Seitdem bin ich auf der Suche nach einem sicheren Unterschlupf für die Überlebenden.«

---

* Die gekrümmte Eiche

»Ich glaube, ich kenne deine Familie«, sagte Granny freundlich. »Gruff hatte Onkel und Cousins, die in der Nähe von Bent Oak lebten. Wenn ich mein Gedächtnis anstrenge, fallen mir sicher die Namen deines Vaters und deiner Mutter ein.«
»Wir haben immer enge Beziehungen zu den Tieren hier im Wald gehabt. Unsere Familien tragen sicher viele gemeinsame Namen. Deshalb weiß ich auch von den unterirdischen Gängen hier. Dachsbauten ähneln sich alle. Ich kenne diese Anlage aus Erzählungen, als ich noch klein war. Doch ich habe nie gedacht, daß mir diese Kenntnisse einmal nützlich sein könnten.«
»Ich bin froh, daß du dich an die Anlage erinnert hast«, meinte Granny, »obwohl sie uns jetzt auch nicht mehr zum Vorteil gereicht, wie es scheint.«
»Kannst du deiner Familie eine Nachricht schicken?« fragte Beryl.
»Ich weiß nicht. Zumindest kann ich es versuchen.«
»Wir sind hier kaum sicherer als in Grannys Haus«, murmelte Stump. »Und wahrscheinlich warten diese Bestien nur darauf, uns zum Abendessen zu verspeisen.«
»Ja, da hast du recht, Stump. Ganz haben wir es noch nicht geschafft. Komm, wir wollen einmal in Gruffs alten Tagebüchern nachschauen. Granny sagte, es gäbe dort auch Karten«, sagte Bramble.
»Sie sind alle komplett«, meinte Granny, »und wir befinden uns jetzt auf dem richtigen Niveau, um die meisten Gänge erreichen zu können.«
Bramble entfaltete eine sorgfältig gezeichnete Karte. Im flackernden Licht der Fackel konnte er sie ohne Mühe lesen. Ja, er konnte sogar ungefähr angeben, wo sie sich befanden.
Und Granny bestätigte seine Vermutung, indem sie mit der Pfote auf einen ganz bestimmten Punkt deutete.
»Hier sind wir, nicht weit von einem der Vorratsräume entfernt.«
»Dann laßt uns dorthin gehen. Da können wir in Ruhe Pläne schmieden.«

»Ist dieser Gang noch geöffnet?« fragte Basil.
»Das ist der Gang, durch den ich gerade gekommen bin«, entgegnete Blackpaw. »Ich habe dort niemanden gesehen.«
»Hattest du denn keine Angst, als du auf uns stießest?« fragte Cabbage. »Denn wir hatten mächtige Angst. Wir dachten, du wärst ein Mörderwolf.«
»In einem Dachsbau ist mir noch nie etwas zugestoßen«, antwortete Blackpaw einfach.
»Nein, mir ist dort auch noch nichts zugestoßen«, sagte Stump böse, »bis vor kurzem.«
»Wir wollen weitergehen. Wir verschwenden nur unsere Zeit hier.«
Granny setzte sich an der Spitze des Zuges in Bewegung. Bramble ging als letzter.
Weit hinter sich glaubte er die blutrünstigen Schreie der Mörderwölfe zu hören, doch hatte er die Hoffnung, den Wölfen zu entkommen, falls sie nur etwas Proviant fänden.
Es schien Jahre her zu sein, seit er zum letztenmal vor seinem Kamin gesessen und darüber nachgedacht hatte, was gegen die drohende Gefahr eines Drachenwinters zu tun sei. Er konnte sich kaum noch an sein Zuhause erinnern. Und sicherlich würde es lange dauern, bis er wieder friedlich mit Branch und Bumble am Tisch sitzen oder aus den alten Büchern der Weisheit lesen würde.
Sein Herz erzitterte bei dem Gedanken, während er seinen Sohn beobachtete, der an Branchs Seite dahintrottete. Er hoffte mit der ganzen Kraft seiner Seele, daß sie dem grausamen Schicksal, das die Mörderwölfe ihnen zugedacht hatten, entfliehen könnten und daß ihre Gemeinschaft aufs neue in Frieden und Wohlstand leben würde.

Granny führte die Freunde immer tiefer in das Labyrinth der Gänge, bis sie alle verwirrt waren und sich ratlos ansahen.
»Bist du sicher, daß wir den richtigen Weg eingeschlagen haben?« fragte Basil schließlich. Er war überzeugt, diese Aufgabe überstieg bei weitem die Fähigkeiten der alten Dächsin, und sie wären jetzt alle hilflos in der Dunkelheit verloren und würden die Sonne nie wieder sehen.
»Wir sind gleich da«, beruhigte ihn Granny.
Blackpaw, der an ihrer Seite gegangen war, sah sie bewundernd an.
»Das ist ein wunderschöner Bau«, sagte er, »voller Symmetrie und so gut proportioniert.«
»Symmetrie!« ereiferte sich Basil. »Hier ist doch nur alles mit Spinnweben und altem Dreck bedeckt. Warum Tiere unter der Erde leben, geht über meinen Verstand.«
»Sei still, Basil. Granny weiß, was sie tut.«
Beryls Stimme klang gepreßt. Obwohl sie der alten Dächsin Vertrauen schenken wollte, erschreckten sie die endlosen Gänge und die Dunkelheit ebenso.
»Ich kann es einfach nicht begreifen, wie man unter der Erde leben kann, wo es draußen doch so schön ist.«
»Dachse sind Dachse, und Biber sind Biber«, sagte Blackpaw erklärend.
Ehe Basil fragen konnte, was nun wieder damit gemeint wäre, war Bumble vorausgelaufen und rief aufgeregt: »Da ist eine Tür!«
Und schon rannte Cabbage hinter ihm her.
»Ich wette, das ist der Ort, von dem Gruff immer erzählt hat«, rief Bumble.
»Vielleicht hat er dort seine Schätze versteckt«, fügte Cabbage hinzu.
Die beiden Kerlchen blieben vor einer schweren Eichentür mit Kupferbeschlägen stehen.
»Das muß die Schatzkammer sein«, zwitscherte Bumble aufgeregt.

»Nein«, sagte Blackpaw. »Wenn mich nicht alles täuscht, ist das der Ort, wo unsere Vorfahren leben.«
»Die Höhle gab es schon, als wir hierherzogen«, erklärte Granny. »Gruff sagte immer, sie mußte schon seit dem Ersten Zeitalter bestanden haben. Ich bin nur zweimal hier gewesen.«
Bumble und Cabbage waren ganz außer sich vor Aufregung und hüpften hin und her.
»Es ist eine Schatzkammer! Es ist eine Schatzkammer!«
Bramble griff sich seinen Sohn und zwang ihn, ruhig zu bleiben.
»Es gibt keine Schatzkammer, Bumble.«
Doch insgeheim glaubte der Otter genau wie sein Sohn, daß hinter dieser beeindruckenden Tür ein Schatz verborgen sein könnte.
»Heutzutage gibt es solche Arbeiten nicht mehr«, sagte Blackpaw bewundernd, während er mit der Pfote über das geschmeidige Metall und blankpolierte Holz strich. »Ich habe in unseren alten Büchern über die Dachse gelesen, die wahre Künstler auf ihrem Gebiet waren. Doch diese Kunst ist heute verlorengegangen.«
»Gruff behauptete, die Tür wäre vom Großen Clan gezimmert worden. Bei besserem Licht könntest du das Kreuz und die Krone, ihr Emblem, erkennen.«
»Der Große Clan!« sagte Blackpaw ehrfürchtig. »Dann ist sie noch viel älter, als ich dachte.«
»Noch andere Hinweise in den Büchern deuten darauf hin, daß es sich um den Großen Clan gehandelt haben muß. Nie hat jemand herausgefunden, warum er untergegangen ist. Er war voller Weisheit und hatte die schönste Siedlung. Der Sage nach trieb er sogar mit Menschen Handel.«
Die Tiere schwiegen verwundert.
»Du meinst, die Dachse ließen sich mit den Pelzlosen ein?«
»Damals waren die Zeiten anders. Alle Wesen lebten in Frieden miteinander«, entgegnete Granny.
»Davon habe ich noch nie gehört«, sagte Blackpaw.
»Dann hast du nicht aufgepaßt. Aber kommt. Ich muß mich konzentrieren, damit ich die Tür öffnen kann.«

Granny schloß die Augen, und aus ihrer Kehle drang ein tiefer, rhythmischer Laut. Sie wiegte sich vor und zurück, und ihre Stimme gewann mehr Kraft. Schweigend und voller Ehrfurcht beobachteten die Tiere ihr Tun. Und während die alte Dächsin dieses Ritual zelebrierte, schien sie jünger zu werden.

Ein zarter hoher Ton, so leise, daß niemand ihn zuerst hörte, begleitete wie ein Echo Grannys Lied.

Als Bramble den Blick von Granny wandte und auf die Tür sah, war sie verschwunden.

»Sie ist nicht mehr da«, sagte er mit zitternder Stimme.

»Wahrhaftig«, hauchte Branch.

Granny öffnete die Augen und stieß einen tiefen Seufzer aus.

»Wenigstens hat es geklappt«, sagte sie erleichtert.

»Was ist mit der Tür passiert?« fragte Bumble verblüfft.

Granny lachte.

»Der Große Clan der adeligen Dachse, der diese Tür gezimmert hat, kannte viele Geheimnisse, Bumble. Und er wußte, daß eine Tür nur so viel Widerstand bietet wie das Schloß, mit dem sie versehen ist. Also fertigten sie ein Schloß an, das sich nur bei einer gewissen Melodie öffnet. Und diese Melodie habe ich gerade gesungen. Wenn du die Melodie nicht kennst, bleibt die Tür verschlossen.«

Cabbage starrte in die Dunkelheit.

»Aber wo ist sie geblieben, die Tür, Granny?«

»Tritt einen Schritt zurück, dann zeige ich es dir.«

Sie sang wieder dieses seltsam klingende Lied, und geräuschlos glitt die schwere Eichentür an ihren alten Platz zurück.

Blackpaw schüttelte bewundernd den Kopf.

»Ich habe oft von den wundervollen Arbeiten des Großen Clans gehört, aber ich glaubte immer, es handele sich dabei um Übertreibungen.« Er wandte sich an Granny und sagte leise: »Und jetzt hast du mir bewiesen, wie groß unsere Vorfahren wirklich gewesen sind. Sie waren einfach . . . ja, einfach wundervoll.«

»Dabei ist dies nur eine ihrer Erfindungen, eigentlich nichts Besonderes, verglichen mit ihren anderen Leistungen.«

Bramble ließ seine Pfote über das polierte Holz gleiten.
»Es fühlt sich fast so an, als ob . . . als ob ich Wasser berührte«, sagte er.
»Gruff hat uns früher immer Geschichten über die alten Zeiten und die großen Meister der Tiere erzählt. Er kannte sogar ihre Namen. Das Leben muß damals grandios gewesen sein.«
»Es war grandios«, bestätigte Granny. »Und es währte viele Zeitalter lang. Niemand starb oder wurde krank, und alle lebten im Überfluß. Ja, es war eine großartige Zeit, Bramble. Selbst unter den Menschen herrschte Frieden und unter allen anderen Geschöpfen.«
»Und was geschah dann, Granny?« fragte Cabbage. »Heutzutage jagen und töten die Menschen nur noch. Sie sind böse und gefährlich. Jedenfalls sagt das mein Vater.«
»Sie leben weit von uns entfernt«, entgegnete Basil. »Und das ist auch gut so.«
»Granny wollte uns gerade erzählen, warum die Königreiche der Tiere untergingen«, erinnerte Branch.
»Das geschah nicht über Nacht, wie manche glauben«, erklärte Granny. »Es dauerte sehr lange, bis das Goldene Zeitalter zu Ende ging. Und es wird berichtet, daß schließlich alle Wesen – Tiere und Menschen – vor die Wahl gestellt wurden, in ihre Heimat zurückzukehren oder dort zu bleiben, wo sie waren. Diejenigen, die die Wahrheit kannten, gingen in ihre Heimat zurück. Die anderen vergaßen bald, woher sie gekommen waren, und sie verlernten auch ganz allmählich ihre Sprache und ihre Fertigkeit, mit Werkzeugen und Feuer umzugehen. Mit den direkten Nachkommen jener Tiere haben wir es jetzt zu tun. Sie stehen, wie wir alle, unter dem Gesetz des Einen und haben das Recht, die Alten und Schwachen zu töten.«
»Sind sie hinter dir her?« fragte Bumble.
»Bumble!« rügte Branch ihren Sohn.
»Es ist schon gut, Branch. Vielleicht sind sie das, aber sie erbeuten nur die Alten und Schwachen. So will es das Gesetz. Und ich kämpfe bis zum letzten Atemzug. Gruff soll stolz auf mich sein.«

»Dein Mann kann schon jetzt stolz auf dich sein, Mutter«, sagte Blackpaw.
»Würde Gruff noch leben, er hätte nicht mehr als du tun können«, versicherte Stump.
»Das will wohl etwas heißen«, meinte Granny. »Vor allem, weil du es gesagt hast, Stump.«
Der Maulwurf blickte verlegen zu Boden.
»Nun, Dachse sind immer schon für Komplimente empfänglich gewesen.«
»Ach, hör doch auf, du Schwindler. Deine Schmeicheleien nehme ich dir nicht ab. Wenn ich dich nicht besser kennen würde, könnte man glauben, daß du dich jetzt auf meine Seite schlagen willst – wie du es immer tust, wenn es um die Wurst geht.«
»Oh! Gibt es etwas zu essen?« fragten Bumble und Cabbage.
»Wir werden sehen, was wir bekommen«, entgegnete Granny.
Sie summte wieder die alte Melodie und geleitete die verwirrten Tiere in den sicheren Raum hinter der verzauberten Tür.
Ein seltsames Licht flackerte dort an den Wänden, so als ob tausend Spiegel plötzlich zum Leben erwacht wären. Die Freunde mußten ihre Augen bedecken, da sie die Helligkeit nicht ertragen konnten.
Und als das letzte Tier die Schwelle der Tür überschritten hatte, schlug sie laut hallend wieder zu.
»Diesen Weg können wir nicht mehr zurückgehen«, sagte Granny. »Der Zauber erlischt, wenn man dieselbe Melodie öfter singt. Wir müssen uns einen anderen Fluchtweg suchen, und ich muß die Tür auf eine andere Melodie programmieren.«
»Das ist wirklich schlau ausgedacht. So kann jemand, der das Lied zufällig gehört haben sollte, die Tür nicht öffnen.«
»Heißt das, auch du kannst sie nicht mehr aufmachen?« fragte Basil.
»Nein. Uns bleibt nichts anderes übrig, als einfach weiterzugehen.«

»Dann hoffe ich wenigstens, daß wir hier vor den Mörderwölfen sicher sind.«
Und gleich darauf erklang ein markerschütterndes Geheul in dem unterirdischen Stollen, so als hätten die Bestien die Unterhaltung der Tiere belauscht.

Zweiter Teil

Der Weg zu den Wasserfällen

Johanna Nilsson

11. Erinoult, der Große Meister

Die Tiere standen jetzt in einem hohen Raum. Die Luft war frisch und duftete, und das Licht an den Wänden schien an Intensität noch zuzunehmen, während sie voller Erstaunen dastanden. Granny und Blackpaw hatten sich von der kleinen Gruppe entfernt und verharrten mit gesenkten Köpfen vor einer Steinskulptur, die in einem eigenartigen Licht – noch heller als das an den Wänden – erstrahlte.
Bramble wagte kaum zu reden, aus Angst, den Zauber dieses heiligen Ortes zu brechen.
»War er ein Mitglied des Großen Clans, Granny?« fragte er schließlich und deutete auf die Statue, die einen großen, kräftigen Dachs darstellte.
»Das ist Erinoult, der König«, hauchte Granny. Sie konnte kaum sprechen, so ergriffen war sie. Tränen glänzten in ihren Augen, und sie hielt Blackpaw fest umfaßt.
Der junge Dachs weinte ohne Scham.
»Sie sind unsere Herren«, sagte er endlich. »Sie sind gekommen und wieder gegangen, viele hundert Male. Und wir haben das Versprechen, daß Erinoult und der Große Clan in Zeiten der Not vom Geheimen Hügel aufbrechen und allen helfen, die in Bedrängnis und Gefahr sind. In den Tagen des Goldenen Zeitalters kehrten sie in ihre Welt zurück, da sie nicht gebraucht wurden. Überall – in den Wäldern, auf den Feldern, den Wiesen und über den Meeren – herrschte Frieden, und niemand brauchte den Großen Clan um Beistand zu bitten, der nun im Hohen Haus residiert.«
»Wo ist das Hohe Haus?« fragte Bumble, der jetzt neben seinem Vater stand, die Augen voller Erstaunen über die prächtige Statue des Königs Erinoult weit aufgerissen.
»Psst, Bumble«, ermahnte Branch ihn.

»Das Hohe Haus ist der schönste Ort, den man sich überhaupt vorstellen kann«, sagte Granny träumerisch. »Vielleicht liegt er hinter den Wasserfällen. Gruff sprach manchmal davon.«
»Meinst du etwa das Tal der Wilden Rosen?« fragte Bumble unbeirrt.
Granny lachte und blickte auf den kleinen Kerl neben ihr.
»Ja. Ganz ähnlich wie das Tal der Wilden Rosen. Nur viel größer und schöner. Und man fühlt sich einfach wunderbar dort.«
»Sprichst du von dem Hohen Haus, das auch in unseren Büchern der Weisheit erwähnt wird?« fragte Basil.
»Es ist dasselbe, ganz gleich, welcher König über euch herrscht«, beantwortete Blackpaw die Frage des Bibers. »Unser König ist Erinoult. Ihr habt sicher einen anderen, obwohl diese Statue auch einem Biber ziemlich ähnlich sieht.«
»Du glaubst also, irgendwo gibt es einen Biberbau mit einer vergleichbaren Skulptur wie dieser?« fragte Beryl.
»Das würde mich nicht überraschen«, entgegnete Granny. »Wir haben Erinoult hier gefunden, und das hat sicher einen Grund.«
»Ich will den Biberkönig sehen«, jammerte Cabbage.
»Das wirst du auch«, sagte Blackpaw. »Wir haben Erinoults Statue mehr oder weniger durch Zufall gefunden, wir werden auch die Statue deines Königs und die aller anderer Tiere finden, Cabbage, wenn mich nicht alles täuscht.«
»Das würde mir gefallen«, sagte Bumble. »Vater hat mir Geschichten über den großen König Olthin vorgelesen und wie er die Jäger täuschte, die alle Otter im Alten Wald töten wollten.«
»Olthin gehört auch zu den Meistern des Großen Clans«, meinte Granny.
»Ich habe Hunger«, sagte Cabbage, dem plötzlich einfiel, daß es ziemlich lang her war, seit er gegessen hatte.
»Der Eine wird schon für uns sorgen«, murmelte Granny. »Über all der Aufregung habe ich das Nächstliegende vergessen. Wir wollen hier ein bißchen herumstöbern, vielleicht finden wir etwas, aus dem wir eine anständige Mahlzeit machen können. Wir brauchen dringend eine Stärkung.«

»Wir haben etwas Proviant aus deiner Küche mitgenommen«, sagte Morley.
»Und hier scheint auch eine Feuerstelle zu sein«, wunderte sich Stump. Er begutachtete einen sauber aufgeschichteten Stapel Holz, fertig zum Anzünden.
»Dann zünde ihn doch an«, sagte Ash und stellte sich neben den Maulwurf.
»Hier hast du Zunder, Stump. Kochendes Wasser für Tee wäre jetzt genau das Richtige.«
»Und ich habe auch noch etwas zu essen«, fiel Branch ein. »Ich glaubte schon, ich hätte es verloren, als Blackpaw zu uns stieß. Aber ich habe es in meiner zusammengeknoteten Schürze wiedergefunden.«
»Und ich habe Brot«, zwitscherte Beryl.
»Dann können wir uns ja zu einem richtigen Festmahl niederlassen«, meinte Bramble, »nur das Wasser fehlt noch.«
»Es gibt hier sicher irgendwo einen Brunnen«, erklärte Blackpaw. »Diese Tunnel führen alle zu einem unterirdischen Fluß. Es gab Zeiten, da mußten unsere Vorfahren die Wintermonate unter der Erde verbringen.«
»Wie vernünftig«, stimmte Morley zu. »Nur ein Dummkopf würde sich in der kalten Jahreszeit draußen aufhalten.«
»Manchen macht es aber Spaß«, wandte Bramble ein. »Wenn ihr Burschen euch doch nur einen dicken Pelz zulegen würdet und Rutschpartien etwas mehr Geschmack abgewinnen könntet, hättet ihr auch größeren Spaß am Winter.«
»Du hast gut reden, du Wasserhund. Dir hat der Schlamm das Hirn vernebelt. Du bleibst ja nie lange genug an einem Ort, daß er dir zur Heimat wird. Wenn es dir in den Sinn kommt, brichst du zu neuen Gestaden auf. Ein schönes Plätzchen zum Schwimmen und Sonnen genügt dir schon. Du verschwendest doch nie einen Gedanken an morgen.«
Während der langen Rede des Maulwurfs nickte Branch zustimmend.
»Das ist Bramble, wie er leibt und lebt«, sagte sie. »Und außerdem treibt er sich noch lange nach Mondaufgang mit seinem

Sohn draußen herum, damit der Kleine das silberglänzende Wasser und die Leuchtkäfer bewundern kann. Dabei sind doch allerlei seltsame Tiere nachts unterwegs.«

»Sie tun niemandem etwas zuleide, Liebes . . .« fing Bramble an, doch seine Frau schnitt ihm das Wort ab.

»Da bin ich mir nicht so sicher. Jedenfalls möchte ich nichts mit diesen Vagabunden zu tun haben.«

»Hört mit diesem Unsinn auf, Kinder!« befahl Granny. »Wir haben noch viel zu tun und keine Zeit für Diskussionen.«

»Ich dachte, unser Plan stünde schon fest, Granny«, meinte Morley. »Du hast doch gesagt, es gäbe keinen Weg mehr zurück.«

»Ja, wir müssen einfach weitergehen und versuchen, unbemerkt von den Mörderwölfen aus dem Wald zu kommen. Vielleicht können wir uns verstecken und warten, bis sie weitergezogen sind. Eine andere Wahl haben wir nicht«, murrte Stump.

»Ich sehe auch keine weitere Möglichkeit«, stimmte Blackpaw zu.

»Aber es gibt noch eine Lösung, wenn ihr genau überlegt«, ertönte plötzlich eine mächtige Stimme, die die Tiere zu Tode erschreckte.

Eine süße Musik, einem Regenbogen gleich, setzte ein, und die Tiere sahen, wie die Statue des Königs Erinoult mit einemmal erzitterte und Funken sprühte. Blackpaw und Granny lagen ihrem König zu Füßen, und die anderen Tiere stießen leise Klagelaute aus und bedeckten ihre Augen. Die Regenbogenmusik erfüllte den Raum mit strahlend schönen Farben, und die Stimme klang noch mächtiger, und in den Herzen der Tiere breitete sich gleichzeitig Kraft und Furcht aus.

12. Die Statue spricht

»Das ist nicht wahr«, stammelte Bramble, während er fasziniert den goldenen Glanz, der die Statue König Erinoults umgab, betrachtete.

»Es ist wahr, mein gutes Wasservolk. Wahrscheinlich habt ihr mich schon oft auf euren Reisen gesehen, obwohl ich immer in anderer Gestalt auftrat.«
Bramble fürchtete sich nicht mehr so sehr. Die gütige Stimme beruhigte ihn.
»Doch jetzt müßt ihr mir zuhören. Und hört gut zu. Der Große Clan verläßt das Hohe Haus und kommt wieder in die anderen Welten. Ihr seid vor dem ersten Rudel Mörderwölfe geflohen, das wegen des Drachenwinters nach Süden zog. Die Zeiten sind schwer und verlangen von jedem die Aufbietung aller seiner Kräfte. Doch wir sind da und nehmen den Kampf auf. Wir werden ihn gewinnen, so wie wir früher alle Kämpfe gewonnen haben.«
Mit der Vorderpfote berührte Blackpaw seine Schnauze.
»Wie sollen wir das tun, Meister? Wir sind nur ein paar schwache Tiere und haben keine Chance gegen Mörderwölfe.«
»Du sollst ja nicht allein gegen sie kämpfen, mein Bruder. Du brauchst überhaupt nicht zu kämpfen, wenn du es vermeiden kannst. Der Drachenwinter ist nur das Zeichen für jene in den niederen Welten, die an uns glauben, sich auf die Reise zu begeben, um mit dem Großen Clan im Hohen Haus zu leben.«
»Wie sollen wir jemals dorthin gelangen?« fragte Bramble. »Mörderwölfe halten uns gefangen, und wir haben nur noch für einen Tag Nahrung. Hier können wir nicht ewig bleiben.«
»Die Wölfe sind Nachkommen einer üblen Brut, die in einem Drachenwinter immer überhand nimmt. Davon sind auch alle anderen Tiergattungen betroffen. Und die Menschen sind noch grausamer geworden.«
»Was sollen wir also tun?« fragte Granny. Sie dachte, daß Erinoult viel Ähnlichkeit mit dem jungen Gruff hatte. Und instinktiv wußte sie: Auch Gruff lebte bei dem Großen Clan, wo immer das auch war.
»Ihr müßt nach dem Stern hinter den Wasserfällen Ausschau halten«, antwortete die Stimme.
Die Tiere hielten den Atem an.
»Zu den Wasserfällen«, riefen die Tiere dann alle zusammen.

»Und noch weiter müßt ihr gehen. Folgt dem Stern Erinoults. Er ist der hellste in diesem Teil des Himmels.«
Der Maulwurf erholte sich als erster von dem Schreck.
»Um es einmal frei heraus zu sagen, Meister. Wir sind doch nicht so dumm und laufen in einem Wald voller Mörderwölfe herum, mit unseren Frauen und Kindern. Ganz zu schweigen davon, daß wir keinen Proviant haben und Gott weiß was für Gefahren auf uns lauern. Das ist doch gegen jede Vernunft!«
Stump lachte kurz höhnisch. »Dann können wir gleich hierbleiben und vor Hunger sterben. Wenigstens landen wir auf diese Weise nicht in dem Magen irgendeines Mörderwolfs.«
»Stump!« schimpfte Granny. »Deine Sprache ist derart ungeschliffen, daß wohl selbst Maulwürfe sie mißbilligen.«
»Er spricht eben so, wie er es versteht, Mutter«, sagte die tiefe Stimme freundlich. »Oberflächlich betrachtet, scheint diese Reise ganz und gar unmöglich. Und natürlich will ich Gefahren nicht ausschließen.«
»Gefahren ist wohl nicht das richtige Wort«, fuhr der Maulwurf fort. »Ich würde unser geplantes Unternehmen eher eine Katastrophe nennen.«
Bramble trat neben seinen Freund.
»Du hast ein tapferes Herz, Stump, obwohl deine Ansichten nicht gerade aufmunternd wirken. Laß uns doch erst einmal hören, was Erinoult zu sagen hat.«
Bramble hatte jegliche Angst vor der seltsamen und doch so freundlichen Stimme verloren. Seit sie zum erstenmal gesprochen hatte, war die Hoffnung in ihm aufgekeimt, daß es ihnen gelingen könnte, den Mörderwölfen zu entkommen, Nahrung zu finden und auch mit Old Bark zu sprechen, der ja schließlich hinter den Wasserfällen lebte. Er wußte, daß einer seiner Urahnen diese Reise gemacht hatte, ebenso wie Gruff und Greystone. Sie alle waren gesund zurückgekehrt, obwohl nie jemand ausführlich über die Reise gesprochen hatte außer, daß es »sehr weit« sei.
»Ich danke dir, mein guter Otter«, sagte die Stimme, die, wie es schien, Gedanken lesen konnte. »Ihr habt mit euren Befürch-

tungen recht, und in dem, was der Maulwurf sagt, liegt sicherlich ein Körnchen Wahrheit. Ich werde euch jedoch bei eurem Vorhaben nach Kräften unterstützen und leiten.«

»Dann begleitet ihr uns also, Meister?« fragte Blackpaw voller Hoffnung.

»Das dürfte steinernen Füßen recht schwerfallen«, entgegnete die Stimme. »Nein, ich komme nicht mit. Ich werde euch jedoch eine Karte mitgeben, auf der alle Pfade und Wege eingezeichnet sind; euch vor eventuellen Gefahren warnen und euch mit Nahrung versorgen.«

»Und wie könnt Ihr das tun, da Ihr uns nicht begleitet?« fragte Basil.

»Ganz einfach. Wie ich schon sagte, manchmal nehme ich eine andere Gestalt an. Und ich habe Mittel und Wege, euch zu helfen. Aus gutem Grund, denn der Große Clan möchte mit euch sprechen.«

»Mit uns?« zirpte Bumble.

»Ja. Deshalb müßt ihr euch mit den Mitgliedern des Clans hinter den Wasserfällen treffen.«

»Erstrahlen wir dann auch in einem solchen Licht wie Ihr, Meister?« fragte Cabbage, der die Statue wie verzaubert anstarrte.

»Eines Tages vielleicht. Doch zuerst müßt ihr dem Befehl des Großen Clans gehorchen und euch auf den Weg machen.«

»Welche Vorbereitungen sollen wir treffen?« fragte Granny. Sie dachte an den fehlenden Proviant und an Gruffs Reisebeschreibungen über dieses wilde, unwirtliche Land in der Nähe der Wasserfälle. Und dann schweiften ihre Gedanken ab zu ihrem Herd und ihrer properen Küche, die jetzt in Schutt und Asche lag.

»Das Backen kann warten, Mutter«, sagte die Stimme, und die alte Dächsin zuckte erschrocken zusammen. »Am Ende der Reise wirst du genügend Zeit für deine Blaubeerkuchen haben.«

»Und wie kommen wir, ohne daß die Mörderwölfe es merken, hier heraus?« fragte Basil.

»Das macht mir die geringste Sorge. Und wahrscheinlich finden wir auch irgendwo etwas zu essen. Doch wir müssen unbedingt die Südgrenze des Waldes erreichen, ehe die ersten Schneefälle einsetzen.«

»Und das ist am schwierigsten«, stimmte Bramble zu. »Selbst wenn wir Tag und Nacht marschieren, bin ich mir nicht sicher, ob wir es schaffen. Ich bin niemals an den Wasserfällen gewesen, aber wir brauchen zwei Wochen bis zum Thorn Canyon*. Wie viele Tage wir dann noch brauchen, um die Wasserfälle zu erreichen, weiß ich nicht.«

»Gruff sagte, vom Thorn Canyon bis zu den Hidden Wells** braucht man dreizehn Tage und noch einmal dreizehn bis zum Valley of Thunder***. Gleich dahinter liegen die Wasserfälle.«

Schweigend rechnete Bramble die Tage zusammen und schüttelte dann besorgt den Kopf.

»Dann wird es zu spät sein. Das schaffen wir niemals, selbst wenn wir Tag und Nacht marschieren.«

»Wir können die Kinder tragen«, schlug Branch vor. »So gewinnen wir Zeit.«

»Ich weiß«, entgegnete Bramble. »Wir müssen sie sogar tragen, und doch können wir vor Wintereinbruch nicht einmal den Pfad, der zu den Wasserfällen führt, erreichen.«

»Die ersten Schneefälle werden diesmal nicht so heftig sein«, erklang die mächtige, melodische Stimme. »Außerdem werden die niedrigen Temperaturen des Herbstes eure Reise angenehmer machen.«

»Und wann setzen die verheerenden Schneefälle ein? Die des Drachenwinters?«

»Den ersten Schneesturm wird es an dem Tag, nachdem das letzte Blatt von den Bäumen gefallen ist, geben. Zu diesem Zeitpunkt müßt ihr einen sicheren Unterschlupf gefunden haben.«

Bramble wollte gerade noch eine Frage stellen, aber das goldene Licht der Statue flackerte, wurde schwächer und erlosch schließlich ganz. Enttäuscht trat Bramble einen Schritt vor.

»Was ist geschehen?«

»Ich weiß es nicht«, sagte Granny. Sie wiegte sich noch im Takt

* Dornstrauch-Cañon ** Versteckte Quellen *** Tal des Donners

der Regenbogenmusik. »Aber dort ist die Öffnung zu einem Gang, von der weder ich noch Gruff etwas wußten.«
Alle Tiere starrten auf die Stelle, auf die die alte Dächsin deutete. Wo die Statue noch vor einer Sekunde gestanden hatte, war jetzt eine niedrige, bogenförmige Öffnung zu sehen. Ein schwacher Lichtschein drang aus dem Gang dahinter hervor, und nur Bumble wußte, daß dieses Licht nichts als die Strahlen der Sonne war.

13. Auf der alten Lichtung

»Die Sonne! Die Sonne!« zwitscherte Bumble außer sich vor Freude und war wie ein Blitz in der Öffnung verschwunden.
»Warte!« rief Branch und wollte ihren Sohn zurückhalten. Doch der junge Otter war schon in den kurzen Gang gehastet, der hinaus ins Freie führte.
Zuerst waren die Tiere von dem hellen Sonnenlicht geblendet, doch Cabbage war, ehe ihn jemand aufhalten konnte, seinem Freund gefolgt.
»Kommt«, drängte Bramble, »wir wollen sehen, was Erinoult mit seinen rätselhaften Worten gemeint hat. Vielleicht sind wir jetzt außerhalb der Reichweite unserer Lieben Freunde aus dem Norden.«
»Oh!« quiekte Branch. Sie hatte völlig vergessen, in welch schrecklicher Gefahr sie sich noch befanden, und sie sah schon Bumble in den Fängen eine dieser Bestien. Sie eilte, mit aufgestellten Nackenhaaren und gebleckten Zähnen, den beiden kleinen Kerlen hinterher.
Stump, zutiefst erschrocken, sprang schnell zurück, um von den anderen nicht überrannt zu werden.
»Was ist los, Branch?« rief Beryl und schmiegte sich eng an Basil.
»Wir werden jetzt alle hinausgehen und sehen, was los ist«, sagte Stump, der seine Fassung wiedergewonnen hatte. »Unsere entzückenden Freunde warten vielleicht auf uns, und wir wollen sie nicht enttäuschen.«

Bei diesen Worten verschwand auch Beryl im goldenen Licht des Gangs.
Danach krochen sie einer nach dem anderen vorsichtig ins Freie und fanden sich gegen die Sonne blinzelnd inmitten einer grasbewachsenen Lichtung wieder. Eine klare Quelle sprudelte dort, und sie war von Büschen und Beerensträuchern umgeben. Dazwischen wuchsen so hohe Bäume, daß ihre Kronen fast die Sicht auf den Himmel verdeckten. Die Luft war kühl, doch von einem herrlichen Duft von Waldblumen, Bäumen und frischem Wasser erfüllt.
Schließlich brach Granny das erstaunte Schweigen der Tiere. Sie neigte den alten graumelierten Kopf und sagte: »Gruff hat mir von dieser Lichtung erzählt. In den alten Büchern der Weisheit ist darüber zu lesen, und er und Greystone stritten immer, wer diesen Ort als erster entdecken würde.«
»Wer hat ihn denn entdeckt, Granny?« fragte Bumble.
»Keiner von beiden«, erwiderte die alte Dächsin und sah dem kleinen Otter in die Augen. »Denn sie hatten es gar nicht nötig, ihn zu finden. Sie waren ja nie dieser schrecklichen Gefahr ausgesetzt, so wie wir; und der große Erinoult hat uns den Weg zu seinem einstigen Zuhause gewiesen. Nach unseren Büchern der Weisheit ist dieses die Goldene Lichtung, die der Eine seinen ersten Kindern schenkte, als die Welt noch jung war.«
»Hier haben also deine Ahnen gelebt?« fragte Bramble.
»So heißt es in der Legende«, antwortete Granny. »Irgendwo muß ja alles begonnen haben, obgleich ich nie geglaubt habe, daß alles nur an diesem einen Ort seinen Anfang genommen hat. Sicherlich gab es viele dieser Lichtungen und viele Kinder der verschiedensten Tierarten.«
»Hört, hört«, brummte der Maulwurf. »Ich war im Lesen sicher nicht immer der fleißigste, aber da kann ich dir nur zustimmen.«
Blackpaw, der schweigend und in tiefer Betrachtung versunken dagestanden hatte, wandte sich jetzt an die Gruppe und sagte ehrfürchtig: »In dem Jahr, als der große Erinoult geboren wurde – ein Sohn des Himmels und der Erde –, lebte er auf der heili-

gen Lichtung, die den Namen First Wood* hatte, und von diesem unserem ersten Herrn stammen wir alle ab, bis heute.« Granny sah den jungen Dachs fest an.
»Du scheinst deine Lektionen gut gelernt zu haben.«
»Ich hatte einen ausgezeichneten Lehrer«, entgegnete er und verneigte sich.
»Glaubst du, daß wir jetzt außer Reichweite der Mörderwölfe sind?« fragte Basil.
»Und wenn es nicht der Fall ist, wie weit müssen wir dann noch gehen?« wollte Morley wissen.
»Wann essen wir endlich?« fragten Bumble und Cabbage einstimmig.
»Gleich, ihr beiden«, sagte Granny beruhigend. »Um auf eure anderen Fragen zurückzukommen: Ich weiß es nicht. Die vielen unterirdischen Gänge haben mich verwirrt, und der Ort hier ist mir unbekannt. Ich kann nur hoffen, daß wir unsere Verfolger abgeschüttelt haben. Wir brauchen Zeit, um uns zu orientieren und um neue Pläne zu schmieden.«
»Ich hoffe, diese Burschen sind rücksichtsvoll genug und tun uns den Gefallen«, sagte Stump und blies die Backen auf. Kurzsichtig spähte er den Waldrand entlang.
»Ich möchte einen Vorschlag machen, Granny«, sagte Bramble. »Basil, Stump, Morley und ich – natürlich auch Blackpaw, wenn er will – können gehen und den Wald auskundschaften und uns überlegen, wie wir uns am besten verteidigen. Die anderen könnten die zurückgebliebenen Vorräte holen.«
»Das hört sich ganz vernünftig an«, stimmte Basil zu. »Wir brauchen Proviant für unterwegs, falls wir uns überhaupt auf den Weg machen wollen.«
»Ja, warum bleiben wir nicht hier?« fragte Acorn Eichhörnchen. »An einem Ort wie diesem, wo Erinoult lebte, dürfte uns doch kaum Gefahr von den Mörderwölfen oder ähnlichen Ungeheuern drohen.«
»Euer Freund hat recht«, stimmte Blackpaw zu. »Diese Lich-

* Der erste Wald

tung war Erinoult heilig; heute noch gibt es hier geheime Kräfte. Auch ich würde gern hierbleiben. Ich glaube nicht, daß Mörderwölfe diesen Ort betreten können.«
»Was er sagt, könnte stimmen, Granny«, meinte Morley Bisamratte. »Warum hätte uns Erinoult sonst zu dieser Lichtung geführt? Das bedeutet doch, wir sollen hierbleiben.«
»Und wenn wir hierbleiben und eine neue Siedlung aufbauen, kann ich die Überlebenden von meiner Familie holen«, schloß Blackpaw.
»Ist das der einzige Grund, warum du das Risiko eingehen willst, hierzubleiben?« fragte Stump.
Blackpaw sah den Maulwurf böse an, ehe er antwortete.
»Du hast ja keine Familie bei dir, und so kann ich nur annehmen, daß du entweder ein Einzelgänger oder ein Herumstreuner bist, der keine Heimat hat.«
»Schweig, Blackpaw! Du weißt nicht, was du redest. Stumps Frau und Kinder wurden vor sechs Monaten von einem Rotluchs getötet. Seitdem lebt er bei uns.«
Der Dachs verneigte sich vor Stump und murmelte eine halbherzige Entschuldigung.
»Mit mir hat das nichts zu tun«, sprach Stump weiter. »Ich möchte nur deine Meinung kennenlernen. Willst du nur hierbleiben – und uns damit alle höchstwahrscheinlich in große Gefahr bringen –, weil du deine Familie retten willst? Oder glaubst du wirklich, daß diese Lichtung vor Feinden sicher ist?«
»Selbstverständlich möchte ich meine Familie in Sicherheit wissen«, gab Blackpaw bissig zurück. »Aber das beeinflußt meine Entscheidung keineswegs. König Erinoult hat hier gelebt, und ich glaube an ihn und die Magie, die ihm von dem Einen verliehen wurde. Ich bin überzeugt, daß uns hier nichts passieren kann, sonst würde ich nicht so reden.«
»Jetzt kennen wir deine Beweggründe«, sagte Granny.
»Ich verstehe ihn auch. Ich denke, wir alle tun es. Es ist schon sehr verwirrend, wenn einfache Tiere wie wir plötzlich vor Probleme dieser Art gestellt werden. Und schließlich haben wir ja in den vergangenen Stunden allerhand durchgemacht. Wir

brauchen etwas Zeit, damit wir die Dinge wieder im richtigen Licht sehen.«

»Was meinst du dazu, Granny?« fragte Acorn Eichhörnchen.

»Ich meine, daß ich erst etwas zu essen brauche. Ein Nickerchen könnte auch nicht schaden«, antwortete die alte Dächsin. »Und dann würde ich gern die Mörderwölfe vergessen und in meine Küche zurückkehren, denn was wir jetzt tun müssen, gefällt mir überhaupt nicht. Als erstes sollten wir uns einen Unterschlupf suchen, dann essen und schlafen, wobei wir aber ein scharfes Auge auf unsere Umgebung werfen sollten. Ich habe das Gefühl, daß unsere Freunde aus dem Norden nicht so leicht auf ihre Mahlzeit verzichten, selbst wenn diese Mahlzeit in einer alten heiligen Lichtung versteckt ist.«

Sie schwieg und wandte sich dann an den jungen Dachs.

»Ich habe viele Sommer gesehen, junger Freund, und viele merkwürdige Dinge erlebt und in den Büchern der Weisheit gelesen. Heute ist etwas geschehen, das nur wenige Tiere erlebt haben, und doch fühle ich, dieser Ort ist für uns nur ein Rastplatz, wo wir unsere Kräfte für diese lange Reise sammeln können. Nicht mehr.«

Blackpaw sah Granny nicht an, und alle Tiere konnten spüren, daß er keineswegs einer Meinung mit ihr war. Doch seine Erziehung verbot ihm, ihr zu widersprechen – jedenfalls nicht in Gegenwart der anderen.

»Wir wollen abstimmen«, schlug Bramble vor. »Jeder beugt sich der Mehrheit. Das ist die einzige Lösung.«

»Dafür bin ich auch«, sagte Stump.

»Wir auch«, sagten die Eichhörnchen.

»Und wir«, meinten die Biber.

Morley Bisamratte nickte, während er den Saum des Waldes nicht aus den Augen ließ.

»Granny, du bist die Älteste. Fordere alle jetzt zur Abstimmung auf«, sagte Bramble zu der Dächsin.

»Gut. So soll es sein. Jeder, der hierbleiben möchte, hebt die Pfote.«

Nur eine Pfote wurde hochgehoben – Blackpaws. Er starrte die anderen trotzig an.

»Und jetzt hebt jeder eine Pfote, der weiterziehen möchte.« Alle anderen Pfoten schnellten in die Höhe. Damit war die Entscheidung getroffen.

»Dann wollen wir anfangen«, sagte Bramble und teilte jedem eine Aufgabe zu. »Wir erkunden den Wald und welchen Weg wir nehmen. Der Rest kann sich um all das kümmern, was wir mitnehmen wollen. Bumble und Cabbage, ihr bleibt hier und helft euren Müttern.«

Den beiden Kerlchen gefiel das überhaupt nicht; sie maulten, taten aber, was ihnen befohlen.

Blackpaw setzte sich allein an die Quelle; er sah mürrisch und niedergeschlagen aus und murmelte vor sich hin.

Die anderen hatten bald ihren neuen Freund vergessen, sie waren einfach zu beschäftigt. Und am Spätnachmittag machte sich Bramble mit seinen Freunden auf den Weg, um die Umgebung zu erforschen.

14. Ein Freund verschwindet

Bramble war noch nicht weit gegangen, da entdeckte er, was er am meisten fürchtete: Abdrücke gewaltiger Pfoten – dreimal so groß wie seine eigenen –, mit vier scharfen Klauen, die sich deutlich in der weichen Erde abzeichneten: die Spuren der Mörderwölfe.

Es gab viele, und der Otter hatte nicht einmal Zeit, herauszufinden, in welche Richtung sie gingen, als er vom nahen Unterholz her Schnarchen hörte. Dort lagen sie und schliefen, nachdem sie ihrer Beute den Garaus gemacht und sie gefressen hatten.

Und dieser Tatsache habe ich jetzt mein Leben zu verdanken, dachte Bramble. Ihn schauderte, und einen Augenblick lang verließen ihn alle Kräfte. Doch er erholte sich schnell wieder und eilte zur Lichtung zurück, um die anderen zu warnen.

Er hielt sich dicht im Schatten der Bäume und lief, so leise er konnte, mit gesträubtem Nackenhaar, die Nase witternd in die Luft gestreckt. Es war sehr lange her, seit Bramble alle seine

Sinne gebraucht hatte, um sich vor Feinden zu schützen, doch nach einer Weile kehrten seine alten Fähigkeiten wie von selbst zurück. Er hatte nichts verlernt.
Er schlug Haken und machte Umwege, damit ein eventueller Verfolger seine Spur verlöre. Erst als er sich vergewissert hatte, daß kein Feind in der Nähe war, ging er vorsichtig auf die Lichtung zu.
Schon von weitem konnte er Blackpaws mächtige Stimme hören, der dröhnend verkündete: »Ich sage euch, niemand kann in Erinoults Lichtung eindringen. Hier sind wir sicher. Es ist ein heiliger Ort.«
Brambles Ohren lagen flach am Kopf an, und er hatte die starken weißen Zähne gebleckt. Wäre er ein Mörderwolf, er hätte gewußt, wen er zuerst angegriffen hätte.
Mit einem Satz sprang er auf die Lichtung und vergaß im Moment vor Zorn jegliche Vorsicht. Er hatte nur eins im Sinn: den lauten Dachs zum Schweigen zu bringen. Niemand hatte ihn kommen hören, und alle schrien erschrocken auf, als er so plötzlich auf der Lichtung erschien.
Bramble bedeutete allen still zu sein und deutete mit einer Pfote in die Richtung, wo die Mörderwölfe schliefen. Dann flüsterte er: »Sie sind hier. Ganz in der Nähe. Sie müssen gerade jemanden getötet und gefressen haben und schlafen nach ihrem Mahl. Wir haben also eine Chance, zu entkommen.«
»Sind die anderen noch da draußen?« fragte Beryl besorgt.
Bramble hatte seine Freunde in der Eile, die Zurückgebliebenen zu warnen, völlig vergessen. Beruhigend tätschelte er ihr die Pfote.
»Sie sind in andere Richtungen ausgeschwärmt. Doch sie haben die Wölfe sicher gesehen und sind genauso vorsichtig wie ich.«
»So wird es sein«, stimmte Branch zu.
»Psst!« gebot Bramble Schweigen, denn er hatte eine Bewegung am Waldrand gesehen. »Schnell, geht alle zurück in den unterirdischen Gang. Wir können ihn von innen blockieren, falls es nötig ist«, befahl er. »Hier im Freien haben wir keine Chance.«

»Schnell, Kinder!« drängte Granny, und einer nach dem anderen verschwand in dem Tunnel.
Blackpaw und Bramble waren die letzten und suchten nach geeigneten Steinen, um den Eingang zu verschließen. Doch es lagen nur ziemlich große Felsbrocken herum, die keiner der beiden tragen konnte.
Bramble eilte in den Raum, wo die Statue gestanden hatte, in der Hoffnung, hier etwas Passendes zu finden oder wenigstens eine Waffe, mit der sie sich verteidigen konnten.
»Dieses verweichlichte Leben!« fluchte er leise. »Als der Rotluchs aus unseren Wäldern verschwunden war, glaubten wir, daß uns nie mehr eine Gefahr drohen könnte. Wir müssen völlig den Verstand verloren haben.«
Er durchstöberte verstaubte alte Haufen voller Gerümpel, doch er konnte nichts Brauchbares finden. Da legte Granny ihm eine Pfote auf die Schulter.
»Hier habe ich, was wir brauchen«, sagte sie leise, ihre Stimme kaum mehr als ein Flüstern, doch sie klang so aufgeregt, daß Brambles Herz schneller schlug.
»Was ist das?« fragte Bramble.
»Der Fluch der Drachenhorden, der schlimmsten Feinde Erinoults«, antwortete sie voller Ehrfurcht.
Plötzlich erfüllte ein strahlendes Licht den dämmrigen Raum, und Bramble trat erschrocken zurück.
»Dies ist das Schwert Erinoults«, sagte Granny. »Gruff hat mir viel darüber erzählt. Es mußte hier sein. Und hier sind auch die Schwerter seiner Gefolgsleute. Damit haben sie in den ersten Jahren von Erinoults Herrschaft viele Drachen erschlagen und noch mehr andere Feinde. Seitdem liegen diese Schwerter hier in tiefem Schlaf. Vielleicht haben sie nur auf uns gewartet.«
»Dieses Schwert gehört mir«, unterbrach Blackpaw die alte Dächsin. »Ich bin der einzige ältere Dachs hier, also bin ich berechtigt, es zu tragen.«
»Ich glaube, diese Ehre gebührt eher Granny«, sagte Bramble mit flacher Stimme.

»Sie ist alt und schwach. Falls es zum Kampf kommt, ist sie nicht in der Lage, das Schwert zu führen.«
»Vielleicht besser, als du es dir vorstellen kannst«, sagte Granny.
»Wo sind die anderen Schwerter, Granny? Wir müssen bereit sein, wenn es zum Schlimmsten kommt.«
Granny gab Bramble und Blackpaw kurze Schwerter, die in Scheiden steckten. Sie erglänzten in demselben strahlend goldenen Licht wie Erinoults Waffe, als die Tiere sie zogen.
»Sind noch mehr Schwerter da? Für Stump, Morley und Basil?«
»Morley braucht keins«, drang eine atemlose Stimme zu ihnen. »Er wurde von diesem Abschaum aus dem Norden gefangengenommen.«
»Basil!« riefen alle, liefen zur Tür und halfen dem Biber, den humpelnden Stump in Sicherheit zu bringen.
»Was ist passiert? Ich habe doch nichts gehört«, sagte Bramble.
»Nachdem wir uns getrennt haben, ging ja jeder von uns, wie geplant, in eine andere Richtung. Morley nach Norden, Stump nach Osten, du nach Westen und ich nach Süden.«
Basil schwieg und fuhr sich mit der Pfote über die Augen.
»Ich war erst ein paar Minuten unterwegs, als ich seltsame Geräusche im Unterholz hörte. So als ob jemand dort herumschleichen würde.«
»Gib ihm etwas zu trinken, Granny. Wir müssen auch nach Stump sehen. Seine Hinterpfote sieht schlimm aus.«
Bramble half dem verwundeten Maulwurf sich hinzulegen und reichte Basil einen Wassersack. Der Biber trank gierig.
»Das konnten nur die Mörderwölfe sein, aber ich war fest entschlossen, daß nicht alle von uns ihnen zum Opfer fallen sollten. Ich lief schnell davon, in der Hoffnung, irgendwo auf ein Gewässer zu treffen, um sie loszuwerden. Zwar können diese Bestien mit Feuer umgehen und auch sprechen, aber mit einem Biber in seinem Element können sie es nicht aufnehmen.«
»Du wolltest sie also von uns fortlocken?« sagte Beryl, die ihren Sohn fest umklammert hielt. »Wie tapfer von dir.«
»Ihr seid nicht sehr schlau, ihr Biber«, polterte der Maulwurf, der sich schon wieder etwas erholt hatte.

»Sei still, Stump«, tadelte ihn Granny gutmütig.
»Jedenfalls war es nicht sehr schlau von ihm, euch wieder hierher zu locken«, meinte Branch scherzhaft.
»Ihm blieb ja gar nichts anderes mehr übrig. Er hatte sich verirrt«, antwortete der Maulwurf.
»Aber Morley? Was ist mit Morley passiert?«
»Wie ich schon sagte, ich wollte die Wölfe von der Lichtung fortlocken, und da entdeckte ich Morley. Er wanderte vor mir her, als ob er auf einem Sonntagsspaziergang wäre, und pflückte Erdbeeren, völlig unbekümmert. Noch ehe ich ihn warnen konnte, hatten sich drei dieser Bestien auf ihn gestürzt. Ich schlug mich zurück in die Büsche und suchte nach Stump. Als wir zur Lichtung flohen, kamen zwei Mörderwölfe hinter uns her. Wir rannten, was das Zeug hielt, bis wir ein Loch fanden, in das wir hineinschlüpften. Stump hat sich mächtig beim Graben angestrengt, und so konnten wir mit knapper Not entkommen. Nur erwischte einer von ihnen Stumps Hinterpfote, aber ich habe ihn kräftig in die Nase gebissen, und da hat er schließlich losgelassen.«
»Der arme Morley. Er hat das alles nie sehr ernst genommen. Es tut mir so leid. Wir hätten ihn warnen müssen, wie gefährlich es da draußen ist.«
»Er hat sich auf Blackpaw verlassen, der ja glaubt, daß wir hier nichts zu fürchten haben«, sagte Basil und sah den Dachs böse an.
»Ich bin nicht daran schuld«, sagte Blackpaw wütend. »Ich bin sicher, diese Wölfe hätten nie herausgefunden, wo wir sind, wenn ihr Stümper das nicht herausgefordert hättet. Jetzt wissen sie, wo sie suchen müssen, und das werden sie auch tun. Ich habe euch gewarnt, aber ihr wolltet ja nicht auf mich hören.«
Bramble war voller Zorn. Er mußte an den armen Morley Bisamratte denken, der völlig ahnungslos den Wald durchstreift hatte. Hoffentlich hatte der kleine Kerl nichts gespürt, als er von den Wölfen verschlungen wurde, dachte er.
»Du bist indirekt an seinem Tod schuld, Blackpaw. Morley war sicher nicht der Intelligenteste, aber er war ein guter Kerl und immer fröhlich und voller Hoffnung. Deinen Glauben an Eri-

noult und seine Lichtung wollen wir dir nicht nehmen, auch wird Morley durch Beschuldigungen nicht wieder lebendig, aber dein Benehmen gefällt mir überhaupt nicht. Das muß einmal gesagt sein.«
Nachdem er seinem Herzen Luft gemacht hatte, drängte Bramble seinen Zorn zurück, denn er fühlte sich irgendwie für Morley verantwortlich. Außerdem plagten ihn nagende Zweifel. Vielleicht hatte Blackpaw doch recht, und sie wären auf Erinoults heiliger Lichtung alle in Sicherheit gewesen.

15. Noch einmal Morley

Granny hatte in Erinoults Gemach einen alten Herd entdeckt, und jetzt bereitete sie zusammen mit Branch und Beryl eine Mahlzeit zu, während Bramble und seine Freunde ihre neuen Waffen bewunderten.
Bumble und Cabbage waren von den glänzenden Schwertern begeistert und bettelten immer wieder, sie noch einmal ansehen zu dürfen. Doch allmählich wich die anfängliche Begeisterung der älteren Tiere ernsthafter Besorgnis, denn erst jetzt wurde ihnen klar, in welch verzweifelter Lage sie sich befanden. Und sie trauerten alle um ihren lieben Freund Morley Bisamratte.
Beryl konnte kaum die Tränen zurückhalten.
»Ich kann es immer noch nicht glauben«, sagte sie mit zitternder Stimme. »Erst gestern hatten wir uns alle in Grannys Haus versammelt, und jetzt sind wir an diesem seltsamen Ort und haben keine Heimat mehr. Grannys Haus ist abgebrannt und der arme Morley . . .«
Die Stimme versagte ihr.
»Es hat keinen Zweck, darüber nachzugrübeln«, beruhigte Granny sie. »Das macht alles nur noch schwerer. Wir müssen lernen, den Verlust eines Freundes zu ertragen.«
»Ich weiß, Granny. Aber ich bin völlig aus der Fassung. So muß es dir auch ergangen sein, als Gruff starb.«
Die alte Dächsin unterbrach ihre Arbeit und starrte auf den bul-

lernden Herd, dem ein köstlicher Duft nach frischgebackenem Brot entströmte.

»Zuerst war es sehr schwer. Ich dachte nur an mich selbst und meine Einsamkeit und stellte mir eine trostlose Zukunft vor. Doch nach und nach habe ich die Erfahrung gemacht, daß man nie wirklich allein ist.«

»Wann gibt's was zu essen?« fragte Bumble, der hungrig auf die Ofentür starrte.

»Bald. Du kannst mit Cabbage mal nachsehen, ob ihr nicht etwas findet, was wir als Tisch benützen können. Vielleicht findet ihr auch Geschirr und Bestecke.«

Granny wandte sich wieder ihrem Herd zu, blickte ins Feuer und versuchte, Beryls Frage zu beantworten.

»Nach einer Weile passiert irgend etwas, und man macht einfach weiter. Es ist schwer zu erklären, aber es geschieht etwas.«

Blackpaw, der sich schmollend in eine Ecke zurückgezogen hatte, kam jetzt zum Herd und sagte verächtlich: »Ihr seid nichts als ein Haufen abergläubischer alter Hexen. Eine schwarze Katze ist einfach eine schwarze Katze. Und sonst nichts. Nichts, das man fürchten müßte. Euer Freund hat nur bekommen, was er verdiente: Er wurde gefressen. Übrigens, wann essen wir denn endlich?«

»Du wirst in der Küche nicht gebraucht!« fuhr Granny ihn ärgerlich an. »Gegessen wird, wenn das Essen fertig ist.«

»Ihr braucht mir nicht die Schuld an Morleys Tod zu geben. Ich habe den Vorschlag, die Gegend zu erkunden, nicht gemacht. Hättet ihr auf mich gehört, würde euer Freund jetzt auch hier auf sein Abendessen warten.«

Basil und Bramble legten ihre Waffen beiseite und traten an den Herd, während Blackpaw sein Schwert fester schnallte und großspurig einherstolzierte.

»Wir müssen uns jetzt einen neuen Plan zurechtlegen. Die Wölfe wissen, daß wir in der Nähe sind und werden bald nach uns suchen.«

»Dann sind wir schon längst von hier verschwunden«, entgegnete Bramble kurz angebunden.

»Können wir nicht bis morgen bleiben?« fragte Ash, die mit ihren beiden schlafenden Babys im Arm dasaß.
»Das wird wohl kaum möglich sein. Bis dahin haben die Bestien uns längst entdeckt.«
»Und das haben wir dir zu verdanken«, schimpfte Blackpaw.
»Ich hätte einen Vorschlag zu machen, wer als nächster auf der Speisekarte unserer lieben Freunde steht«, meinte Stump, der mühsam aufstand und näherkam.
»Es wird keinen nächsten geben, wenn wir nur vorsichtig genug sind«, entgegnete Bramble. »Wir haben jetzt Waffen und können uns durchaus unserer Haut wehren.«
»Mir wäre wesentlich wohler, wenn ich ein paar meiner Brüder an meiner Seite wüßte, sollte es zum Kampf kommen«, sagte Blackpaw höhnisch. »Euch traue ich in dieser Hinsicht nicht allzuviel zu.«
»Noch ein Wort, du junger Heißsporn, und ich haue dir die Bratpfanne über den Schädel. Hör endlich auf zu streiten. Wir sollten lieber überlegen, was als nächstes zu tun ist, wenn wir uns in Sicherheit bringen wollen.«
»Gut gesprochen, Granny«, schnaubte Stump. »Ich möchte vorschlagen, wir begraben unseren Streit und machen uns an die Arbeit.«
»Damit bin ich einverstanden«, sagte Bramble. »Hier meine Pfote darauf.«
»Und meine«, sagte Basil und streckte auch seine Pfote aus.
»Worauf wartest du noch?« fragte Granny den jungen Dachs, der die anderen Tiere böse anstarrte.
»Und du auch, Acorn. Du hast zwar nichts gesagt, aber ich weiß, wie du denkst. Einer für alle, und alle für einen.«
Das Eichhörnchen glättete seinen Pelz und ging mit ausgestreckter Pfote steif auf den Dachs zu.
»Also gut. Ich muß an meine Frau und Kinder denken.«
»Du brauchst nicht mitzumachen, wenn du nicht willst«, grollte Blackpaw. »Zwischen uns gibt es nicht viel Liebe. Aber ich stimme mit der alten Haut überein. Was sie sagt, ist vernünftig. Im Augenblick brauchen wir einander, und ich bin bereit, meinen Teil der Abmachung zu erfüllen.«

»Vielleicht hältst du erst einmal den Mund. Ich lasse mich nicht gern beleidigen.«
»Das ist deine Sache. Ich habe nur die Wahrheit gesagt, und ich sehe gar nicht ein, warum ich mich deswegen entschuldigen soll.«
Granny schlug die Herdtür mit lautem Knall zu und drehte sich zu den erschrockenen Tieren um. Wenn sie wütend war, wirkte sie viel größer und jünger. Sie ähnelte Gruff dann sehr. Und wütende Dachse können einen erschreckenden Anblick bieten.
»Jetzt ist es endgültig mit diesen Streitereien vorbei. Das sage ich euch zum letztenmal, dir, Bramble, und dir, Basil, und auch euch, Stump und Acorn. Was dich angeht, mein lieber Vetter, dieser Abschaum aus dem Norden hat bessere Manieren als du. Ich weiß nicht, welche Kinderstube du genossen hast, aber ich bin überzeugt, deine Familie wäre über dein Benehmen entsetzt. Also Schluß damit. Wir setzen uns jetzt zusammen und beraten, was zu tun ist. Wir brauchen einander. Habe ich mich klar genug ausgedrückt?«
Alle Tiere schwiegen beschämt; sie nickten nur zustimmend. Noch nie hatte jemand Granny derart außer sich gesehen. Selbst Blackpaw war über ihren Ausbruch ganz verblüfft, und er nickte ebenfalls gehorsam.
Und ebenso plötzlich wie der Zorn sie überwältigt hatte, war er wieder verschwunden. Als sei nichts geschehen, kümmerte sie sich um ihren Herd.
Bramble fing sich als erster wieder; er machte Basil ein Zeichen.
»Wir beide sollten am Eingang Wache halten. Ich habe kein gutes Gefühl.«
»Keine schlechte Idee«, meinte Ash. »Nach all dem Geschrei hier ist es gut möglich, daß die Bestien uns gehört haben.«
»Kann ich mitgehen?« fragte Bumble.
»Ich will auch gehen!« rief Cabbage.
»Das kommt überhaupt nicht in Frage. Wo ist mein Tisch? Und mein Geschirr?«
Granny sah die beiden forschend an.
Die Kerlchen wußten, daß sie der alten Dächsin jetzt nicht wi-

dersprechen durften, und sie verbeugten sich und sagten: »Ja, Granny«, und waren verschwunden.
Bramble und Basil steckten vorsichtig die Nase auf die Lichtung hinaus und schnupperten prüfend, die Augen auf den Waldsaum, der schon in der Dämmerung lag, geheftet.
Sie hatten gerade ein Stück der Schneise überquert, als sie ein seltsames Geräusch hörten. Es klang wie ein regelmäßiges Schlürfen, das immer näher kam.
Sie sahen sich fragend an, doch keiner von beiden wußte, was dieses sonderbare Geräusch zu bedeuten hatte.
Es wurde immer lauter, und Bramble wollte schon wieder in den sicheren Gang zurückkehren, als Basil ihn aufgeregt anstieß und auf ein undurchdringliches Gebüsch deutete. Dort, im Dämmerlicht, war eine schwache Bewegung zu erkennen.
Mit aufgestelltem Nackenhaar griff Bramble nach dem Schwert an seiner Seite.
Jetzt war eine schattenhafte Gestalt gegen die schwarzen Umrisse des Waldes zu erkennen. Bramble flüsterte seinem Freund ins Ohr: »Ich glaube nicht, daß es sich um einen Wolf handelt. Dazu ist es zu klein.«
»Du hast recht.«
Kaum hatte Basil ausgesprochen, löste sich die Gestalt vom Hintergrund, stolperte auf sie zu und fiel auf die Erde.
»Es ist Morley!« rief Basil und rannte auf seinen verwundeten Freund zu.
Ohne Warnung sprangen zwei magere Mörderwölfe aus dem Unterholz, wo die Bisamratte hilflos im Gras strampelnd lag, und ein dritter eilte mit mächtigen Sätzen auf Basil zu. Ohne zu überlegen, zog Bramble sein neues strahlendes Schwert und schoß wie ein Pfeil vorwärts, dabei stieß er seinen längst vergessenen schrecklichen Kriegsschrei aus.
Auch Basil hatte sein Schwert gezückt, und obwohl er es unbeholfen handhabte, hatte er den einen Mörderwolf tief in die Schnauze getroffen. Der stieß ein furchtbares Schmerzgeheul aus, darauf unterbrachen die beiden anderen Bestien ihren Angriff, und so hatte Bramble Zeit genug, seinem Freund zu Hilfe

zu eilen. Jetzt standen die beiden Seite an Seite mit ihren gefährlich blitzenden Schwertern und konnten sich die Wölfe vom Leibe halten. Sie nahmen den verwundeten Morley in ihre Mitte und traten langsam den Rückzug an.
»Warum haben sie uns nicht einfach getötet?« fragte der mit Schmutz und Blut bedeckte Morley, der aber nicht ernsthaft verletzt zu sein schien.
»Sie sind mit uns noch längst nicht fertig«, sagte Bramble zwischen zusammengebissenen Zähnen.
»Also wußten sie genau, daß ihr nach mir suchen würdet, wenn sie mich entkommen ließen«, keuchte Morley. »Sie sind verschlagen, diese Bestien.«
»Mehr als ich je geglaubt hatte«, sagte Basil.
»Und gefährlich. Viel gefährlicher, als wir dachten. Und hinter dem ganzen steht eine Kraft. Wir wissen nur nicht, welche.«
Die wilden Bestien waren nähergekrochen, doch sie hüteten sich, in die Reichweite der weißglänzenden Klingen zu kommen.
»Paßt auf!« rief plötzlich eine Stimme hinter ihnen. Dann hörten sie den Aufschrei eines tödlich verwundeten Mörderwolfs. Es klang, als würde der Wind durch einen Haufen alten Gebeins fahren.
Da stand Blackpaw neben ihnen und half, Morley in den unterirdischen Gang zu tragen.
»Danke, Blackpaw«, sagte Bramble. »Ich stehe tief in deiner Schuld. Wir wollen wieder Freunde sein.«
Der junge Dachs nickte.
»Wie Granny schon sagte: Wir sind verloren, wenn wir nicht zusammenhalten. Hier, du hast mein Wort darauf.«
Doch ehe Bramble antworten konnte, tauchte auf der Lichtung neben der erschlagenen Bestie die Gestalt eines riesigen Wolfs auf. Er war gigantisch, sein Fell silbern, mit schmutzigweißen Tupfern. Er stieß ein langes, wehklagendes Geheul aus, das aus allen Teilen des Waldes beantwortet wurde. Die Luft erzitterte von dem schrecklichen Lärm.
Die Herzen der Tiere wurden zu Eis, als sie sahen, wie ein Rudel

Mörderwölfe sich ihrem gefallenen Kameraden näherte und ihn zerfleischte. Blutiger Geifer troff von ihren Schnauzen.
»Wir warten auf euch«, rief ihnen der große Wolf zu, ehe das Rudel wieder verschwand.
Dann drehte er sich noch einmal um und blickte die zitternden Freunde an.
»Ihr habt zwar diese Dinger, die stechen, aber wir kriegen eure stinkenden Pelze trotzdem.«
Und dann senkte sich nach den noch einmal aufflammenden Strahlen der Sonne plötzliche Dunkelheit über die Lichtung, so als hätte es dort nie einen Wolf gegeben.

16. Der Wald brennt

Die Tiere halfen dem wie Espenlaub zitternden Morley auf die Beine und konnten es kaum fassen, mit dem Leben davongekommen zu sein.
»Hätten wir nicht diese Waffen gehabt, wären wir verloren gewesen«, sagte Bramble. »Und wärst du uns nicht zu Hilfe geeilt, hätte es nach Sonnenuntergang einen Otter weniger gegeben.«
»Diese Schwerter stammen aus Erinoults Rüstungskammer. Sie haben noch weit schlimmeren Gegnern als diesem Abschaum den Garaus gemacht. Sie haben die Drachenhorden besiegt und wurden von den alten Meistern in besonderen Ehren gehalten. Kein Wunder, daß sie treffsicher sind.«
»Ich wußte gar nicht, daß ich ein Schwert führen kann«, stammelte Basil. »Ich bin noch nie mit einer Waffe umgegangen und habe vom Kämpfen keine Ahnung. Ich bin eher friedliebend und habe nie etwas anderes getan, als Dämme gebaut.«
»Und doch hast du es ziemlich geschickt gehandhabt«, sagte Bramble. »Es war, als träfe das Schwert den Gegner wie von selbst.«
»Das ist das Geheimnis dieser Waffen«, sprach Blackpaw weiter. Er schien sich in der Geschichte seiner Vorväter gut auszukennen.

»Vielleicht hat Granny noch mehr davon. Kaum habe ich meins gezogen, schien es sich eigenständig zu machen.«
»Wo, zum Donnerwetter, habt ihr diese Dinger her?« fragte Morley, der jetzt langsam wieder zu Atem kam, die Augen vor Angst weit aufgerissen.
»Granny hat sie in Erinoults Gemach gefunden«, antwortete Basil.
»Es sind die alten Schwerter der Rache«, sagte Blackpaw. »Erinoult erhielt sie, um die Drachenhorden aus seinem Land zu vertreiben.«
»Gegen die Wölfe leisten sie gute Dienste«, meinte Morley. »Und ich bin wirklich dankbar dafür.«
Die Tiere hatten jetzt fast den Eingang zu dem unterirdischen Stollen erreicht. Es war finster, sie stolperten und machten ziemlich viel Lärm. Sofort hörten sie ein böses Zischen, und jemand kam ihnen mit einer brennenden Fackel bedrohlich nahe.
»Wir sind es!« rief Bramble. Er hatte Angst und war wütend zugleich, denn die Fackel hätte ihn beinahe am Ohr verbrannt.
»Oh«, murmelte Acorn Eichhörnchen. »Ihr hättet euch ankündigen sollen. Granny hat mich zum Eingang geschickt, nachdem Blackpaw draußen nachschauen gegangen war. Wir hörten das Geheul und all diesen schrecklichen Lärm. Ich habe euch in der Dunkelheit nicht erkannt und fast vor Angst den Verstand verloren.«
»Und du hättest mich um ein Haar verbrannt«, blaffte Bramble. Er ließ Morley los, der jetzt allein weiterging.
»Morley!« rief das Eichhörnchen völlig perplex. »Bist du es wirklich?«
»Ja. Aber ich bin derart durchgebeutelt worden, daß ich nicht einmal mehr weiß, ob ich noch ich selbst bin.«
Acorn ließ alles fallen, was er in den Pfoten hielt – Schwert und Fackel –, die geräuschvoll zu Boden polterten, und schoß wie ein Pfeil den Gang hinunter, um die anderen zu benachrichtigen.
»Morley ist wieder da! Morley ist wieder da! Sie haben Morley gefunden!«

»Falls diese Brut da draußen noch nicht weiß, wo wir stecken, dann wissen sie es jetzt ganz bestimmt«, brummte Blackpaw und drehte sich um und starrte auf die stille, in der Dunkelheit liegende Lichtung.
Er konnte kaum etwas erkennen, nur weiter hinten zeichneten sich die Bäume des Waldes schwarz gegen den Nachthimmel ab. Es herrschte absolute Stille, und die Nackenhaare der Tiere sträubten sich vor Angst.
»Ich halte hier Wache«, bot Blackpaw an. »Wenn ihr gegessen habt, könnt ihr mich ablösen. Die ganze Nacht muß jemand Posten stehen.«
»Und wir werden über einen vernünftigen Plan beraten«, sagte Bramble. »Diese gute Stimme aus der Vergangenheit scheint nicht bedacht zu haben, daß Mörderwölfe vor dem Ausgang lauern, als sie uns diesen Fluchtweg ermöglichte. Ich glaube nicht, daß es jetzt noch angezeigt ist, den Wald zu durchqueren. Selbst mit diesen Waffen nicht.«
»Hättet ihr auf mich gehört, müßten wir jetzt nicht an Flucht denken«, sagte Blackpaw, der wohl wußte, daß Bramble ihm verpflichtet war. »Wir hätten auf dieser Lichtung nur eine neue Siedlung zu bauen brauchen.«
Bramble, dessen freudige Stimmung über Morleys glückliche Rettung überwog, verkniff sich eine scharfe Antwort und sagte statt dessen: »Das hätte gut möglich sein können, Blackpaw. Doch jetzt gibt es kein Zurück mehr. Ich bin nur froh, daß meinem Freund Morley nichts Schlimmes passiert ist. Dieser Erkundungsstreifzug war sicher ein Fehler, aber schließlich ist alles noch zu einem guten Ende gekommen.«
»Nennst du das ein gutes Ende, in einem Wald voller Mörderwölfe gefangen zu sein, die niemals von unserer Existenz gewußt hätten, wenn ihr nicht auf diesen unglücklichen Gedanken gekommen wärt?«
Jetzt legte Bramble eine gewisse Schärfe in seine Stimme.
»Ich glaube, wir sollten dieses Thema nicht mehr diskutieren. Granny hat da völlig recht. Wir sollten uns eher Gedanken um unsere Zukunft machen, als immer wiederzukäuen, was nun ge-

schehen ist. Ich stehe in deiner Schuld, Blackpaw, da du mir das Leben gerettet hast. Jetzt wollen wir die Vergangenheit vergessen und noch einmal von vorn anfangen.«

Der Dachs schwieg einen Moment, dann streckte er Bramble die Pfote hin.

»Laß es gut sein, jedenfalls einstweilen. Die anderen rufen nach dir. Geh. Und vergiß nicht, mir jemanden als Ablösung zu schicken.«

Branch rief leise nach ihrem Mann.

»Bist du in Ordnung? Wir hörten den Kampflärm und diese schreckliche Stimme.«

»Ich bin heil und unversehrt, aber halbtot vor Angst und Hunger«, antwortete Bramble und eilte seiner Frau entgegen.

»Komm. Morley hat schon gegessen. Er braucht nur ein bißchen Ruhe. Die Bisse dieser Wölfe wird er nicht so schnell vergessen, aber sie werden bald verheilen. Und ein paar Löcher in seinem alten Pelz sind doch eine schöne Erinnerung an sein großes Abenteuer.«

»Von den Wunden, die ich davongetragen habe, spricht niemand mehr«, brummte Stump. »Bis vor kurzem hatte ich noch die ungeteilte Aufmerksamkeit aller, aber jetzt bleibt mir nur übrig, die zweite Geige zu spielen, da unsere liebe Bisamratte auf so spektakuläre Weise wieder zurückgekommen ist.«

»Du altes Grabschwein, laß Morley in Ruhe. Ich glaube, daß er auf deine Kommentare verzichten kann.«

»Oh. Ich bin doch so froh, ihn wieder Unsinn schwätzen zu hören, Granny. Das hätte mir wirklich gefehlt.«

»Siehst du, selbst eine alte Bisamratte weiß, daß ich die Wahrheit sage.«

In diesem Augenblick betrat Bramble den Raum und legte seine Waffe ab. Er ging zum Herd und nahm ein frisches Stück Brot, das Granny gebacken hatte.

»Wie geht es unseren Kriegern?« fragte sie und nickte ihm anerkennend zu.

»Ganz gut. Und ich glaube, daß ein Krieg noch längst keinen Krieger aus mir macht, obwohl diese Schwerter deiner Vorfahren wirklich ausgezeichnete Waffen sind. Das denkt Basil auch.«

Der Biber saß an der anderen Seite des Herdes neben Beryl und Cabbage. Er nickte zustimmend, denn er hatte den Mund voller Brot.

Nachdem er fertig gegessen hatte, zupfte Bramble seine Schnurrhaare zurecht und räusperte sich bedeutsam.

»Ihr habt sicher alle gehört, was sich vor kurzem dort oben auf der Lichtung zugetragen hat. Der Anführer dieser Wölfe ist ein riesiger Kerl, und sie scheinen ihren Plan, uns vernichten zu wollen, nicht aufzugeben.

Und das stellt uns vor Probleme. Falls sie uns im Wald auflauern, wissen wir nicht, wo sie stecken. Es ist zu gefährlich, in den Wald zu gehen, denn sie sind zu zahlreich, und wir haben – selbst bewaffnet – keine Chance gegen sie.«

»Aber Erinoult hat uns doch einen Weg gewiesen, Bramble«, sagte Ash. »Er hat sich ganz klar ausgedrückt. Sonst wäre ja auch der Gang nach draußen zwecklos.«

»Ein guter Einwand«, meinte Granny. »Ich weiß, daß du und Blackpaw über diese Streifzüge im Wald geteilter Meinung seid. Aber ich befürworte immer noch unseren ursprünglichen Plan. Der Gang endet hier, in diesem Raum. Die anderen unterirdischen Gänge sind alle blockiert. Wie sollen wir denn sonst hier rauskommen?«

Bramble kratzte sich nachdenklich den Kopf.

»Ich glaube nicht, daß wir den Wald durchqueren können, Granny. Er steckt voller Wölfe.«

»Erinoult hat uns nicht ohne Grund diesen Weg gewiesen. Es muß einfach eine Lösung geben. Wir tun einfach so, als machten wir einen Spaziergang in den Ferien.«

»Hurra!« rief Bumble, der nur das Wort »Ferien« gehört hatte. Er und Cabbage tanzten aufgeregt vor dem Herd herum.

»Und was ist mit den Kindern?« fragte Beryl angstvoll. »Dürfen wir sie dieser Gefahr aussetzen?«

»Genau«, stimmte Acorn zu. »Wir können die Babys nicht in einen Wald voller Mörderwölfe mitnehmen.«

Stump brummte, dann humpelte er hinüber zu Bramble und stellte sich neben ihn.
»Ich bin mit Granny einer Meinung, Bramble. Da wir bewaffnet sind, haben wir vielleicht eine Chance. Diese Ereignisse stehen alle in irgendeinem Zusammenhang, wenn wir ihn auch nicht erkennen. Und dieser Gang wurde für uns geöffnet, damit wie ihn auch benutzen. Warum sind jetzt alle anderen Gänge, von denen Granny sprach, verschlossen?«
»Ich weiß nicht recht«, meinte Bramble, der nachdenklich auf und ab ging. »Ich weiß nur eins. Wenn wir den Wald durchqueren, muß irgend etwas geschehen, das die Wölfe von unserer Spur abbringt. Es sind mindestens hundert, von dem großen ganz zu schweigen.«
»Du meinst doch nicht im Ernst, daß wir von hier fortgehen?« ließ sich Blackpaw vernehmen, der gerade den Raum betrat.
»Und wer bewacht jetzt die Lichtung?« fuhr Bramble ihn an.
»Alles ist ruhig. Der Duft des köstlichen Brots stieg mir in die Nase, und dann habe ich euch reden hören und bin gekommen.«
Granny nickte Basil zu, worauf der Biber ging, Blackpaws Posten zu beziehen.
»Wir sind uns also immer noch nicht einig«, bemerkte Stump. »Die Geschichte fängt an, mich zu interessieren.«
»Nein, das stimmt nicht«, sagte Granny. »Der Weg, den wir gehen müssen, wurde uns bereits vorgezeichnet.«
Blackpaw hatte eine große Scheibe Brot genommen und sie verschlungen.
Bramble wandte sich an Morley und Stump.
»Falls wir durch den Wald gehen, seid ihr dann in der Lage, mit uns Schritt zu halten?«
»Ein Maulwurf ist niemals schneller, als wenn er einen Wolf an seinen Fersen weiß.«
»Bei mir geht das schon in Ordnung«, sagte Morley.
»Dann wollen wir einmal sehen, was wir alles brauchen. Granny, kannst du uns noch ein paar Laibe Brot für die Reise backen? Wir wissen nicht, ob wir unterwegs etwas zu essen oder ein Obdach finden.«

»Branch und Beryl, ihr könnt mir dabei helfen. Ich habe noch ein altes Rezept aus Gruffs Reisetagebüchern. Er und Greystone nahmen diese Brote immer mit, wenn sie unterwegs waren.«

»Gut. Dann nehmen wir auch noch die restlichen Waffen mit, so daß jeder von uns eine hat, und wir wollen mal sehen, was wir sonst noch Brauchbares hier finden.«

»Ihr macht einen großen Fehler«, sagte Blackpaw zwischen zwei Bissen. »Es ist Wahnsinn, was ihr vorhabt. Ich bin nur mit heilem Pelz in eure Siedlung gelangt, weil ich die alten unterirdischen Gänge benutzt habe. Über der Erde seid ihr alle verloren.«

»Granny sagte doch, daß alle Gänge hier aufhören«, erklärte Branch.

»Wir sind an den Gängen vorbeigekommen, die Blackpaw benutzt hat«, meinte Granny. »Doch es würde uns überhaupt nichts nützen, zurückzugehen, denn die Mörderwölfe haben seine Siedlung bereits heimgesucht. Wir glaubten uns doch hier in Sicherheit.«

Der junge Dachs schnitt sich gerade eine dritte Scheibe Brot ab, als Basil völlig außer Atem in den Raum stürzte und stammelnd in Richtung des Ausgangs deutete.

»Schnell, ihr müßt alle kommen. Da oben, auf der Lichtung, geht etwas vor. Ich weiß nicht, was. Es sieht aus, als ob der ganze Wald in Flammen stünde.«

Die kleine Gruppe eilte den Gang empor. Wie vom Donner gerührt betrachteten sie das Spektakel, das sich ihnen bot. Große rot-orangefarbene Flammen leckten an den Stämmen der Bäume, und das Prasseln des Feuers wurde von Sekunde zu Sekunde lauter. Eine Hitzewelle erreichte die am Eingang stehenden Tiere, und sie konnten die Angstschreie der Bewohner des Waldes hören.

»Glaubst du, das ist wieder einer ihrer schmutzigen Tricks?« fragte Basil Bramble, der wie hypnotisiert auf den Waldbrand starrte.

Dann konnten alle ein undeutliches, entferntes Geräusch hören, das jedoch schnell lauter wurde. Es klang wie Knallen.

Die Tiere beschlich eine neue, nie gekannte Furcht, die viel größer als die vor dem Feuer war. Diese Geräusche stammten von Menschen, ihren gefährlichsten Feinden.
Der Waldbrand breitete sich schnell aus, und bald stürzten auch die Bäume, die die Lichtung säumten, mit furchtbarem Krachen im Inferno der Flammen zusammen.

17. Eingeschlossen

Die Wälder hinter der heiligen Lichtung Erinoults, König der Dachse, brannten lichterloh. Weithin war ständig ein knallendes Geräusch zu hören, das die Tiere mit tödlichem Schrecken erfüllte. Die Luft war so heiß und trocken, daß sie kaum noch atmen konnten.
»Schnell, Kinder! Wir müssen tiefer in die unterirdischen Gänge vordringen«, sagte Granny, die sich als erste wieder von dem Schock erholt hatte.
»Aber dort unten haben wir keine frische Luft mehr zum Atmen«, rief Basil, der von Hustenkrämpfen geschüttelt wurde.
»Wir müssen nur tief genug eindringen«, beruhigte ihn Granny. »Unsere unterirdischen Bauten wurden immer so angelegt, daß es überall frische Luft gibt.«
»Und wenn die Luftlöcher nun von dem Brand zerstört wurden?« fragte Bramble.
»Auch da gibt es eine Lösung. Dort wo wir hingehen, kann das Feuer nicht hin, denn der Ort liegt unter einem Hügel, der ganz aus Fels besteht. Da wachsen keine Bäume.«
»Dann sollten wir endlich gehen, sonst brauchen wir überhaupt nicht mehr zu gehen«, murmelte Stump und nieste.
Granny führte die Tiere durch den Gang, den sie gekommen waren, und bog dann plötzlich links ab. Dort wand er sich immer tiefer in den Berg, bis sie nur noch Gestein unter ihren Pfoten fühlten.
»Während des Backens erinnerte ich mich an Dinge, die Gruff mir vorgelesen hat«, sagte Granny. »Es ist schon so lange her,

und sie wollten mir erst nicht einfallen, aber nach und nach gelang es mir doch. Die Geschichten über Erinoult und seine Schwerter, mit denen es gelang, die Drachen zu besiegen. Und dann fiel mir auch wieder ein, was über den Raum geschrieben stand, in dem der Große Clan seine Ratsversammlungen abhielt.«

»Gibt es dort Schätze, Granny?« fragte Cabbage, der fest seines Vaters Pfote umklammert hielt.

»Ich weiß es nicht«, antwortete sie und lachte. Das Lachen hatte die angstgeladene Spannung der Tiere etwas gelockert, und sie fühlten sich jetzt außer Reichweite der alles verzehrenden Flammen viel besser.

»Falls es dort einen Schatz gibt, dürfen wir ihn dann haben?« fragte Bumble.

»Nur wenn es sich um etwas handelt, das man essen oder trinken kann oder das unserem Schutz dient«, sagte Stump. »Ich habe nicht die geringste Lust, Dinge mit mir herumzuschleppen, die unnütz sind und uns gegen diese Brut da draußen nicht helfen.«

»Vielleicht brauchen wir uns um die überhaupt nicht mehr zu kümmern. Wenn wir Glück haben, sind sie alle in dem Feuer umgekommen.«

»Ja, aber dafür sind uns jetzt Menschen auf den Fersen«, gab Stump zu bedenken. »Dieses Feuer wurde von Menschen gelegt, und meines Wissens sind das die übelsten Wesen, denen man begegnen kann. Wir sind absolut machtlos gegen sie.«

»Es hört sich an, als würden sie sich gegenseitig bekämpfen«, sprach Bramble weiter. »In meinen Büchern der Weisheit steht, daß viele schlimme Dinge passierten, nachdem der Frieden in unserer Welt nicht mehr existierte. Nicht nur, daß die Menschen Krieg gegen alle anderen Lebewesen führten, sondern auch untereinander.«

»Wie schändlich!« schnaubte der Maulwurf. »Was würde geschehen, wenn die Tiere mit diesem Unsinn anfingen? Wir hätten doch davon hören müssen.«

»Aber es ist doch schon soweit, Stump. Merkst du das denn

nicht? Die Wölfe führen sich nicht gerade brüderlich auf. Sie handeln gegen das Gesetz. Eigentlich sollten sie sich nur von den Kranken, Schwachen und Alten ernähren, doch jetzt jagen sie in Rudeln und fressen sich sogar gegenseitig auf.« Bramble verzog angewidert das Gesicht.
»Ich habe gelesen, solche Dinge geschehen immer wieder«, meinte Granny. »Gruff sagte, daß das Leben in Zyklen abläuft. Auf Hochzeiten folgen immer Perioden des Niedergangs und so weiter. Ich bin da völlig seiner Meinung, obwohl mir etwas bessere Zeiten jetzt sehr gelegen kämen.«
Während sie sprach, stocherte sie mit der tropfenden Fackel in der Dunkelheit herum, um ein paar uralte, längst verlassene Spinnweben zu entfernen.
Stump schauderte.
»Selbst das Volk der Spinnen ist dieser Düsternis überdrüssig geworden, wie es scheint.«
»Sie leben sicherlich schon lange nicht mehr hier«, sagte Basil.
»Und liefen geradewegs in ihr Verderben, falls sie diese Gänge wirklich verließen«, wandte Blackpaw ein. »Jedes Volk würde sich glücklich schätzen, in Erinoults Heiligen Gewölben leben zu dürfen.«
»Du scheinst ja wieder recht vergnügt zu sein, mein junger Freund. Vielleicht kannst du uns noch etwas über deinen Helden erzählen.«
»Ich habe alles über den Großen Clan und seine Geschichte gelesen. Seit damals hat es kein besseres Königreich gegeben, seit Erinoult und seine Nachkommen regierten.«
»Da hast du sicher recht«, stimmte Bramble zu.
»Besaßen sie viele Schätze?« zwitscherte Bumble.
»Du hast seit kurzem nur noch Schätze im Sinn, mein Sohn. Genügen dir denn all die Abenteuer nicht?« fragte seine Mutter.
»Doch, natürlich. Aber seit wir hier unten in diesen alten Gewölben sind und über die alten Könige geredet wird, frage ich mich, wo sie ihre Schätze versteckt haben. Als König muß man doch einen Schatz haben, sonst kann man nicht König sein.«

»Keine schlechte Überlegung, Bumble. Aber ein Anführer braucht außerdem noch Verstand, weißt du.«
»Natürlich müßte der König der Klügste von allen sein. Aber wenn er kein Versteck für seinen Schatz hatte, konnte er nicht König sein.«
»Und dazu brauchte er ein großes Haus, mit vielen Fenstern«, plapperte Cabbage dazwischen.
»Wenn das so ist, sind wir hier unten sicherlich nicht im Haus eines Königs«, meinte Beryl trocken.
»Na ja«, murmelte Cabbage, »vielleicht gab es Könige, die ganz spezielle Häuser hatten.«
Ehe jemand dem kleinen Biber antworten konnte, war Granny um eine Ecke gebogen und hatte einen immens großen Raum betreten. Die Fackel flackerte und zischte in ihrer Pfote.
»Hier sind wir. Und es ist luftig und frisch, selbst so tief unter der Erde. Wir werden hierbleiben, uns ein wenig umsehen, während wir darauf warten, daß das Feuer dort oben im Wald erlischt.«
Alle zündeten jetzt Fackeln an, und Bumble und Cabbage stoben in alle Richtungen davon, auf der Suche nach einem Schatz. Als die Tiere den Raum näher in Augenschein nahmen, sahen sie, daß es sich um eine große Halle handelte, mit einer gewölbten Decke, deren Linie dem des Hügels darüber entsprach. Die Wände waren glatt und kühl, wenn man sie berührte; und es gab dort überall Gemälde seltsam aussehender Dachskrieger in schimmernden Rüstungen, die im Schein der Fackeln aufleuchteten. Lange gingen sie von Wand zu Wand und bestaunten die Fresken, die die Geschichte der Dachse darstellten, so daß sie ganz vergaßen, warum sie eigentlich hierhergekommen waren.
Das plötzliche Geheul eines Mörderwolfs riß sie aus ihren Betrachtungen und in die gefährliche Wirklichkeit zurück.
»Das war in dem Gang, aus dem wir gerade gekommen sind«, rief Bramble. Schon hatte er sein Schwert gezückt. Die scharfe Klinge glitzerte und funkelte.
»Sie müssen den Eingang an der Lichtung entdeckt haben und

suchen jetzt hier Schutz«, schrie Basil und lief zu der Tür, durch die sie gekommen waren.
»Schnell, Blackpaw! Wir müssen die Stellung halten. Du, Stump, Morley und Ash, kommt. Die Frauen sollen sich hinter uns aufstellen. Niemand darf lebend hier eindringen!« befahl der Otter und nahm Position neben der Tür ein.
Die Eingangstür war niedrig – von Dachsen für Dachse gebaut –, ebenso die unterirdischen Gänge. Ein Mörderwolf konnte sich nur schwer in ihnen fortbewegen, daher kam das Geheul, das die Tiere gehört hatten.
»Sehr gemütlich dürfte es in diesen engen Gängen nicht für sie sein«, frohlockte Stump, der sich sichtlich an dem immer näher kommenden Geheul und Geschrei der von Panik ergriffenen Mörderwölfe weidete.
Doch schon Sekunden später zwängte sich ein Wolf, den Pelz angesengt, Geifer troff von seinen Lefzen, durch die enge Öffnung. Noch ehe die überraschte Bestie einen Warnlaut ausstoßen konnte, hatten ihn die Tiere niedergestreckt.
Noch einer folgte, dann noch einer. Sie wurden alle erschlagen; und die Tiere schleppten die Körper der getöteten Wölfe schnell in eine Ecke, so daß der nächstfolgende nichts von seinem tödlichen Schicksal ahnte, bis auch ihn es ereilt hatte.
Grimmig und entschlossen standen die Freunde neben der Tür und warteten.
Im Gang war es jetzt ruhiger geworden, und alle hofften, das Gemetzel wäre vorrüber. Sie haßten es, zu töten, und der Anblick der acht unbeweglichen Gestalten betrübte und erschreckte sie zugleich.
Bramble wollte sich gerade umdrehen und das Signal geben, daß alles vorüber sei, als eine tiefe knurrende Stimme aus dem Gang ertönte.
»Ich weiß, daß ihr da drin seid! Laßt uns miteinander reden.«
»Es hört sich an, als wäre das der riesige Wolf, der, den wir auf der Lichtung gesehen haben«, flüsterte Basil.
»Was willst du von uns?« rief Bramble.
»Nichts, mein Freund. Aber ich weiß, ihr habt diese ekelhaften

Burschen, die mit mir hier waren, erschlagen. Sie wollten mich nicht reinlassen, aber ich habe alle getötet, die mir den Weg versperrten. Es ist gut, daß ich der letzte war.«

»Ob erster oder letzter, ist ohne Bedeutung. Du bist jetzt völlig in unserer Hand«, erwiderte der Otter. »Wir bereiten dir ein schnelles Ende! Unsere Schwerter sind schnell.«

»Oh, darüber mache ich mir keine Sorgen, Freund. Ich glaube, daß sie schnell sind. Ich hörte keine Warnrufe, also wußte ich, daß jeden dieser Lumpen sein wohlverdientes Schicksal ereilte. Aber es gab keinen anderen Ausweg aus der Feuerfalle und vor den Zweibeinern da draußen.«

»Sprichst du von Menschen?« fragte Granny, die neben Bramble getreten war.

»Ja. Sie sind überall und bekriegen sich. Wir hätten ein Festmahl abhalten können, wenn sie nicht den Wald in Brand gesteckt hätten. Aber jetzt schmoren sie selbst in der Hitze. Fluch über sie!«

»Und was führst du jetzt im Schilde?« fragte Bramble.

»Wir sollten beraten, was zu tun ist, sonst bleiben wir ziemlich lange hier eingeschlossen.«

»Gibt es einen zweiten Ausgang, Granny?«

Die alte Dächsin schüttelte den Kopf.

Brambles Gedanken überstürzten sich; er wußte nicht, was zu tun war und sah hilfesuchend seine Freunde an.

»Bist du mit mir einer Meinung?« ließ sich die tiefe, knurrende Stimme aus der Dunkelheit des Gangs vernehmen.

»Wir haben gerade beschlossen, die Tür zu verschließen und durch den rückwärtigen Gang zu fliehen. Wir wissen nur nicht, ob wir dich erschlagen oder in dem Tunnel lassen sollen.«

»Ich weiß, daß es keinen zweiten Ausgang gibt. Und ich bin groß, sehr groß. Wenn du kommst und mich mit einem dieser scharfen Dinger stichst, wie willst du mich aus dem Gang kriegen? Ich sitze hier, eingezwängt von allen Seiten, da kannst du mich niemals herauszerren.«

Bramble wußte, daß der Wolf die Wahrheit sprach. Sie wären niemals in der Lage, an dem toten Wolf vorbeizukommen.

Bramble wandte sich völlig verzweifelt an Granny.
»Was sollen wir tun?« fragte er. Seine Stimme zitterte.
Granny lächelte, ihre Augen funkelten.
»Wir laden ihn ein, an Erinoults Ratsversammlung teilzunehmen«, antwortete sie einfach und stieß den Otter zur Seite.

18. Ein verzweifelter Kampf

Die Tiere sahen die alte graumelierte Dächsin sprachlos vor Erstaunen an.
»Willst du damit sagen, wir sollen ihn hier hereinlassen?« fragte Ash und umklammerte fest ihre Babys.
»Granny hat recht«, sagte Bramble schließlich. »Uns bleibt kein anderer Ausweg. Nicht, wenn wir je wieder das Tageslicht sehen wollen.«
»Das ist viel zu gefährlich«, sagte Blackpaw knapp.
»Wir brauchen ihn ja nicht am Leben zu lassen«, meinte Basil. »War das dein Hintergedanke, Granny?«
»Das glaubt der Wolf sicher. Er weiß, daß wir keinen Grund haben, ihn zu verschonen.«
Als ob die Bestie ahnte, was sie gerade gesprochen hatten, redete er wieder. Doch diesmal klang seine rauhe Stimme seltsam sanft.
»Ich weiß, wir sind nicht einer Meinung, aber wir müssen verhandeln, sonst sind wir alle bald nur noch Fraß für die Würmer.«
»Du wirst schon bald sehen, welche Sorte Würmer hier leben, du gemeiner Kerl«, schrie Blackpaw.
»Das kannst du halten, wie du willst«, erwiderte der mächtige Wolf, und diesmal klang die Stimme viel näher, bemerkte Bramble.
Er wollte die anderen gerade warnen. Zu spät! Die große Bestie schoß wie eine Kanonenkugel in den Raum, und ehe die wie gelähmt dastehenden Tiere ihre Schwerter ziehen konnten, hatte der Wolf sie zur Seite gestoßen und war, die Zähne gebleckt, in die Mitte des Raums gelaufen. In seinen schwarzen Augen leuch-

tete ein gräßliches Licht, und gelblicher Geifer troff aus seinem Maul.

»Jetzt sind die Chancen gleich. Wie ich sehe, habt ihr meine tapferen Gefährten nicht sehr zuvorkommend behandelt. Gerade so, wie ihr mich behandeln würdet, wenn ich es mir recht überlege.«

Bramble, Basil und Blackpaw hatten sich in einer Reihe schützend vor die Frauen und Kinder gestellt. Morley, Acorn und Stump bildeten die zweite Verteidigungslinie. Sie standen da, mit gezogenen Schwertern, zu allem entschlossen, denn sie wußten, daß dieses graue Ungeheuer – zweimal so groß wie ein gewöhnlicher Wolf – einige von ihnen töten würde, ehe sie ihn besiegten.

Die Klingen der Schwerter glänzten wie ein tödlicher Regenbogen, und diese scharfen Klingen fürchtete der Wolf. Er gierte danach, die Tiere umzubringen, aber er wußte auch, daß sie gefährlich waren, trotz ihres kleinen Wuchses. Die aufgestapelten Kadaver seiner Genossen legten ein beredtes Zeugnis davon ab, und in seinem Hirn begann sich ein teuflischer Plan zu formen. Mit einschmeichelnder Stimme fing er an zu reden und versuchte, seine Feinde zu beschwatzen.

»Warum sollen wir nicht Waffenstillstand schließen, ihr könnt gehen, und ich folge euch. Weiteres Blutvergießen hat doch keinen Sinn. Wenn ich alle meine Freunde dort liegen sehe . . .«

»Sie waren jedenfalls nicht unsere Freunde«, schnitt ihm Basil das Wort ab. Und Bramble hatte sein Schwert drohend erhoben, die Spitze deutete direkt auf die Brust des großen Wolfs.

Noch einmal ließ sich Bramble nicht täuschen.

»Du, Granny, Branch, Beryl und Acorn, nehmt die Kinder und geht!«

»Aber warum geratet ihr denn in Panik?« säuselte der Wolf. »Ich tue euch nichts mehr.«

»Basil, du und ich decken den Rückzug. Dann geht einer nach dem anderen, und wir folgen.«

Der Mörderwolf entblößte seine gelben Fangzähne zu einem gräßlichen Lächeln.

»Das ist aber interessant. Ich frage mich, ob ihr alle das Tageslicht jemals wieder sehen werdet. Einer nach dem anderen, das ist immer am besten.«
»Er will uns auseinanderbringen«, flüsterte Basil.
»Das ist die einzige Möglichkeit für die anderen, zu entkommen. Dann sehen wir weiter.«
»Mir gefällt dieser Plan nicht«, sagte Stump. »Wir sollten gemeinsam den Rückzug der Frauen und Kinder decken und dann gegen diesen ausgemachten Lumpen kämpfen.«
»Wie sprichst du denn von deinem neuen Freund«, entgegnete der Wolf. Kaum hatte er ausgesprochen, spannte er seine Muskeln zum Sprung. Doch Bramble war ihm zuvorgekommen. Noch ehe der Wolf eine Bewegung gemacht hatte, stürzte er sich vorwärts, seinen Kriegsruf ausstoßend, und ließ sein Schwert nur Zentimeter vor der Nase der Bestie durch die Luft sausen. Erschrocken wich das Untier ein paar Meter zurück.
»Geht! Morley! Stump! Nehmt Blackpaw mit! Er soll Granny und die anderen beschützen.«
Brambles Stimme klang so überzeugend, daß der Maulwurf dem Befehl gehorchte und – gefolgt von Blackpaw und Morley, der eine Fackel trug – eilends in dem dunklen Gang verschwand.
»Beeilt euch!« rief Bramble und wandte sich dann wieder schnell nach dem großen Wolf um. Das Herz schlug ihm wild in der Kehle, und jetzt ging die Bestie mit langsamen Schritten vor den beiden Freunden im Halbkreis auf und ab.
Basil stellte sich dicht neben Bramble. Jetzt konnten sie miteinander reden, ohne daß der Wolf sie verstand.
»Ich weiß nicht, ob wir lange die Stellung halten können«, flüsterte Bramble, »aber wir müssen versuchen, ihn hinzuhalten, damit den anderen die Flucht gelingt.«
»Vielleicht können wir ihm sogar eine Falle stellen«, meinte Basil. Er hatte die Augen zusammengekniffen und versuchte, in dem Dämmerlicht hinter dem Wolf etwas zu erkennen.
»In Ordnung. Ich gehe auf die eine Seite der Halle und du auf die andere. Dahinter kann ich ein paar Pfeiler erkennen. Nimm die Fackel mit.«

»Vielleicht könnten wir versuchen, im Schutz der Dunkelheit zu fliehen.«

»Das könnte klappen. Aber wie sollen wir dann die Tür finden?«

»Jetzt sind wir alle im Dunkeln«, heulte der Wolf plötzlich, stürzte vorwärts und entriß den beiden die Fackeln, die zu Boden polterten.

Sein Maul schnappte bösartig zu, und Bramble konnte den stinkenden Atem des Wolfs riechen, aber der kleine tapfere Otter wich keinen Zentimeter zurück und stieß mit der ganzen Kraft seines muskulösen Körpers die Klinge tief in das Fleisch seines Feindes. Er konnte die Erschütterung des Streichs bis in die Schulter spüren und hätte fast sein Schwert losgelassen, doch dann fletschte er die Zähne und biß, so fest er konnte, zu. Blitzschnell zog er sich dann zurück. Im Mund konnte er den ekligen Geschmack des Wolfspelzes spüren, und seine Pfote war taub, aber er hieb wie besessen auf diesen widerlichen zischenden Haufen Fell ein.

Im flackernden Licht der Fackeln konnte er am anderen Ende der Halle Basil erkennen, der mit weitaufgerissenen Augen wie versteinert dastand.

Doch im nächsten Moment stieß er wieder den alten Kriegsschrei der Otter aus, sprang vorwärts und schwang das Schwert mit aller Kraft, die ihm noch übriggeblieben war. Wieder spürte er, wie die Klinge tief eindrang und der Wolf einen Todesschrei ausstieß. Doch ehe er von diesem letzten Streich sein Gleichgewicht wiedergewonnen hatte, flog er durch die Luft, mühsam um Atem ringend. Ein höllischer Schmerz durchzuckte seine linke Vorderpfote, und er landete krachend an der kalten Steinwand. Sein Kopf drehte sich, er konnte nur noch undeutlich sehen, was geschah, denn jetzt erloschen die Fackeln.

Er hörte Basil schreien, doch er konnte die Worte nicht verstehen, und dann hörte er das keuchende Atmen des Wolfs und spürte die Kraft seiner mächtigen Pfoten, als dieser sprang. Wie im Traum versuchte Bramble eine Pfote zu heben, die ihm zentnerschwer vorkam. Er wußte nicht, daß er keine Kraft mehr zum Kämpfen hatte. Er spürte nur, daß der Wolf ihn in die linke Vorderpfote gebissen hatte und wie das Blut tropfte. Der Wolf hatte ihn durch die Luft geschleudert, als wäre er ein Stückchen Birkenrinde.

Das Licht vor Brambles Augen erlosch, und er dachte, daß jetzt das Ende käme; er war unfähig, sein Schwert zu heben, doch dann glaubte er, im Schein der leuchtenden Klinge eine Gestalt zu erkennen, die ebenfalls aus Licht zu bestehen schien. Die Gestalt stand vor ihm, auf dem Kopf hatte sie einen glänzenden goldenen Kriegshelm, und sie trug eine Rüstung, die silbern schimmerte. Erst glaubte Bramble, Blackpaw stünde vor ihm, denn die Nase unter dem Helm glich der des kräftigen Dachses, doch dann fiel ihm ein, daß Blackpaw mit den anderen gegangen war und er keine Zeit gehabt hätte, eine Rüstung anzulegen.

Plötzlich ertönte ein schreckliches Geheul, gefolgt von furchtbaren Kampfgeräuschen und Angst- und Todesschreien.

Bramble lag flach gegen die Wand gepreßt, seine Vorderpfote hing kraftlos herunter, denn die leuchtende Gestalt hatte jetzt sein Schwert ergriffen. Undeutlich nahm er Schatten wahr und konnte nur noch an die Tür denken, die zu dem unterirdischen Gang führte, zurück auf die Lichtung zu seinen Freunden.

Seine Pfote schmerzte jetzt sehr, er konnte sie kaum bewegen, und seine Sicht trübte sich immer mehr. Er versuchte sich aufzurichten, stolperte aber und fiel schwer zu Boden. Da spürte er eine große Pfote, die ihn festhielt. Trotz allen Schmerzes wurde er sehr zornig, denn alle Anstrengungen waren vergeblich gewesen: Basil und ihm war es nicht gelungen, den Feind zu besiegen. Seine Nackenhaare sträubten sich, er wollte den Wolf verfluchen, doch alle Kräfte verließen ihn, und als letztes sah er die Gestalt in dem goldenen Helm neben sich knien und das glänzende Schwert neben seine verwundete Pfote legen.

Traurig dachte er, daß er nun Branch und Bumble nie wiedersehen würde, auch Basil nicht, dann vermischten sich das Licht und die Geräusche zu einem einzigen sich wie rasend drehenden Zyklon, und dann herrschte Stille. In dieser Stille und Dunkelheit tauchten plötzlich leuchtende Sterne auf, und eine süße Musik erklang, die sein Herz froh machte.

19. Rast im niedergebrannten Wald

Der Himmel war dunkelgrau, mit einem schmalen rötlichen Streifen am Horizont, als Bramble Otter zwinkernd die Augen öffnete und sich zu erinnern versuchte, was geschehen war. Seine Vorderpfote klopfte und tat weh, sein Kopf schmerzte, und er konnte kaum das schwache Licht der Morgendämmerung ertragen. Langsam kehrte die Erinnerung zurück, und er versuchte sich aufzurichten, doch wie mit tausend Nadeln durchfuhr ihn ein höllischer Schmerz, und ihm blieb nichts anderes übrig, als sich wieder auszustrecken. Nach einer Weile probierte er es noch einmal, und diesmal gelang es ihm, wenn auch unter großer Anstrengung.

Er saß in einer ausgebrannten Mulde. Wo früher Bäume und Sträucher dicht an dicht gestanden hatten, ragten jetzt nur noch schwarzverkohlte Stümpfe aus der Erde; dünne Rauchfahnen trieben über den Boden. Um ihn herum bot sich überall das gleiche Bild – eine endlose Reihe schwarzer Stümpfe.

»Das ist kein erfreuliches Bild, nicht wahr?« sagte eine Stimme neben ihm. Er zuckte erschrocken zusammen; dann erkannte er seinen alten Freund Stump.

»Was ist geschehen, Stump? Wo sind die anderen? Und wie bin ich hierhergekommen?«

Der Maulwurf lachte leise.

»Langsam, mein Junge. Immer eins nach dem andern. Ihr habt dem Mörderwolf einen ganz schönen Kampf geliefert, du und Basil. Ich glaube nicht, daß mir im Leben schon ein Tier begegnet ist, das aus einer solchen Auseinandersetzung mit fast heilem Pelz davongekommen ist.«

Bei Erwähnung des Wolfs fiel Bramble wieder die Wut und die Hilflosigkeit ein, die er verspürt hatte.

»Konnte der Wolf fliehen?«

»Ja, und wir hatten entsetzliche Angst um euch. Doch er lief einfach von Panik ergriffen davon und kümmerte sich nicht um uns. Ich habe schon viele von Todesangst ergriffene Gesichter gesehen, aber der Wolf übertraf sie alle. Jedes Haar seines Pelzes

war aufgestellt, und seine Augen waren so groß wie Pfannkuchen. Was habt ihr nur getan, um ihn derart zu erschrecken?«
»Wie geht es Basil?«
»Etwa so wie dir. Er ist verletzt, aber es hält sich in Grenzen. Vor allem für jemanden, der gegen diese Brut aus dem Norden gekämpft hat.«
»Und Branch und Bumble sind auch in Ordnung?«
»Ja. Sie schlafen noch, glaube ich. Wir haben fast die ganze Nacht damit verbracht, euch hierher zu schleppen.«
»Basil habt ihr auch getragen? Ich dachte, ich hätte ihn aus der Halle schlüpfen sehen, ehe ich in Ohnmacht fiel.«
»Wir fanden ihn in dem unterirdischen Gang. Dann haben wir euch einen nach dem anderen rausgeschleppt.«
»Hast du den anderen auch gesehen?« fragte Bramble, der sich plötzlich an die strahlend leuchtende Gestalt erinnerte, die gegen den Wolf gekämpft hatte.
»Den anderen?« fragte Stump.
»Der mit dem goldenen Helm, der den Wolf angegriffen hat. Ich wurde niedergeschlagen und wollte mein Schwert heben, um mich zu verteidigen, als diese Gestalt plötzlich vor mir stand, meine Waffe nahm und auf die Bestie einhieb.«
Stump schüttelte langsam den Kopf.
»Wir haben niemanden außer euch beiden unter der Erde gesehen. Dann kümmerten wir uns um euch und nahmen auch alle Waffen, und was sonst noch brauchbar war, mit. Wir gingen so weit es uns unsere Kräfte erlaubten, in der Hoffnung, außer Reichweite der Wölfe und der anderen – die, die den Wald in Brand steckten – zu gelangen.«
»Sprichst du von Menschen?«
»Ja. Sie haben die ganze Nacht gekämpft. Dort, wo unsere alte Siedlung ist«, erwiderte Stump und deutete vage gen Osten. Die Sonne ging gerade über einer entfernt gelegenen Hügelkette auf.
»Vielleicht war es gut, daß die Wölfe gerade zu diesem Zeitpunkt aufgetaucht sind, sonst wäre es uns sicherlich noch schlimmer ergangen.«

Der Otter hielt die gesunde Pfote über die Augen und blickte lange in Richtung der sanft geschwungenen Hügelkette.
»Die Wälder sind alle ein Opfer des Feuers geworden«, sagte er schließlich seufzend.
»Dort, wo wir hingehen wollten, ist auch alles verbrannt«, meinte Stump. »Die Reise wird nicht leicht sein. Es gibt keine Deckung mehr, jedenfalls nicht vor dem nächsten Gebirgskamm.«
Plötzlich spürte Bramble Wärme an seiner Seite, und er bekam einen sehr schmerzhaften, wenn auch freundschaftlichen Rippenstoß: Bumble war wach.
»Du stehst sehr früh auf«, sagte er zärtlich. »Ist deine Mutter schon wach?«
Der kleine Otter nickte verschlafen.
»Hast du den großen Wolf getötet?« fragte er.
»Nein. Er konnte fliehen. Doch ich glaube nicht, daß er uns jetzt noch Schwierigkeiten machen wird.«
»Cabbage hat gesagt, sein Vater hat ihn besiegt. Aber ich weiß, daß du es warst.«
»Wir haben ihn gemeinsam besiegt, mein Sohn. Basil war sehr tapfer. Wir kämpften beide gegen ihn, bis er schließlich die Flucht ergriff. Wahrscheinlich hatte er vor Grannys Schwertern Angst.«
»Oh, du liebe Zeit«, sagte Branch. »Mein Balsam und alle Heilkräuter sind zu Hause, in der Küche. Ich habe gar kein Mittel, um deine Wunden zu behandeln.«
Sorgenvoll beugte sie sich über ihren Mann und sah sich seine Verletzungen an.
»Ich weiß, wo eine Heilpflanze wächst«, sagte Granny, die unbemerkt neben die kleine Gruppe getreten war.
»Ganz in der Nähe steht ein Beifußstrauch. Wenn jemand mir ein paar Blätter davon holt, damit ich sie auf die Wunden legen kann, werden sie in Null Komma nichts heilen.«
»Wir holen die Blätter«, riefen Bumble und Cabbage wie aus einem Munde und waren schon davongerannt, ehe sie jemand davon abhalten konnte.

»Lauft nicht zu weit weg!« rief Beryl hinter ihnen her, doch die beiden achteten nicht auf sie. Sie waren voll damit beschäftigt, hintereinander herzujagen.
»Wir werden ein Auge auf sie haben«, sagte Morley gähnend. »Ich kann mich an den Strauch erinnern. Er war als einziger nicht verbrannt.«
»Dann komm«, brummte Stump. »Es nützt Bramble und Basil überhaupt nichts, wenn wir nur hier herumsitzen und schwätzen. Auf Wolfsbisse gehören Beifußblätter.«
Und so eilten der Maulwurf und die Bisamratte hinter den beiden kleinen Kerlen her.
»Wo sind wir, Granny?« fragte Bramble. Die alte Dächsin hatte sich neben ihn gesetzt und reinigte den Biß an seiner Vorderpfote.
»Wir sind geradewegs in die Richtung gegangen, die zu den Wasserfällen führt, obwohl es nicht einfach war, den richtigen Weg beizubehalten. Denn die alten Bäume, die als Markierungspunkte dienen, sind zum größten Teil abgebrannt, aber zum Glück haben wir immer noch das da.«
Sie deutete auf einen entfernt gelegenen Berggipfel, der schon von Schnee bedeckt war. Rechts davon erhob sich ein zweiter Gipfel, der die Umrisse eines Igels hatte.
»Wir müssen immer nur auf die Berge zugehen, dann kommen wir zu den Wasserfällen. Wie es dahinter aussieht, weiß ich nicht. Gruff und Greystone haben nie darüber geredet.«
»Das werden wir ja sehen. Hauptsache, wir sind erst einmal außerhalb der Reichweite von diesen Wölfen oder Menschen.«
»Vielleicht haben sie genug miteinander zu tun«, meinte Blackpaw, der sich zum erstenmal in die Unterhaltung einmischte.
»Das wäre zu schön, um wahr zu sein. Doch sollten wir uns nicht darauf verlassen«, sagte Granny. »Denn ich glaube nicht, daß die Wölfe Menschen angreifen.«
»Also marschieren wir einfach auf die Gipfel zu?«
»Ja, Bramble. Eine andere Möglichkeit haben wir nicht. In unsere alte Siedlung können wir nicht zurückkehren; dort sind jetzt die Wölfe und auch Menschen. Außerdem ist überall der Wald

niedergebrannt. Dort können wir nicht mehr leben, also müssen wir versuchen, die Wasserfälle zu erreichen.«

»Und irgendwo dort lebt Old Bark«, meinte Bramble nachdenklich.

Als der Name des alten Bären fiel, versteifte sich Blackpaw, und er schnaubte wütend.

»Dieser Unhold wird dir kaum helfen, sondern dich höchstens fressen.«

»Dann hast du also von ihm gehört?« fragte Basil.

»Genug, um zu wissen, daß er überall nur Kummer und Not verbreitet. Tiere sind auf unerklärliche Weise verschwunden. Doch das ist gar nicht seltsam, wenn man bedenkt, daß alle alten Bären Abtrünnige sind.«

»Woher hast du diese Schauergeschichten?« fragte Granny. »Da hat dir aber jemand ganz schöne Lügenmärchen aufgetischt.«

»Das sind keine Märchen. Sogar in den Büchern der Weisheit kann man über den fürchterlichen Bären lesen, der Hirschkühe und Junge tötet und sogar Kadaver nicht verschmäht, die Gesetze mißachtet und frech in fremde Gebiete eindringt.«

»Da hast du dir im wahrsten Sinne des Wortes einen Bären aufbinden lassen«, entgegnete Bramble. »Es hat sicher keinen Sinn, mit dir darüber zu diskutieren, aber es wäre interessant zu hören, was Old Bark dazu zu sagen hat, sollten wir ihm jemals begegnen. Es scheint, als wäre er ohne sein Zutun zum Bösewicht abgestempelt worden. Aber ich für meinen Teil würde gern mit ihm reden. Er wüßte Rat.«

Blackpaw schnaubte nur verächtlich.

»Hm! Ja, einen wunderbaren Rat würde er dir geben, der alle deine und seine Probleme zugleich löste: Er würde dich einfach auffressen.«

»Hast du denn einen anderen Vorschlag zu machen?« fragte Granny.

»Nein«, stammelte der Dachs. »Wir können ja in die Richtung gehen, die du vorgeschlagen hast, Mutter. Doch sollten wir uns vor diesem Scheusal in acht nehmen.«

Als Blackpaw schwieg, ließ sich eine dünne Stimme vernehmen: »Das Beste wäre jetzt wohl eine anständige Mahlzeit und dann vielleicht ein kleines Nickerchen, damit wir wieder zu Kräften kommen.«

»Das sollst du alles haben, Basil«, sagte Granny. Sie klang jetzt viel fröhlicher. »Wir haben dort unten noch Vorräte gefunden.«

»Da ist etwas Seltsames geschehen«, fing Basil langsam an zu erzählen. »Ich könnte schwören, daß ich ein Tier mit einem goldenen Helm und einer silbernen Rüstung gesehen habe. Nachdem der Wolf mich niedergeschlagen hatte, wollte ich nach meinem Schwert greifen. Ich sah Bramble mit der Bestie kämpfen, und dann wurde mir schwarz vor Augen.«

»Das war Erinoult!« rief Blackpaw entzückt aus. »Sein Kriegshelm war ganz aus Gold und hatte die Form eines Falken.«

Bramble riß vor Erstaunen die Augen weit auf.

»Ja, das stimmt. Der Helm sah wie ein Vogel mit weit ausgebreiteten Schwingen aus.«

»Es ist seltsam«, meinte Basil, »aber vielleicht doch nicht so seltsam. Womöglich ist das nur der Anfang. Wir sind alle viel zu selbstzufrieden gewesen und haben überhaupt nicht mehr wahrgenommen, was um uns herum vorgeht.«

»Da hast du recht. Selbstzufrieden, das stimmt«, sagte Granny und nahm von Ash ein Stück Brot. Das Eichhörnchen hatte eine Tischdecke auf den Boden ausgebreitet, und jetzt war alles zum Frühstück fertig.

Als die Freunde sich gerade zu ihrer Mahlzeit hinsetzen wollten, hörten sie in der Ferne Rufen. Sie blickten auf und sahen Bumble und Cabbage, dicht gefolgt von Stump und Morley, auf sie zueilen.

20. Der große Aufbruch

Als die beiden kleinen Kerle die Gruppe erreicht hatten, schnatterten sie aufgeregt derart durcheinander, daß niemand aus ihren Reden schlau wurde. Erst als Morley und Stump ein paar Minuten später humpelnd eintrafen, wurde die Geschichte klarer.

»Da hinten hat eine wahre Völkerwanderung begonnen«, sagte Stump und deutete in die Richtung, aus der sie gerade gekommen waren. »Bald könnt ihr die Staubwolke sehen. Ich weiß nicht, welche Tiergattungen alle daran beteiligt sind. Aber es sind viele. Sicherlich fliehen sie vor dem Feuer.«

»Das sieht gar nicht gut aus, Granny«, meinte Bramble. Er runzelte die Stirn und blickte zum Horizont, der bald von einer dichten Staubwolke verhüllt war, so wie Stump es vorausgesagt hatte. »Wenn sie so schnell sind, folgen ihnen wahrscheinlich Mörderwölfe und auch Menschen. Ich frage mich, warum sie sich nicht in kleine Gruppen aufgeteilt haben, das wäre doch viel sicherer.«

»Ich habe die Tiere in diesen Wäldern nie für besonders intelligent gehalten«, sagte Blackpaw. »Ich habe dort gelebt. Die Wälder waren voller dummer Hasen und verrückter Rehe, die den ganzen Tag nur herumalberten und Spiele spielten. Meine Familie verbrachte dort einmal den Winter, und wir waren alle der Meinung, daß es kein geeigneter Ort sei, um eine Siedlung zu gründen. Wir hatten das Gefühl, diese Tiere waren gar keine richtigen Tiere. Sie hatten nur eine sehr einfache Sprache und kannten nicht einmal den Gebrauch des Feuers; sie machten auf uns den Eindruck, als hätten sie sich zurückentwickelt.«

»Das ist sehr ernst zu nehmen«, stimmte Granny nachdenklich zu.

»Ich kann mich noch gut daran erinnern«, fuhr Blackpaw fort. »Mein Vater blieb mit unserer Familie nur diesen einen Winter. Dann zogen wir weiter und gründeten unsere Siedlung woanders.«

»Glaubst du, daß deine Verwandten unter diesen fliehenden Tieren sind?« fragte Granny den jungen Dachs.

»Nein. Meine Verwandten würden niemals mit dieser Herde kopfloser Tiere reisen. Das täte niemand, der nur etwas auf seine Sicherheit bedacht ist.«

»Wir sollten lieber von hier verschwinden«, drängte Bramble, »sonst werden wir noch von ihnen überrannt. Wenn wir wissen, welche Richtung sie einschlagen, können wir uns ja wieder auf den Weg machen.«

»Es sah nicht so aus, als würden sie in eine bestimmte Richtung gehen«, sagte Morley. »Sie laufen einfach nur dem ersten besten hinterher.«

»So schien es mir auch«, meinte Stump. »Ihre Flucht wirkte kopflos. Wahrscheinlich trampeln sie sich gegenseitig zu Tode. Ich weiß von Herden, die drei Tage lang im Kreis herumliefen.«

»Und genau das wollen die Mörderwölfe erreichen. Wenn ihre Opfer in Panik geraten, machen diese Bestien leichte Beute. Davon kann ich ein Lied singen«, sagte Morley voller Selbstironie.

»Dann wollen wir aufbrechen. Wenn sie diesen Weg einschlagen, müssen wir entweder nach Norden oder Süden ausweichen. Ich glaube, es ist nicht günstig, wenn wir jetzt direkt auf die Wasserfälle zugehen. Diese kopflosen Geschöpfe würden uns folgen und damit die Wölfe auf unsere Spur bringen.«

»Vielleicht können wir mit ihnen reden«, schlug Basil vor. »Der Gedanke, daß jemand ein Opfer der Mörderwölfe oder der Menschen wird, ist mir verhaßt. Möglicherweise können wir sie überzeugen, daß es für sie besser ist, in kleinen Gruppen zu reisen. Es würde ihre Überlebenschancen beträchtlich vergrößern.«

»Das ist leichter gesagt als getan«, brummte Blackpaw. »Mir ist es nie gelungen, mit einem Hasen oder Reh auch nur ein vernünftiges Wort zu wechseln. Sie scheinen außerhalb ihrer Gemeinschaft nicht leben zu können. Und nie habe ich gesehen, daß einer von ihnen eine kluge Entscheidung getroffen oder sich gar daran gehalten hätte. Oh, sie haben sicherlich die besten Vorsätze, aber die scheinen nie lange anzuhalten. Beim ersten Anzeichen einer Gefahr oder beim Anblick einer hübschen Blume stieben sie auseinander, und alle ihre Pläne sind vergessen.«

»Trotzdem wäre mir wohler, wenn wir wenigstens versuchten, diese Tiere zu warnen. Wir können sie doch nicht einfach ihrem Schicksal überlassen. Sie wissen ja gar nicht, in welcher Gefahr sie sich befinden.«

»Natürlich. Du hast recht«, mischte Bramble sich ein. »Wir müssen sie warnen und ihnen sagen, daß sie aufgeteilt in kleinen Gruppen reisen sollen, am besten in Richtung der Wasserfälle.«
»Wir könnten die Route markieren«, sagte Granny. »Das ist vielleicht einfacher, als mit diesen Massen zu reden. Und es sieht aus, als würden sie geradewegs auf uns zulaufen.«
Eine dichte, schwarze Staubwolke verhüllte die Sonne, der Himmel verdunkelte sich, und die Luft schien kühler geworden zu sein.
Die riesige Herde wälzte sich auf die Tiere zu.
»Es sind noch mehr, als ich ursprünglich dachte«, meinte Morley.
Während die Freunde beobachtend dastanden, tauchten zwischen den sanft geschwungenen Abhängen eines ehemaligen Flußbettes die ersten Tiere auf, die Augen voller Angst weit aufgerissen, die Nüstern in Panik gebläht. Und einen Augenblick später sahen die Gefährten ein Dutzend Mörderwölfe sich auf die Anführer stürzen.
»Sie wollen sie abdrängen, um sie leichter töten zu können«, sagte Bramble. Er fühlte wie sich sein Magen schmerzhaft zusammenzog.
Durch die Attacke drehte die Herde sich jetzt im Kreis, denn die angegriffenen Tiere versuchten, ihren Feinden auszuweichen.
Entsetzliche Schreie waren zu hören, und schließlich schlugen die donnernden Hufe wieder die Richtung ein, aus der sie gerade gekommen waren.
»Wir hätten wohl kaum mit ihnen reden können. In dem Zustand, in dem sie sind«, sagte der Maulwurf mürrisch. »Wahrscheinlich hätten sie uns niedergetrampelt.«
»Nein. Diese Bande ist vernünftigen Überlegungen nicht zugänglich«, brummte Blackpaw. »Zum Glück haben sie kehrtgemacht. Ich sehe sie lieber von hinten als von vorn.«
»Da bin ich mir nicht so sicher«, sagte Bramble. »Es sieht ganz so aus, als würden sie zurückkommen.«

Trotz des Getöses der donnernden Hufe war das Geheul der Mörderwölfe zu hören.
Und als wären sie gelähmt, beobachteten die Freunde, wie die große Herde in halsbrecherischer Geschwindigkeit den Weg zurückraste, direkt auf sie zu.
»Rafft alles zusammen!« rief Bramble und klemmte sich seinen Sohn unter den Arm. »Wir müssen auf den Hügel dort fliehen, sonst werden wir niedergetrampelt. Ich glaube nicht, daß wir sie aufhalten können.«
Die Gefährten klaubten hastig ihre wenigen Habseligkeiten auf und folgten dem Otter den kleinen Hügel hinauf, wo noch die Überreste einer alten Steinmauer standen, die etwas Schutz vor der in Panik geratenen Herde bot.
»Schnell! Hilf Granny, Blackpaw! Und du, nimm Ash die Babys ab!« kommandierte Basil, der Beryl und Cabbage über die Mauer half.
Die Freunde hatten sich gerade hinter die Mauer gekauert, als mehr als hundert Tiere über ihre Köpfe hinwegsprangen. So hatte diese Ruine sie vor dem sicheren Tod bewahrt.
»Das war wirklich knapp«, atmete Morley auf. »Ich glaube, diese armen Burschen haben völlig den Verstand verloren. Sie scheinen überhaupt nicht mehr zu wissen, in welche Richtung sie laufen oder vor wem sie eigentlich davonlaufen.«
»So ist es«, murmelte Stump. »Aber ich habe keine Lust, das noch einmal über mich ergehen zu lassen.«
»Wir sind sie bald los«, sagte Bramble und legte mehr Überzeugung in seine Stimme, als er wirklich besaß. »Diese Geschwindigkeit können sie nicht lange beibehalten. Außerdem hat wohl niemand von ihnen an Essen und Trinken oder einen sicheren Schlafplatz gedacht.«
»Bramble hat recht«, stimmte Basil zu. »Diese armen Geschöpfe hatten wohl kaum Zeit, Überlegungen anzustellen. Wir wissen ja nicht, was sie alles durchgemacht haben.«
»Da kommen noch mehr! Duckt euch! Duckt euch!« rief der Maulwurf.
Der Boden fing an zu zittern, und Sekunden später waren sie

von einer dichten Staubwolke eingehüllt, als Hunderte von Hufen über ihre Köpfe sprangen.
Dann ertönte ein Schrei, wie ihn nur jemand ausstößt, der in Todesangst ist.
Dicht hinter der Mauer fiel ein junges Reh hin, und kaum hatte es den Boden berührt, als sich ein gelblichgrauer Mörderwolf mit gebleckten Zähnen daraufstürzte.
Noch ehe die Bestie ihre Zähne in das wehrlose Opfer schlagen konnte, hatten Basil und Stump ihre Schwerter gezogen und tief in den Leib des Mörders gebohrt.
Das Reh lag zitternd mit wild rollenden Augen auf dem Rükken.
Stump wischte seine Klinge ab und versuchte, das vor Angst wahnsinnige Tier zu beruhigen.
»Nur ruhig, alter Junge. Es ist alles in Ordnung, du brauchst dich nicht mehr zu fürchten.«
Das Reh sah den Maulwurf an. Doch es schien jeder Bewegung unfähig.
Basil streichelte das Tier. »Du bist jetzt außer Gefahr und kannst dich unserer Gruppe anschließen, wenn du willst. Wir wollen zu den Wasserfällen. Denn dort gibt es genügend zu essen.«
»Da gibt es gar nichts«, sagte das Reh weinerlich. »Dort lebt doch nur dieser verräterische Bär.«
»Wer hat das gesagt?«
»Owl Wing*. Er sagt, daß wir eine neue Heimat hinter den Vier Eichen finden.«
»Und dahin wollt ihr alle gehen?« fragte Basil.
Verwirrt blickte das Reh um sich und kam schließlich mühsam auf die Beine.
»Wir sind vor dem Feuer geflohen. Unsere ganzen Wintervorräte sind verbrannt.«
»Vergiß die Mörderwölfe nicht«, erinnerte es Stump.
»Mörderwölfe?« fragte das Reh verständnislos.
»Dieser Bursche hier«, sagte Basil und deutete auf die Leiche des erschlagenen Wolfs.

* Eulenflügel

Das Reh riß vor Entsetzen die Augen weit auf und wich zurück, als bemerkte es erst jetzt die Gefahr. Dann sprang es mit einem Satz über die Mauer und rannte wie besessen auf seine Herde zu.
»Nun ja. Du hast es versucht«, meinte Stump. »Diese Burschen sind wirklich nicht sehr intelligent.«
»Anscheinend nicht.«
»Kommt schnell!« rief Granny.
Der Biber und der Maulwurf eilten zu ihren Freunden.
»Wir haben unser Bestes getan, um diese Schwachköpfe zu warnen«, sagte Basil. »Aber sie hören einem ja nicht einmal richtig zu. Vielleicht hat nur ihr Anführer dieses Privileg. Wie hieß er noch?« fragte er Stump.
»Owl Wing, glaube ich.«
»Sollten wir je diesen Owl Wing treffen, können wir ihn warnen. Er kann dann geeignete Maßnahmen ergreifen.«
»Laßt Zeichen zurück«, befahl Granny. »Vielleicht kommen noch andere Tiere hier vorbei, die sie lesen können und auf die Gefahr aufmerksam werden.«
»Das machen wir«, riefen Bumble und Cabbage. »Wir wissen, wie das geht.«
Bramble blickte stirnrunzelnd auf seinen Sohn.
»Stimmt das auch?«
»Ja. Das haben wir schon gemacht«, entgegnete Cabbage.
»O ja«, sagte Morley. »Ich war außer mir vor Angst letzten Frühling, als ich zum Mühlenteich kam und eure Zeichen dort fand. Mindestens acht hungrige Rotluchse und ein wilder Keiler sollten sich dort rumtreiben.«
Verlegen senkte Bumble den Kopf.
»Wir wollten niemanden erschrecken. Das war nur eine praktische Übung.«
»Ihr solltet euch schämen«, schimpfte Branch.
»Wir haben jetzt keine Zeit mehr«, drängte Granny. »Ihr beiden kümmert euch um die Zeichen. Und vergeßt nichts.«
»Ja, Granny«, murmelten die kleinen Kerlchen und machten sich gehorsam an die Arbeit.

»Mehr können wir hier nicht tun«, sagte Bramble, »obwohl ich meine Zweifel habe, daß jemand überhaupt Zeit hat, sie zu lesen.«
»Das kann man nie wissen«, meinte Branch. »Es ist erstaunlich, was man alles kann, wenn es wirklich pressiert.«
»Da muß ich dir zustimmen«, sagte Granny. »Ich glaube nicht, daß die Zeichen überflüssig sind.«
Und Granny sollte recht behalten, obwohl sie diese Tatsache viel später bitter bereuen würde.

Dritter Teil

Der Dornenwald

Johanna Nilsson

21. Gruffs alte Landkarte

Die Freunde eilten, so schnell sie konnten, weiter durch den niedergebrannten Wald. Noch zweimal mußten sie vor großen, von Panik ergriffenen Tierherden Schutz suchen, und einmal glaubte Bramble, er hätte den Anführer, Owl Wing, gesehen, doch sie hatten keine Gelegenheit, die verschreckten Tiere zu warnen. Stump, der fast von einem Huf getroffen worden wäre, beklagte sich bitter.

»Es macht mir ja kaum noch etwas aus, von diesen Biestern aus dem Norden in die Zange genommen zu werden, aber diese Burschen könnten sich doch wirklich etwas zivilisierter aufführen. Schließlich haben wir all die Jahre zusammen in denselben Wäldern gelebt.«

»In einer Situation wie dieser haben sie eben ihren ganzen Verstand verloren«, meinte Bramble.

»Und bei uns ist auch nicht viel davon übriggeblieben«, entgegnete der Maulwurf. »Doch wenigstens trample ich nicht unschuldige Tiere nieder oder erschrecke die Kleinen zu Tode.«

»Oh, wir mögen die Rehe und alle die anderen Tiere auch«, sagten Bumble und Cabbage. »Es gefällt ihnen sicher hier.«

»Ich weiß nicht, ob mir Waldbrände oder Mörderwölfe oder Menschen gefallen«, murmelte Stump.

»Aber wir können einen Vorteil daraus ziehen«, sagte Blackpaw. Er stand am Rand des Lagerplatzes, wo sie die Nacht über rasten wollten, und blickte in die Richtung, aus der sie gekommen waren. »Die Mörderwölfe und die Menschen werden hinter ihnen her sein. Vielleicht kommen wir dann ungeschoren davon.«

Granny, die gerade die abendliche Ration Brot verteilte, unterbrach ihn.

»Da hast du sicher recht, obwohl mir der Gedanke überhaupt nicht gefällt. Wir haben versucht, sie zu warnen, bisher vergeblich. Doch möglicherweise ergibt sich noch mal eine Gelegenheit.«

»Falls wir nicht vorher zu Brei zerstampft wurden«, schnaubte Stump.

»Das wird nicht passieren«, versicherte ihm Bramble. »Aber wir müssen uns jetzt endlich darüber klarwerden, welchen Weg wir einschlagen wollen, wenn wir das Ende dieses verdammten Waldes erreicht haben.«

»Ich habe schon unversehrte Bäume gesehen«, sagte Acorn und kaute hungrig sein Brot.

Den Nachmittag über war er als Späher ausgeschickt worden. Die Tiere taten das jetzt aus Sicherheitsgründen immer, und Acorn hatte diese Aufgabe als letzter übernommen.

»Wie weit sind sie entfernt?« fragte Granny.

»Vielleicht eine knappe Tagesreise.«

Die alte Dächsin runzelte die Stirn.

»Das ist doch viel einfacher für uns«, meinte Beryl. »Die Bäume bieten Schutz und Deckung.«

»Ja. Aber einem Biber ebenso wie einem Mörderwolf oder Menschen«, entgegnete Granny. »Wir müssen sehr vorsichtig sein und kommen dann auch viel langsamer voran. Und wenn ich mich nicht irre, können wir uns in diesen Wäldern verlaufen.«

»Erinoult sagte doch, er würde uns Karten geben«, schnaubte Blackpaw. »Haben wir die denn nicht mitgenommen?«

»Da waren keine Karten«, sagte Bramble knapp. »Glücklicherweise haben wir diese Waffen gefunden und auch noch Proviant.«

Der junge Dachs wurde böse.

»Ihr habt die Karten vergessen! Wie kann man nur so nachlässig sein. Erinoult hat ausdrücklich gesagt, daß er uns mit Nahrung versorgen und eine Karte geben würde.«

»Daran kann ich mich auch erinnern«, stimmte Granny zu. »Der Meister sagte es.«

»Und wo ist diese Karte?« fragte Basil besorgt.

»Vielleicht ist es eine Karte, wo eingezeichnet ist, wo wir seine Schätze finden können«, mischte sich Bumble ins Gespräch.

»Psst, Bumble«, brachte ihn seine Mutter zum Schweigen.

»Haben wir denn nichts dabei, was wie eine Karte aussieht?« fragte Bramble. Er leerte seinen Rucksack aus und suchte. Die anderen folgten seinem Beispiel, doch ohne Erfolg.
»Da ist nichts, was einer Karte ähnlich sieht«, meinte Morley enttäuscht. »Einfach gar nichts.«
»Dann hat irgend jemand sie eben vergessen mitzunehmen«, schimpfte Blackpaw und sah die Bisamratte anklagend an.
»Nichts wurde vergessen«, sagte Granny. »Wir haben uns noch einmal genau umgesehen, nachdem wir Bramble und Basil hinausgetragen hatten.«
Bramble sprang plötzlich auf.
»Könnte der Wolf sie mitgenommen haben, als er floh?«
Beryl und Ash stießen einen Klagelaut aus, doch Granny brachte sie mit einem Blick zum Schweigen.
»Der Wolf hatte nur eins im Sinn: Flucht. Außerdem habe ich alles in Erinoults Gemach durchsucht. Da war keine Karte.«
»Dann hat Erinoult sich eben geirrt«, meinte Basil verächtlich. Er war bitter enttäuscht, versuchte aber, es zu verbergen.
»Er hat sich nicht geirrt«, schrie Blackpaw mit aufgestellten Nackenhaaren.
»Seid ruhig, ihr beiden!« schimpfte die alte Dächsin. »Ich glaube, ich weiß, was Erinoult gemeint hat. Er wollte uns nicht eine neue Karte geben. Nein, das hatte er nicht im Sinn.«
Granny öffnete ein altes, abgegriffenes Buch der Weisheit, das Gruff einmal gehört hatte.
»Das habe ich immer bei mir getragen. Ich wollte unser Haus nicht ohne ein Erinnerungsstück verlassen, also nahm ich dieses Buch mit. Ich glaube jetzt zu wissen, was Erinoult mit seinen Worten meinte.«
Noch während sie sprach, entfaltete sie eine Seite in der Mitte des Buchs. Auf der vergilbten Oberfläche standen alte Zeichen und Symbole, alle in Gruffs sauberer Handschrift.
»Er pflegte oft Karten zu kopieren, aus anderen alten Büchern der Weisheit. Oder er fertigte Karten von seinen Reisen an. Gruff nahm diese Dinge sehr genau und sagte immer, nichts sei so wertvoll wie eine gute Karte von einem unbekannten Land.«

»Und was sollen wir mit dieser alten Karte von Gruff anfangen?« fragte Morley.
»Das ist nicht eine von Gruffs alten Karten«, berichtigte ihn Granny, »sondern eine Karte, die er aus einem alten Buch der Weisheit kopiert hat.«
Sie hatte das alte Pergament ausgebreitet, und die anderen kauerten im Halbkreis um sie herum.
Da platzten Bumble und Cabbage laut schwatzend in die Gruppe.
»Da ist eingezeichnet, wo der Schatz zu finden ist. Der alte König hat seinen Schatz versteckt und dann eine Karte davon gezeichnet.«
Die kleinen Kerlchen waren nicht davon abzubringen, daß es sich so verhielt.
»Was ist das, Granny?« fragte Bramble und deutete auf die seltsamen Zeichen und Symbole. Vergeblich versuchte er, Gruffs Handschrift zu entziffern.
Granny lächelte.
»Das ist der Ort, wo wir uns befinden«, sagte sie und deutete auf eine Stelle. Dann fuhr sie mit der Pfote auf dem Pergament entlang und tippte darauf. »Und hier ist Erinoults Lichtung, von wo wir hergekommen sind.«
Alle beugten sich tiefer über die Karte und versuchten ebenfalls, die verblaßten Eintragungen zu lesen.
»Woher willst du wissen, ob das stimmt?« fragte Blackpaw. »Ich werde nicht schlau daraus. Außerdem hat diese Karte dein Mann angefertigt, sie stammt nicht aus Erinoults Gemach.«
»Doch, sie stammt daher. Doch wurde sie schon vor langer, langer Zeit angefertigt.«
»Das ist unmöglich«, schnaubte der junge Dachs verächtlich.
»Nicht, wenn es sich dabei um Gruff und Greystone handelt. Gruff sprach einmal darüber. Doch das alles ergab erst einen Sinn, als ich Erinoults Gemach selbst kennenlernte und ihn sprechen hörte.«
»Wie sollen wir jetzt weitergehen, um die Wasserfälle zu erreichen?« fragte Bramble.

»Dann verläßt du dich also auf diese Karte?« wandte sich Blackpaw an den Otter.
»Uns bleibt wohl kaum etwas anderes übrig. Oder sollen wir ziellos hier herumlaufen, als leichte Beute der Mörderwölfe?«
»Es ist Wahnsinn«, brummte der Dachs finster. »Ich bin auch dafür, daß wir auf den unversehrten Wald zugehen, aber sich nach dieser Karte richten? Niemals!«
»Gerade dann werden wir sie brauchen«, entgegnete Granny ruhig. »Der Wald ist sehr dicht und, wie Gruff sagte, auch sehr gefährlich. Es gibt dort Stellen mit Treibsand, giftige Bäume und undurchdringliche Dornenhecken, ganz zu schweigen von den anderen Gefahren, die wir ja zur Genüge kennen.«
»Wo ist das alles auf der Karte eingezeichnet, Granny?« fragte Basil, der versuchte, die einzelnen Symbole zu lesen.
»Hier. Und hier. Und da ist die Öffnung, von der der Pfad abgeht, der direkt durch den Wald führt. Alle anderen Wege enden irgendwo im Dickicht. Geht man einen von ihnen, gibt es keine Rückkehr mehr.«
»Du meinst, es gibt keinen Weg mehr nach draußen?«
»Doch es gibt einen. Aber nur, wenn man die Geheimnisse kennt.«
»Welche Geheimnisse?«
»Die Geheimnisse des Dornenwaldes«, antwortete Granny einfach.
»Und hier haben wir die Karte, mit deren Hilfe wir sicher durch den Wald gelangen können. Vorausgesetzt, wir lesen sie richtig.«
Die Tiere beugten sich noch näher über das alte Pergament. Schließlich konnte Bramble eine feine Schrift auf dem vergilbten Papier erkennen. Dort stand zu lesen:

Dies ist der Dornenwald.
Viele Gefahren lauern hier.

Darunter hatte Gruff in seiner zierlichen Handschrift vor langer, langer Zeit geschrieben:

Greystone und ich haben den Wald sicher durchquert. Folgt dem Zeichen des dreifachen Mondes.

Daneben stand das Symbol des dreifachen Mondes.
Außerdem war auf der Karte ein Pfad, der durch den Dornenwald führte, eingezeichnet. Er sah aus wie eine sich ringelnde Schlange. Daneben hatte Gruff die Stellen, die besonders gefährlich waren, mit Zeichen markiert. Bramble studierte die Karte lange, und er dachte, daß nur Tiere in einer ausweglosen Situation sich in diesen gefährlichen Wald wagen würden.
Er sah seine Frau, seinen Sohn und seine Freunde an und hoffte inständig, Grannys Karte möge stimmen.
Doch dann wurden seine trübsinnigen Gedanken unterbrochen: Er hörte ein Geräusch, das Gefahr bedeutete. Und zwar eine weitaus größere Gefahr als die des Waldes. Ein regelmäßiges Stampfen und Krachen war zu hören, das immer näher kam. Hastig packten die Tiere ihre wenigen Habseligkeiten zusammen und machten sich davon. In einem schnellen Trott eilten sie dem grimmigen Wald entgegen.

22. Blackpaw will seinen Kopf durchsetzen

»Das gefällt mir überhaupt nicht«, sagte Stump aufgebracht. Tapfer hielt er mit Bramble Schritt. »Erst dieser Abschaum aus dem Norden, dann Menschen und der Waldbrand, und jetzt stehen wir vor einem Problem, das schier unlösbar ist.«
»Der Dornenwald stellt kein Problem dar, wenn man nur weiß, wie man sich zu verhalten hat«, entgegnete Granny, obwohl der Maulwurf sich nicht direkt an sie gewandt hatte. »Gruff sprach immer nur zögernd über seine Reiseerlebnisse, aber jetzt, wo wir sie brauchen, kann ich mich wieder an alles erinnern.«
Blackpaw drehte sich um und schnaubte verächtlich.
»Einem in Ehren ergrauten Haupt wagt ja niemand zu widersprechen.«

Granny achtete nicht auf den jungen Dachs. Sie sprach weiter. »Gruff und Greystone wußten, wie jemand reagiert, der Angst hat. Sie kannten die bösen Gedanken, denen dann Worte folgen, bis hin zu Tätlichkeiten. Jetzt, da ich alt geworden bin, kann ich auch mehr Verständnis dafür aufbringen, und vieles sehe ich nun in einem ganz neuen Licht und verstehe, was sie mir damals erzählten.«

Granny machte eine Pause, sie sah Blackpaw scharf an.

»Damals gingen sie fast denselben Weg, den wir heute gehen, in Richtung Wasserfälle. Nur gab es zu ihrer Zeit keine Mörderwölfe oder Menschen. In den Wäldern trafen sie auf einen netten Kerl, einen entfernten Verwandten von Gruff, und auf einen Otter, dessen Name Lakewalker* war. Das war ein großes Glück, denn die beiden kannten die Gegend genau. Wenn ich mich nicht irre, war es genau dieser Wald.«

»Der keiner mehr ist«, schimpfte Stump.

Die Tiere betrachteten die zahllosen schwarzen Baumstümpfe, diese trostlose Öde, wo jedes Leben erstorben war, und versuchten sich vorzustellen, wie der Wald zu Gruffs und Greystones Zeiten ausgesehen haben mochte.

»Die vier reisten unbehelligt weiter, was Gruff seltsam vorkam, denn er hatte mit Gefahren gerechnet. Doch ihre Reise gestaltete sich wie ein Sommerausflug, sagte er, und Greystone und Lakewalker hatten sogar Gelegenheit, in einem nahe gelegenen Fluß ein Bad zu nehmen.«

»Falls es hier einen Fluß gibt . . . wir könnten Wasser gebrauchen«, meinte Basil. »Unsere Vorräte gehen zur Neige, und wenn dieser Wald so gefährlich ist, wie du sagst, sollten wir so viel wie möglich mitnehmen.«

»Ich glaube nicht, daß es hier jemals einen Fluß gegeben hat«, sagte Blackpaw mißmutig. »Selbst wenn er schon seit langem ausgetrocknet ist, müßte man wenigstens das Flußbett erkennen.«

»Manchmal fließen Ströme unterirdisch weiter«, gab Bramble

* Seenwanderer

zu bedenken. »Wenn du dich so viel mit dem Wasser wie ich beschäftigst, bekommst du ein Gefühl dafür. Ich weiß, daß es hier Wasser gibt. Es ist unter uns.«
»Ach, rede doch keinen Unsinn«, schnaubte der junge Dachs.
»Du wirst noch froh darüber sein, denn irgendwo wird es ja wieder an die Oberfläche kommen.«
»Noch mehr Ammenmärchen? Vielleicht warst du auch schon hier? Willst du uns das glauben machen? Du scheinst deiner Sache sehr sicher.«
Basil unterbrach Blackpaw ärgerlich.
»Du kannst deine Ansichten für dich behalten und glauben, was du willst. Aber deine schlechten Manieren – vor allem Granny gegenüber – sind unverzeihlich. Und ob es hier einen Fluß gibt oder nicht, es ist einfach eine Frage der Hoffnung. Denn wenn es die nicht mehr gäbe, bräuchten wir uns überhaupt nicht mehr zu rühren und könnten still unser Ende abwarten. Wir haben den ewigen Streit mit dir einfach satt. Du kannst ja gehen, wenn dir das besser gefällt.«
»Das könnte euch so passen, nicht wahr. Dann hättet ihr ein Maul weniger zu stopfen. Das würde die Sache für euch doch wesentlich vereinfachen. Aber ich denke nicht daran. Eines Tages werdet ihr noch froh über meine Gegenwart sein.«
Der junge Dachs sah die völlig verblüfften Tiere einen Augenblick herausfordernd an, dann marschierte er stoisch weiter, den Kopf erhoben, ohne nach rechts oder links zu blicken.
»Hm, nun, ich habe noch niemals . . .« fing Stump an, doch Granny gebot ihm mit einer Bewegung Schweigen.
Stirnrunzelnd beobachtete Bramble Blackpaw.
»Es könnte sogar stimmen, was er sagt. Trotzdem spüre ich irgendeine Gefahr, die von ihm ausgeht. Nichts Bestimmtes.«
»Das hätte ich früher auch von dir sagen können, Bramble«, meinte Granny freundlich. »Du warst unserem Freund gar nicht unähnlich. Vehement tratest du für das ein, was du als Wahrheit erkannt hattest. Nur die anderen waren immer schuld, wenn es Schwierigkeiten gab.«
Bramble blickte verlegen zu Boden.

»Damit hast du sicher recht, Granny. Er erinnert mich an mich selbst. Und das erfüllt mich mit Unbehagen.«

Acorn und Basil, die gerade eine Unterhaltung beginnen wollten, schwiegen betreten.

»Dasselbe gilt auch für euch«, sagte Granny und deutete auf die beiden. »Ihr habt es gerade nötig, euch über diesen Burschen zu beschweren. Wenn ich noch daran denke, wie Gruff und ich euch stundenlang zugehört haben, daß alles geändert werden müsse und Gruff zu alt sei, noch als Oberhaupt der Siedlung sein Amt auszuüben. Außerdem habt ihr nie geglaubt, Gruff sei bei den Wasserfällen gewesen. Leugnet es nicht! Ich habe gehört, wie ihr hinter seinem Rücken geredet habt. Ins Gesicht wagtet ihr es ihm ja nicht zu sagen. Das wagte niemand. Aber ich konnte eure Gedanken lesen: ›Dieser alte Kerl, der kaum in der Lage ist, seinen eigenen Garten umzugraben, soll das alles getan haben?‹«

Granny lächelte und schüttelte den Kopf.

»Das ist eine Entwicklungsperiode, die wir alle durchmachen. Es gehört einfach zum Erwachsenwerden. Alles und jedes wird angezweifelt.«

»Wie geht denn die Geschichte weiter, Granny?« fragte Bumble. Er hatte das Geschwätz der Großen gründlich satt und wollte wissen, ob sie jetzt einen Schatz finden oder auf Drachen stoßen würden.

Die alte Dächsin tätschelte den kleinen Otter liebevoll.

»Nun das Ende der Geschichte kam, als die vier zusammen in den Dornenwald gingen.«

»Sie haben sich also darin verlaufen?« fragte Basil.

»Keineswegs. Sie gelangten ohne Schwierigkeiten in den Wald und auf den rechten Weg. Damals war er wohl noch markiert.«

»Gab es Drachen im Dornenwald, Granny?« fragte Cabbage.

»Das weiß ich nicht. Vielleicht früher einmal, vor langer Zeit.«

»Ich kann mich erinnern, daß dort eine große Schlacht zwischen Drachen und Menschen stattgefunden hat, auch Elfen waren daran beteiligt.«

»In euren Büchern der Weisheit steht fast dasselbe wie in unse-

ren, Bramble. Doch das geschah zu einer anderen Zeit, als von der ich rede.«
»Ich möchte etwas über Drachen hören«, zwitscherte Bumble.
»Und ich auch«, sagte Cabbage.
»Laßt doch Granny endlich ihre Geschichte zu Ende erzählen«, schimpfte Branch.
»Viel gibt es da nicht mehr zu sagen«, lachte Granny. »Gruff und Greystone durchquerten den Dornenwald. Ihre beiden neuen Freunde hatten Angst und kehrten auf halbem Weg um. Sie sahen also nie die Wasserfälle. Doch Gruff sagte immer, man könne nie wissen, wie ein Unternehmen, das man beginnt, ausgeht. Ganz gleich, um was es sich handelt. Wenn ich Kohl pflanze, können die Pflanzen eingehen, weil es zu trocken ist oder Raupen die Blätter fressen. So müßte man das Leben betrachten. Immer auf das Schlimmste gefaßt sein.«
Stump warf der alten Dächsin einen langen prüfenden Blick zu.
»Ja, das stimmt völlig. Immer auf das Schlimmste gefaßt sein, damit man sich dagegen wappnen kann.«
Granny tätschelte die Pfote des Maulwurfs liebevoll.
»Wie recht du hast, Stump. Man muß immer wissen, was an einer Sache faul ist. Und manchmal erscheint einem die Wirklichkeit unerträglich. Man glaubt, daß es schlimmer gar nicht mehr kommen kann.«
»In dieser Situation befinden wir uns wohl jetzt«, sagte Acorn.
»Genau. Wir wissen, was vor uns liegt, und wir wissen auch, wohin wir gehen müssen.«
»Jedenfalls können wir nicht umkehren«, meinte Stump und deutete zurück, in Richtung des niedergebrannten Waldes.
»Ja, unser Weg ist uns vorgegeben«, sagte Granny. »Weit weg von Mörderwölfen, Menschen und dieser Zerstörung.«
Bramble, der schon vorausgegangen war, beschlich ein seltsames Gefühl über irgend etwas, das er gesehen hatte.
Oder war es etwas, das fehlte?
Er wollte Granny gerade eine Frage über den Dornenwald stellen, da merkte er plötzlich, was ihn beunruhigte: Blackpaw war verschwunden.

Wohin die Gefährten auch blickten, nur verbrannte Bäume waren zu sehen. Nirgends die vertraute Gestalt eines Dachses. Brambles Mut sank.

»Was ist nur passiert, Granny? Ist er so böse auf uns, daß er einfach verschwunden ist?«

Die alte Dächsin schüttelte den Kopf.

»Ich weiß auch nicht recht, was ich davon halten soll, Bramble. Blackpaw ist seltsam, das ist kein Geheimnis. Erst kämpft er mit uns, dann gegen uns, und schließlich rettete er dir das Leben. Er ist mir ein Rätsel, dabei sollte ich ihn schließlich am besten kennen.«

»Er kann nicht weit sein«, meinte Stump schließlich. »Hier gibt es ja nicht mal ein Versteck für einen Maulwurf, geschweige denn für einen Dachs.«

»Würde er uns allen Ernstes verlassen?« fragte Beryl. »Wo sollte er denn hingehen?«

»Es gibt immer noch die Mörderwölfe und die Menschen«, sagte Basil böse. »Eine reizende Gesellschaft.«

»Nicht alle von ihnen sind schlecht«, gab Granny zu bedenken. »Manche respektieren das Gesetz.«

»Die möchte ich zur Abwechslung gern mal kennenlernen«, meinte Acorn. »Wir treffen immer nur die Niederträchtigen.«

»Vielleicht haben wir in Zukunft mehr Glück mit unseren Bekanntschaften«, sagte Bramble.

»Darauf würde ich an deiner Stelle nicht zählen. Was sollte eine anständige Seele schon hier draußen, in der Nähe des Dornenwaldes, zu tun haben?«

»O Stump. Du siehst immer nur schwarz. Außerdem – sind wir etwa nicht anständig?«

»Wenn man schwarzsieht, kann man nie enttäuscht werden«, gab der Maulwurf zurück.

»Trotzdem bist du ein unverbesserlicher Pessimist. Ich kenne dich jetzt schon seit deiner frühesten Jugend, und du genießt es richtig, wenn du jemanden mit deiner Schwarzseherei auf die Palme bringen kannst.«

Stump murmelte Unverständliches vor sich hin und sagte dann: »Jemand muß ja schließlich der Wahrheit ins Gesicht sehen.« Brambles Stimme klang entschlossen, als er sprach.

»Aber was sollen wir mit Blackpaw machen? Hier auf ihn warten oder nach ihm suchen?«

»Weder noch«, antwortete Granny. »Wir haben keine Zeit, nach ihm zu suchen oder auf ihn zu warten. Wir gehen einfach weiter. Wahrscheinlich erfahren wir auf diese Weise genauso, was mit ihm passiert ist.«

»Glaubst du, er ist verschwunden, weil er nach einem versteckten Schatz sucht, Granny?« fragte Bumble.

»O Mann«, rief Cabbage, »ich wette, genau das ist geschehen. Und den wollte er nicht mit uns teilen. Deshalb hat er sich vor uns versteckt.«

Branch schüttelte verständnislos den Kopf.

»Ich weiß nicht, was in euren Köpfen herumspukt. Nichts als Geschichten über alte Schätze. Ihr habt zuviel in den alten Büchern der Weisheit gelesen.«

»Ich hoffe, der Schatz ist hier irgendwo vergraben. Dann muß er ihn uns zeigen, wenn er wiederkommt.«

»Ist Blackpaw ein böses Tier?« fragte Cabbage.

»Nein, nicht böse«, antwortete Granny. »Er ist nur noch sehr jung und sehr von sich selbst eingenommen. Und meistens benimmt jemand sich so, wenn er eine Heidenangst hat, es aber nicht zeigen möchte.«

Morley, der, die Pfote über den Augen, auf den weit entfernten Dornenwald starrte, rief plötzlich: »Irgend etwas kommt auf uns zu, Granny. Ich kann nur eine Staubwolke erkennen, aber sie bewegt sich in unsere Richtung fort.«

Niemand dachte mehr an den verschwundenen Dachs. Die Freunde kniffen angestrengt die Augen zusammen, doch sie konnten nichts Bestimmtes erkennen, sondern nur sehen, daß diese Staubwolke auf sie zukam.

»Ist das wieder eine Herde?« fragte Morley.

»Ich glaube nicht. Es sieht so aus, als herrschte Ordnung in den Reihen, die da marschieren.«

»Bramble hat recht«, stimmte Basil zu.
Stump räusperte sich laut.
»Nur Menschen marschieren auf diese Weise. Sie scheinen das zu lieben.«
Bramble versuchte, die dicke schwarze Wolke am Horizont mit den Augen zu durchdringen.
»Was haben denn Menschen in der Nähe des Dornenwaldes zu schaffen?«
»Ich weiß nicht«, antwortete Granny.
»Vielleicht ist der Wald dann nicht mehr so gefährlich, wie du behauptet hast, Granny? Und alle können ihn jetzt ungehindert durchqueren?«
»Es wäre möglich, doch ich glaube nicht daran. Wenn das wirklich Menschen sind, mußten sie sicher umkehren, weil sie nicht in den Wald eindringen konnten.«
»Ich wünschte, es wäre ihnen gelungen«, brummte Stump. »Haben wir nicht schon genug auf dem Hals?«
»Glaubst du, es könnte sich um friedliche Menschen handeln?« fragte Acorn voller Hoffnung.
»Kaum zu glauben, was so in dem Kopf eines Eichhörnchens vor sich geht«, sagte Morley verächtlich. »Bisamratten mögen ein wenig langsam im Denken sein, aber doch nicht derart gutgläubig. Sie merken anscheinend erst, daß ihnen jemand Böses will, wenn sie mit ihrem Allerwertesten im Suppentopf sitzen.«
»Sei still, Morley. Es gab Menschen, die in früheren Zeiten sogar zu den Tierfamilien gehörten. Sie wurden von allen geachtet.«
»Das mag ja so gewesen sein, aber heutzutage gibt es das nicht mehr.«
»Vielleicht kommen die alten Zeiten wieder«, sagte Bramble, der noch immer auf die weit entfernte Wolke starrte. »Mit einem Drachenwinter ändern sich die Dinge immer. Entweder zum Guten oder zum Schlechten.«
»Niemand ist so ohne weiteres bereit, seine schlechten Gewohnheiten abzulegen«, meinte Morley.
»Nein. Alles braucht seine Zeit.«
»Und die haben wir nicht«, sagte der Maulwurf scharf. »Wir sit-

zen hier, völlig schutzlos, mit nur ein paar Schwertern zu unserer Verteidigung und reden über die Wenn und Aber, während Menschen immer näher auf uns zukommen.«
»Und was wird jetzt aus deinem Verwandten?« fragte Bramble, der sich wieder an den jungen Dachs erinnerte.
»Er müßte blind sein, wenn er nicht sieht, was auf ihn zukommt«, sagte Granny. »Und außerdem können wir nichts tun.«
»Wir könnten wieder Zeichen hinterlassen«, schlug Branch vor. »Danach kann er sich dann richten.«
»Was sollen wir tun?« fragte Bramble.
»Wir gehen einfach weiter und versuchen, diese Unbekannten in der Dunkelheit zu umgehen.«
»Der Plan ist so gut wie jeder andere, Basil. Außerdem bedeutet es keinen Umweg in Richtung des Dornenwaldes.«
»Mir wäre jeder Umweg lieb«, brummte Stump.
»Das heißt doch nur, daß du dich erst viel später ausruhen kannst.«
Der Maulwurf sah die alte Dächsin lange an.
»Wenn das so ist, Granny, und du mir ein Stück deines köstlichen Apfelkuchens versprichst, bin ich dafür, dieses kleine Abenteuer fortzusetzen.«
»Kümmere dich um die Zeichen, Bumble«, befahl seine Mutter, »falls Blackpaw nach uns sucht.«
»Und du, Morley, gehst voran. Wir müssen sehr vorsichtig sein, wenn es sich bei dieser neuen Bedrohung da vorn wirklich um Menschen handeln sollte.«
»Ob Menschen oder Mörderwölfe ist doch völlig egal«, meinte die Bisamratte. »Auch die Wölfe können jetzt mit Feuer umgehen und sprechen. Vielleicht sind sie ebensogut zu Fuß.«
»Ganz gleich, um wen es sich handelt, wir müssen wissen, wer es ist und ob sie uns freundlich oder feindlich gesonnen sind. Erst dann können wir entscheiden, was zu tun ist.«
Während sich die Tiere zum Aufbruch rüsteten, hörten sie eine bekannte Stimme rufen, obwohl sie niemanden sahen.
»Du hattest recht, Granny. Es gibt hier einen Fluß. Oder vielmehr, es gab einen.«

»Blackpaw!« rief Beryl aus.
»Aber wo steckt er?«
»Hier. Könnt ihr mich jetzt sehen?«
Hinter einem alten schwarzverbrannten Eichenstumpf erschienen zwei Ohren und eine Schnauze. Einen Augenblick später folgten die Vorderpfoten, dann die breiten Schultern, und schließlich stand der ganze Bursche da. Wasser tropfte aus seinem Fell.
»Ich habe den Fluß gefunden«, lachte er. »Ich ging so vor mich hin, und plumps, da war es schon passiert. Ich habe das Loch erst bemerkt, als ich schon hineingefallen war und glaubte, mich nie wieder daraus befreien zu können. Doch dann entdeckte ich eine Sandbank und sah den Himmel über mir. Und da bin ich wieder.«
Basil lachte.
»Das ist das erstemal, daß ich einen nassen Dachs sehe. Jetzt weiß ich auch, warum ihr Burschen euch lieber im Wald herumtreibt.«
Blackpaw wurde wütend; seine Nackenhaare sträubten sich.
»Genug, Basil. All das Wasser hat deinem Verstand wohl eher geschadet. Wir haben unseren Freund wieder und auch unser Trinkwasserproblem gelöst. Außerdem können wir uns dort unten verstecken.«
»Eine neue Gefahr ist aufgetaucht«, erklärte Bramble und deutete auf die Staubwolke.
Sie schien jetzt ein gutes Stück näher.
»Was ist das?« fragte Blackpaw.
»Vielmehr, wer ist das?« korrigierte ihn Morley.
»Was zählt ist, daß wir jetzt ein Versteck und auch frisches Wasser haben.«
»Am besten erforschen wir jetzt deine neue Entdeckung, Blackpaw, damit wir feststellen können, in welche Richtung der Fluß läuft«, sagte Granny.
»Ist er denn nicht auf deiner Landkarte eingezeichnet?« fragte Acorn. »Der von Gruff.«
»Das weiß ich nicht. Von einem unterirdischen Fluß ist mir

nichts bekannt. Doch gibt es im Dornenwald nur einen Fluß, dessen Wasser man trinken kann. Die anderen sind gefährlich. Manche verändern deine Gestalt, wenn du daraus trinkst, und andere sind giftig.«

»Könnte das hier auch der Fall sein? Ich meine, daß der Fluß giftig ist?«

»Nein«, sagte Blackpaw. »Ich habe genug Wasser geschluckt, als ich hineingefallen bin. Und das scheint keinen Schaden angerichtet zu haben. Es schmeckte sogar süß.«

»Wir müssen uns beeilen und dürfen keine Zeit mehr verschwenden«, drängte Basil.

»Ich glaube, daß wir dem unterirdischen Flußlauf sogar von hier aus folgen können«, sagte Stump und deutete auf den Boden. »Seht ihr, was dort für mächtige Bäume gewachsen sind? Und das geht weiter. Eine richtige Straße, die von den großen Baumstümpfen markiert wird. Ihre Wurzeln müssen bis in das Flußbett gereicht haben.«

»Gut beobachtet, Stump. Das macht uns vieles leichter.«

»Und wie kommen wir unter die Erde, falls Gefahr droht?« fragte Ash und hielt ihre Babys fest umklammert.

»Wir haben ja zwei im Graben sehr erfahrene Tiere bei uns«, erwiderte Bramble. »Für einen Maulwurf und einen Dachs sollte das eine Kleinigkeit sein.«

»Hoffentlich müssen wir uns dann nicht allzusehr beeilen«, brummte Stump.

»Nicht, wenn wir Augen im Kopf haben«, sagte Granny.

Als die Tiere aufbrechen wollten, liefen Bumble und Cabbage zu Blackpaw.

»Hast du da unten Schätze oder Drachen gesehen?« fragten sie wie aus einem Munde.

Ein seltsames Glitzern trat in die Augen des jungen Dachses, dann antwortete er zögernd.

»Nein. Aber ich weiß, wo ein Drachenschatz versteckt ist. Wir können ihn gemeinsam heben, wenn ihr wollt. Doch es ist ein Geheimnis. Ihr dürft zu niemandem darüber sprechen.«

»Auch Granny nicht?« fragte Bumble, außer sich vor Aufregung.

»Nein. Zu niemandem.«
Die beiden Kerlchen schworen hoch und heilig, nichts zu verraten, und rasten glücklich davon, den Kopf voller alter Könige und Drachenschätze.
Bramble hatte beobachtet, wie die Kleinen sich mit Blackpaw unterhalten hatten, und fragte sich, was wohl gesprochen worden war. Eigentlich war er erleichtert, daß der Dachs unversehrt zu ihnen zurückgekehrt war. Doch tief innen hatte er ein seltsames Gefühl, so als würde irgend etwas nicht stimmen. Aber er konnte dieses Gefühl weder erklären noch ausdrücken.
Er wandte seine Gedanken anderen Dingen zu und konzentrierte sich auf den Weg, den unterirdischen Fluß entlang.
Als er aufblickte, war die ominöse schwarze Wolke beträchtlich näher gekommen, und er beschäftigte sich mit dieser neuen drohenden Gefahr.

24. Menschenspuren

Die Freunde marschierten die ganze Nacht. Der dreifache Mond, der hier und da durch die Wolken brach, diente ihnen als Wegweiser. Nach ihren Berechnungen mußten sie jetzt ziemlich nahe der Stelle sein, wo sie diese geheimnisvolle schwarze Wolke zum letzten Mal gesehen hatten. Basil starrte angestrengt in die Finsternis, die nur spärlich vom fahlen Mondlicht erhellt wurde, und entdeckte, daß sie sich in irgendwelchen Ruinen befanden. Es roch ganz schwach nach Menschen.
»Ist dieser Ort auf Gruffs Landkarte eingezeichnet?« fragte Bramble beunruhigt, der sich sehr unwohl in dieser einstigen Menschensiedlung fühlte.
»Wir müssen das Tageslicht abwarten. Jetzt können wir nichts erkennen«, antwortete Granny. »Ich glaube aber, daß er erwähnt ist. Er liegt an der Straße, die zum Donnerwald führt, und es heißt, die Tiere und Menschen hier hätten damals auf sehr freundschaftlichem Fuß gestanden.«
»Das muß vor sehr, sehr langer Zeit gewesen sein. Ich habe nie

über solche Dinge gelesen, sondern nur, daß die Pelzlosen immer Verräter waren. Mit ihnen fing alles Verderben an.«
»Es steckt ein ganzes Teil Wahrheit in dem, was du sagst, Blackpaw. Aber nicht die ganze Wahrheit. Oft sehen wir nicht viel weiter als bis über unsere Nasenspitze hinaus und sind unfähig, die eigentlichen Gefahren zu erkennen.«
»Waren diese Menschen freundlich?« fragte Branch. Sie hatte keine Ahnung, wie sie ausgesehen haben mochten, ob groß oder klein von Wuchs, hell- oder dunkelhaarig.
Sie hatte über Menschen nur gelesen und von ihnen reden gehört, niemals ein Exemplar dieser pelzlosen Wesen gesehen, die aufrecht gingen und bei allen Tiergattungen einen schlechten Ruf hatten. Branch war ein richtiger Otter: voller Neugier und Wißbegierde. Und obwohl sie es nie zugegeben hätte, ermutigte sie Bramble immer zu seinen Streifzügen, denn so konnte sie von seinem Wissen profitieren.
»Manche waren es sicher«, entgegnete Granny. »Es gibt ein Buch, das nur davon handelt, wie diese Menschen Seite an Seite mit unseren alten Meistern gegen die Drachen kämpften.«
»Ich wette, wir finden hier einen Haufen alter Sachen«, zwitscherte Bumble, »Knochen und Gold und andere Dinge, die wir gut gebrauchen könnten.«
Die alte Dächsin lachte kurz.
»Ich bin sicher, daß dieser Ort schon lange vorher geplündert wurde. Schon seit Jahrhunderten gibt es hier nur Ruinen, und nur Mörderwölfe oder noch schlimmere Burschen haben sich in dieser Gegend herumgetrieben.«
Morley griff nach seinem Schwert und trat gegen einen zerfallenen Türpfosten.
»Es sieht nicht so aus, als wäre kürzlich jemand hier gewesen.«
»Ja, da hast du recht«, murmelte Stump, der in einem flachen Spalt unter zerbröckelndem Gestein, das wohl eine Mauer gewesen war, herumstocherte. »Hier scheint jemand gegraben zu haben. Schlechte Arbeit.«
»Vom Graben haben sie wohl nicht viel verstanden«, erklärte

Bramble, »aber hier müssen viele Menschen gewohnt haben. Es ist ziemlich groß.«
»Sie sind wurzellos«, sagte der Maulwurf. »Das ist ihr Problem. Heute hier, morgen da. So zigeunerhaft wie manche Tiere, die ich kenne.«
Während Stump redete, sah er Morley an. Der wollte gerade antworten, als Granny ihn zum Schweigen brachte.
»Psst!« warnte sie die anderen, und alle schwiegen.
Mit angehaltenem Atem, völlig unbeweglich, lauschten sie in die Dunkelheit. Es verging eine Zeit, die ihnen ewig erschien. Acorn streckte gerade eine Pfote aus, um seiner Frau eins der Babys abzunehmen, als sie ein Geräusch hörten. Ja, mehr einen Hauch, so als würde sich Luft an Luft reiben. Ein paar Minuten zuvor war der Mond untergegangen, und die Nackenhaare der Tiere sträubten sich vor Angst. Während ihre Augen sich an die Dunkelheit gewöhnten, konnten sie mehr spüren als sehen, wie sich schattenhafte Gestalten auf sie zubewegten.
»Schnell!« zischte Granny. »Wir müssen uns verstecken.«
Acorn, der Ash mit den Kleinen helfen wollte, stieß gegen einen Steinhaufen, der polternd auseinanderfiel. Sofort stürzte sich ein schwarzer Schatten aus der Finsternis auf Morley und Stump. Lautes Knurren war zu hören und dann ein metallisches Geräusch, als die beiden ihre Schwerter zogen.
Die Klingen verbreiteten ein fahles Licht, und in ihrem Umriß konnten die Freunde die böse funkelnden Augen von Mörderwölfen erkennen. Mindestens ein halbes Dutzend dieser Biester griffen sie an.
Die geifernden Fänge schnappten unerbittlich zu. Ein Wolf stürzte sich auf Bramble, der unter dem Anprall stolpernd zurückwich, doch seine Waffe mit aller Kraft schwang. Seine Pfote wurde taub unter dem fürchterlichen Streich, den er führte. Überall waren Schmerzens- und Kampfschreie zu hören. Die Kleinen weinten.
»Paß auf!« schrie Basil und versuchte verzweifelt, sich einen riesigen Wolf vom Leib zu halten.
»Hier! Alle zu mir!«

Granny schwang ihre Klinge drohend.
»Bildet einen Kreis!« rief Bramble. »Frauen und Kinder in die Mitte!«
Blackpaw stellte sich neben den Otter.
»Wir können sie besiegen, wenn nicht noch mehr kommen.«
»Dann beeilt euch mit dem Kreis. Dann sehen wir weiter.«
Noch während Bramble sprach, stürzten sich die mordgierigen Bestien mit gebleckten Zähnen auf die Freunde.
So gut es ging, bildeten die Freunde einen Kreis.
»Ich habe einen getroffen!« jubelte Stump.
»Und ich auch einen!« rief Morley.
Doch die Wut der Wölfe steigerte nur noch die Vehemenz ihres Angriffs. Knurrend und beißend attackierten sie die Freunde immer wieder.
»Wie lange ist es noch bis zum Morgengrauen?« rief Bramble. »Bis dahin müssen wir aushalten. Vielleicht können wir dann fliehen oder uns verstecken.«
»Du siehst die Sonne nicht wieder, du Abschaum«, knurrte ihn eine Stimme aus der Dunkelheit an.
»Nein. Du bist nichts als ein Haufen stinkender Knochen, wenn die Nacht vorüber ist.«
»Nehmt das Maul nicht zu voll! Ihr habt es mit den Erben Erinoults zu tun«, rief Blackpaw. Seine Stimme klang unerschrokken und machte seinen Kampfgefährten Mut.
»Ist niemand von uns verletzt?« schrie Basil.
»Ich bin wieder mal durchgewalkt worden, aber das bin ich ja schon gewöhnt«, antwortete Morley. »Wahrscheinlich stellen Bisamratten für diese Mistkerle eine außerordentliche Bedrohung dar.«
Branch umklammerte ihren Sohn noch fester.
»Uns geht es gut. Wo sind Beryl und Cabbage?«
»O Mann!« flüsterte der junge Biber laut. »Ich wette, diese Wölfe bewachen den Schatz des einstigen Königs hier.«
Branch gab Bumble einen kräftigen Stoß, damit er schwieg.
»Solange wir noch Zeit haben, uns über alte Königsschätze Sorgen zu machen, fehlt uns nichts.«

»Wir müssen unsere Verteidigung verstärken«, befahl Granny entschlossen. »Ich glaube nicht, daß diese Bestien so schnell aufgeben.«
Kaum hatte sie gesprochen, sprang eine riesige Gestalt auf sie zu; und noch ehe sie einen Streich führen konnte, hatte der Mörderwolf sie unter sich begraben.
»Granny liegt am Boden!« rief Bramble und kämpfte sich bis zu ihr durch.
Im fahlen Licht sah er das tödliche Funkeln in den roten Augen des Wolfs und ihn wieder und wieder zubeißen. Jeder Vernunft zum Trotz hoffte er, daß keiner dieser Bisse Granny verletzt hätte, und versuchte, einen tödlichen Streich anzubringen.
Plötzlich erstrahlte ein funkelnd helles Licht, und die Tiere mußten geblendet einen Moment die Augen schließen. Eine Stimme – sonorer und tiefer als die der Wölfe – befahl ihnen in ihrer Sprache, den Angriff abzubrechen.
Und eine Sekunde darauf war alles vorbei: die Wölfe verschwunden, das Licht erloschen, die Stimme verstummt.
Bramble hatte sich als erster von dem Schock erholt. Er kniete neben Granny nieder; sein Herz klopfte wie wild.

25. Olwin der Rote

Während der Otter sich über die alte Dächsin beugte, konnte er nur mühsam ein Schluchzen unterdrücken. Sie atmete, aber in kurzen, rasselnden Stößen. Ihre Augen waren geschlossen. Blut bedeckte ihre Schnauze und Brust. Bramble wußte nicht, was er tun sollte. Die anderen Tiere standen um die beiden herum. Keiner wagte zu sprechen oder Bramble nach Grannys Befinden zu fragen.
Stump tätschelte das alte Tier liebevoll.
»Kein Mörderwolf kann Granny Dachs umbringen«, tröstete er sich selbst laut. »Sie hat mehr erlebt, als die meisten von uns auch nur träumen. Wahrscheinlich war das für sie nur ein Nachmittagsspaziergang, so wie sie die Dinge sieht.«

»Warum konnte sie sich nicht wie alle anderen auch in den Kreis stellen«, jammerte Ash. »Aber nein. Sie mußte ja kämpfen.«
»Wenn Gefahr droht, geht Granny ihr nicht aus dem Weg. Das Schwert ist ihr so vertraut wie der Kochlöffel.«
Blackpaw hatte bis jetzt geschwiegen. Nun setzte er sich neben die verletzte Dächsin.
»Vielleicht können wir etwas für sie tun, vielleicht auch nicht. Da ich von nun an Erinoults Erbe bin, gebührt mir auch das Recht, sein Schwert zu tragen.«
Noch während er sprach, beugte er sich vor, um Granny das leuchtende Schwert wegzunehmen.
Bramble und Basil wollten ihn daran hindern, doch da erstrahlte wieder dieses seltsame Licht, und dieselbe dunkle Stimme ertönte, diesmal in ihrer Sprache.
»Habt ihr einen Verletzten?«
Bramble stammelte die Antwort, völlig verschüchtert.
»Dann bringt ihn mir«, tönte die Stimme.
Dann leuchtete hinter der verfallenen Mauer ein helles orangefarbenes, von einem tiefblauen Rand umgebenes Licht auf. Eine uralte Musik erklang, und die Tiere wiegten sich wie in Trance im Rhythmus der Melodie.
»Bringt ihn her«, befahl die Stimme. »Näher.«
Die Freunde trugen Granny dorthin, wo die Stimme herkam. Ihnen blieb nichts anderes übrig, als zu gehorchen. Als sie im Zentrum dieses seltsamen Lichts angekommen waren, erlosch es, und die Musik verklang.
Sie standen vor einem Mann, der von Kopf bis Fuß in einen tiefroten Mantel gehüllt war.
Zu Tode erschrocken, aber unfähig zu fliehen, sagte Bramble schließlich: »Granny ist verletzt. Wie schwer, wissen wir nicht.«
Der Mann beugte sich über das verletzte Tier. Diesmal klang seine Stimme freundlicher.
»Es ist nichts Ernstes. Eure Freundin wird bald wieder zu sich kommen.«
»Aber das viele Blut . . .« fing Bramble an.

»Wenn mich nicht alles täuscht, stammt es von einem eurer Feinde.«
Der Otter riß die Augen auf und sah zum ersten Mal, daß die Scheide des Schwertes, das Granny immer noch fest umklammert hielt, voller dunkler Flecken war.
»Uns einen derartigen Schrecken einzujagen«, meinte Stump. »Die Alte brauchte überhaupt keine Hilfe. Sie hat ja immer an alles gedacht.«
»Sie ist gestürzt und hat sich am Kopf verletzt«, sprach der Mann weiter, während er sich erhob. Er schob seine Kapuze zurück und enthüllte sein schönes, ebenmäßiges Gesicht, das von einem langen, roten Bart eingerahmt wurde.
Erleichtert darüber, daß Granny nur bewußtlos war, wandte sich Bramble an den Fremden.
»Dürfen wir Euren Namen erfahren? Ich bin im Umgang mit Menschen nicht geübt, obwohl ich einiges über sie gelesen habe.«
»Du sprichst gut, Otter. Man nennt mich Olwin den Roten, und ich kenne alle Tiere und ihre Sprachen.«
Erschrocken machte Basil einen Satz rückwärts.
»Er redet so wie wir!« stammelte er.
»Natürlich, mein Freund. Das ist nichts Ungewöhnliches bei einem Mann wie mir.«
»Und Ihr habt den Wölfen befohlen, uns nicht mehr anzugreifen!« fügte Morley hinzu. »Da spracht Ihr ihre Sprache.«
»Sie sind unglückliche Wesen«, sagte Olwin an die Bisamratte gewandt. »Gewöhnlich leben sie weit oben, in den nördlichen Ländern. Das Leben dort ist rauh, und es bietet nicht viele Freuden, so wie ihr sie hier genießen könnt.«
»Rauh ist wohl kaum der angemessene Begriff für dieses Schurkenpack«, meinte Basil böse.
»Es sind harte Burschen, da stimme ich zu. Dort, wo sie hausen, können nur die Stärksten überleben.«
»Es liegt mir fern, Euch zu beleidigen, Herr, aber Ihr sprecht, als würdet Ihr diese Unholde verteidigen«, sagte Stump. »Sicherlich bessern sie sich im Laufe der Zeit, aber so, wie sie jetzt sind, gefallen sie mir überhaupt nicht.«

»Stump hat recht«, stimmte Bramble zu. »Ich weiß, daß auch die Wölfe ihren Platz in der Schöpfung haben, trotzdem fürchte ich sie. Und es macht mir auch kein Vergnügen, sie zu töten oder von ihnen getötet zu werden.«
»Wie du ganz richtig sagst, kleiner Bruder, sie sind ein Teil der Schöpfung und müssen unter diesem Aspekt gesehen werden. Jedenfalls sind sie jetzt fort, und ich glaube nicht, daß wir uns im Moment über sie den Kopf zerbrechen müssen.«
»Wie kommt es, daß Ihr so viel über Wölfe wißt?« fragte Blackpaw. »Es gibt doch weitaus erfreulichere Studienobjekte als diese brutalen Mörder aus dem Norden.«
Olwin sah den Dachs einen Augenblick prüfend an, ehe er antwortete.
»Ich sehe, du bist ein Tier, das gründlich überlegt. Das ist gut; und wir sollten alle ebenso handeln. Doch um deine Frage zu beantworten, will ich dir folgendes sagen: Bis wir zum innersten Kern der Dinge vorgedrungen sind – selbst der unerfreulichsten –, müssen wir alle Aspekte studieren.«
»Das sage ich doch immer«, mischte Stump sich ein. Er war froh, endlich einen Verbündeten, wenn auch nur einen Menschen, gefunden zu haben. »Man kann eine Sache nicht beurteilen, wenn man sie nicht von allen Seiten betrachtet hat.«
»Gut gesagt«, lächelte Olwin. »Wirklich ausgezeichnet, Meister Maulwurf. Um zu wissen, ob etwas gut oder schlecht ist, muß man es erforschen und prüfen, ob es mit dem eigenen Weltbild übereinstimmt. Und genau auf diese Weise habe ich das Volk aus dem Norden studiert. Jetzt kann ich über diese Geschöpfe eine gewisse Macht ausüben, wie ihr ja vorhin gesehen habt. Auf meinen Befehl hin ließen die Wölfe von ihrem Angriff ab.«
Während Olwin sprach, kam Bramble ein seltsamer Gedanke, doch er sprach seine Zweifel nicht aus.
»Dann habt Ihr also auch diese Lichter und die Musik gemacht?« zwitscherte Bumble. Er bahnte sich einen Weg nach vorn, bis er bewundernd vor dem großen Mann stand.
Olwin lächelte und gab dem kleinen Otter einen freundschaftlichen Stups.

»Ja, mein kleiner Freund. Das ist eine andere Wissenschaft, die ich auch sehr lange und gründlich studiert habe – über die Natur der Dinge. Es ist äußerst nützlich, darüber Bescheid zu wissen.«
»Das muß es wohl«, brummte Stump. »Schließt es auch eine Mahlzeit für halbverhungerte Maulwürfe ein oder einen Verband für eine alte Haut wie Granny?«
Olwin lachte; sein langes Haar fiel ihm locker bis auf die Schultern.
»Natürlich, Meister Maulwurf. Kein Problem. Wir werden ein wahres Festmahl veranstalten, was selbst nach deinem Geschmack ist, wenn ich gewisse Dinge berücksichtige, die ich über Maulwürfe weiß.«
Und wieder verspürte Bramble bei der Rede dieses stattlichen Mannes ein gewisses Unbehagen, das er jedoch nicht näher definieren konnte. Ein seltsames Gefühl in der Magengrube, aber da war noch etwas anderes. Das kommt sicher vom Hunger, dachte er plötzlich, und von der ausgestandenen Gefahr.
Und im Handumdrehen, aus dem Nichts, stand vor den Tieren eine lange, rotgedeckte Tafel, mit allen möglichen Speisen darauf. Der Klang einer Hirtenflöte füllte die Luft, und Olwin zauberte auch Stühle herbei, für einen jeden passend, selbst für Bumble und Cabbage.
Noch ehe die Tiere sich von ihrem Erstaunen erholen konnten und etwas sagten, erwachte Granny aus ihrer Bewußtlosigkeit. Sie richtete sich auf und blickte verwundert um sich.
»Granny!« riefen sie alle wie aus einem Munde und stürmten auf die alte Dächsin zu, umarmten und knufften sie zärtlich, bis es ihr schließlich gelang, sich vor den Liebesbezeigungen zu retten.
»Was ist passiert? Was soll das alles? Und was ist mit der Bestie geschehen, die mich angegriffen hat?«
»Langsam, langsam, Mutter«, beruhigte sie Olwin, der wie selbstverständlich die Führungsrolle übernommen hatte, ohne das es den Tieren bewußt wurde.
»Wer seid Ihr?« fragte die alte Dächsin den Mann unhöflich. Sie schien ihn nicht zu fürchten.

»Olwin der Rote«, antwortete dieser. »Der Tisch für das Festmahl ist gedeckt, die Feinde vertrieben, damit du in Ruhe speisen und dann ruhen kannst.«

»Er kann Musik und Dinge aus der Luft zaubern, Granny. Tische und Stühle und noch vieles andere mehr. Sieh nur!« zwitscherte Bumble und tanzte vor Aufregung herum.

»Ich wette, er ist einer der alten Könige«, rief Cabbage. Er sprang auf einen Stuhl und öffnete eine Terrine, die die Form eines Vogels mit einer bunten langgeschwungenen Feder hatte.

»Du scheinst deine Lektionen gut gelernt zu haben«, strahlte Olwin. »Ja, das alles hat mit Königen und ihrer Macht zu tun.«

»Gibt es hier einen Schatz«, platzte Bumble heraus, unfähig, den Mund zu halten.

»Einen Schatz? Meinst du damit Gold oder Edelsteine?« fragte der große Mann. Sein roter Bart umgab ihn wie Flammen.

»Ja. Dieses Zeug, das die Drachen früher bewachten.«

»Die Drachen haben nur wertlosen Plunder bewacht«, entgegnete Olwin. »Sie hatten keine Ahnung von den wirklichen Schätzen, als sie die alten Königreiche überwältigten. Sie interessierten sich nur für glitzerndes Zeug, den Rest ließen sie liegen. Doch manche Drachenfürsten kannten die Geheimnisse der Schätze, und sie waren die mächtigsten und gefährlichsten von allen.«

»Und was für Geheimnisse waren das?« fragte Basil.

»Die Geheimnisse der Macht«, antwortete Olwin. »Gold und Edelsteine sind keine Schätze. Das sind nur Dinge aus der Erde, die glitzern. Wenn sie geschliffen sind, sehen sie an edlen Damen sehr hübsch aus. Doch das wahre Geheimnis eines Schatzes ist das Wissen um die Macht.«

Und wieder verspürte Bramble dieses Unbehagen, ohne jedoch zu wissen, woher es kam.

»Ihr habt recht, guter Herr«, sagte Granny. »In den längst vergangenen guten und schlechten Zeiten war nur der Besitz von Schätzen ausschlaggebend. Immer führte der Mißbrauch der Macht alle ins Verderben – Menschen wie Tiere –, und aus diesem Grund gingen viele alte Königreiche unter.«

»Unglücklicherweise gab es niemanden, der die sich bekriegenden Völker versöhnen konnte«, sprach Olwin weiter, während er den Tieren bedeutete, am Tisch Platz zu nehmen. »So hätte unnötiges Blutvergießen vermieden werden können, und alle hätten in Frieden gelebt.«

Als die Freunde an der rotgedeckten Tafel saßen, begann eine leise Flötenmusik, und die Deckel von den Gefäßen mit den Speisen hoben sich von selbst.

»Speist wohl, meine Gäste. Dies ist ein Mahl, das ihr euch mehr als verdient habt. Hinterher können wir vielleicht ein wenig plaudern und Neuigkeiten austauschen.«

Bramble saß neben Branch und Bumble, und während die anderen sich an den aufgetischten Köstlichkeiten gütlich taten, gab er vor, seinen Löffel fallengelassen zu haben, und wisperte seiner Frau zu: »Hier stimmt etwas nicht.«

»Glaubst du?« fragte sie besorgt.

»Ich bin mir nicht ganz sicher. Vielleicht ist es auch nur der ungewohnte Umgang mit Menschen, falls Olwin wirklich ein Mensch ist. Es gibt auch Zauberer und Magier, ich habe darüber gelesen. Und denen kann man nicht immer trauen.«

»Er hat uns das Leben gerettet«, sagte Branch, die gerecht sein wollte.

»Er hat die Mörderwölfe zurückgerufen. Ja, das stimmt«, entgegnete Bramble. »Ich wüßte nur zu gern, ob er sie uns nicht auch auf den Hals gehetzt hat.«

Branch machte große Augen, aber sie konnten sich nicht weiter unterhalten, denn in diesem Augenblick richtete Olwin an Bramble eine Frage. Er lächelte den Otter über die reich gedeckte Festtafel freundlich an.

26. Der Wahre König

»Ich glaube, Olthin war euer Ahnherr, nicht wahr? Ein mächtiger König zu seiner Zeit«, sagte Olwin.

»Er war ein großer Feldherr und Freund aller Lebewesen, außer

der Tatzelwürmer. So wurden die Drachen doch früher genannt.«
»Ja. Das stimmt«, erwiderte Olwin.
»Habt Ihr hier Drachen gesehen?« fragte Bumble mit großen Augen.
»Seit vielen Jahren schon gibt es keine mehr. Doch früher einmal war dies eine ihrer Brutstätten.«
»Wurde diese Siedlung deswegen zerstört?« fragte Cabbage.
»Oh, nein. Erst viel später wanderten die Menschen von hier ab. Da lebten schon keine Drachen mehr in dieser Region.«
»Wir mußten unsere Siedlung verlassen, weil sie von Mörderwölfen angegriffen wurde«, plapperte Bumble. »Und mein Vater sagt, daß das alles passiert, weil wir einen Drachenwinter bekommen.«
»Tut er das?«
Olwins Augen wurden zu schmalen Schlitzen, so als würde er angestrengt nachdenken.
»Ja. Wir mußten unsere Heimat wegen dieses Pöbels aufgeben«, sagte Granny. Sie fühlte sich, nachdem sie gegessen und getrunken hatte, wesentlich besser. »Erst dachten wir, es handele sich nur um eine versprengte Bande von Verrätern. Doch jetzt wissen wir, daß sich diese Bestien überall breitgemacht haben.«
»Das ist nur zu wahr«, entgegnete Olwin. Er holte aus den Tiefen seines Mantels einen Flakon, aus dem er etwas in seinen Becher goß. »Und es wird so weitergehen. Das letzte Zeichen wurde gesichtet, und es besagt, daß die Horden aus dem Norden sich über alle Länder verbreiten. Die Stunde für den Wahren König ist gekommen.«
Während Olwin sprach, wurde sein Bart noch flammender und seine Stimme lauter.
Dann stand er auf und hob seinen Becher.
»Ich möchte einen Toast auf den Wahren König ausbringen. Wollt ihr mit mir trinken?«
Blackpaw war der erste, der Olwins Beispiel folgte, dann die beiden kleinen Kerlchen.
»Ich wußte doch, daß wir früher oder später einen König kennenlernen würden«, zwitscherte Bumble.

»Und ich wette, der Wahre König hat einen Haufen Schätze, die von Drachen bewacht werden«, meinte Cabbage.
Bramble stand nur zögernd auf.
»Verzeiht mir, Herr. Aber wir haben nichts mit diesen Dingen zu tun. Wer immer dieser König auch sein mag, ich wünsche ihm viel Erfolg – falls er gerecht ist. Wir haben nur ein Ziel: eine neue Heimat zu finden, wo keine Mörderwölfe oder Menschen leben.«
Olwin leerte seinen Becher.
»Weißt du etwas über den Wahren König?«
»Nein. Außer in den Büchern der Otterweisheit habe ich nur wenig gelesen.«
»Dann will ich dir von ihm berichten, und du kannst dich entscheiden, mit wem du dann gehen willst.«
Stump, der am anderen Ende der Tafel saß, sagte: »Gehen? Ich möchte mit niemandem mehr gehen, am wenigsten mit so einem phantastischen König. Diese Burschen haben immer die Tendenz, gegen irgend jemanden Krieg zu führen. Da bleibe ich lieber hübsch für mich. Vielen Dank.«
»Auch ich habe noch nie von diesem König gehört«, meinte Granny. »Erzählt uns von ihm.«
»Vielen Dank. Selten trifft man ein Tier, das soviel Weisheit besitzt.«
Olwin verneigte sich vor Granny.
»Nicht Weisheit, sondern nur gesunden Verstand«, entgegnete sie. »Außerhalb unserer Bücher kenne ich keine. Und es kann niemals schaden, etwas über andere zu wissen. Vielleicht nützt uns das während unserer Reise.«
»Ich hatte noch keine Gelegenheit, euch über eure Reisen zu befragen«, sagte Olwin. »Wir hatten so viele andere Dinge zu tun . . . meine Manieren sind wohl nicht mehr die besten. Darf ich wissen, woher ihr kommt und wohin euch euer Weg führt?«
Blackpaw erhob sich, um die Frage zu beantworten.
»Ich stamme aus einem Ort, genannt Vier Eichen. Meine Siedlung wurde von Mörderwölfen überfallen. Als ich Hilfe holen wollte, traf ich auf meine Gefährten.«

Bramble versuchte, Blackpaw einen warnenden Blick zuzuwerfen, doch der Dachs redete unbeirrt weiter.

»Das Ziel unserer Reise liegt noch im Ungewissen, doch wir haben vor, den Dornenwald zu durchqueren. Eine andere Möglichkeit sehen wir nicht.«

»Den Dornenwald«, murmelte Olwin nachdenklich. »Das ist ein sehr gefährlicher Ort, für Menschen und auch Tiere. Schon viele haben dort ihr Leben lassen müssen.«

»Wir haben eine Karte von diesem Wald«, sprach Blackpaw weiter. »Ich weiß nicht, ob sie stimmt, doch wenn sie exakt ist, kommen wir sicher durch den Wald.«

Ein flüchtiges Lächeln überzog Olwins Gesicht.

»Eine Karte, sagst du? Woher hast du eine Karte vom Dornenwald?«

Jetzt mischte sich Bramble in die Unterhaltung ein.

»Die Karte stammt von einem alten Freund. Vielleicht ist sie völlig nutzlos, auch wissen wir noch nicht, ob wir wirklich die Straße durch den Dornenwald nehmen. Gäbe es eine andere Möglichkeit, würden wohl alle auf eine so gefährliche Reise verzichten.«

»Das wäre eine kluge Entscheidung«, stimmte Olwin zu.

»Willst du etwa behaupten, Grannys Karte taugt nichts?« fragte Blackpaw drohend.

»Ich weiß es nicht«, antwortete Bramble. »Ich kann nur eins sagen: Es ist immer besser, zwei Eisen im Feuer zu haben.«

»Habt Ihr uns denn einen anderen Vorschlag zu machen?« fragte Basil.

»Es gibt viele Wege auf dieser Welt«, lachte Olwin, »es fragt sich nur, ob es auch derjenige ist, den ihr einschlagen wollt.«

»Wir wollen die Wasserfälle erreichen«, sagte Morley. »Warum, weiß ich auch nicht. Jedenfalls haben wir das beschlossen, als Grannys Haus von den Wölfen belagert wurde. Also kann ich mit Fug und Recht sagen, dies ist der Ort, wo wir hingehen wollen.«

»Warum gerade zu den Wasserfällen?«

»Weil dort Old Bark lebt«, sagte Granny einfach.

Olwin verzog das Gesicht auf sonderbare Weise, doch er faßte sich schnell und lächelte. Aber Bramble hatte ihn genau beobachtet und gesehen, was im Gesicht des Mannes geschrieben stand: Haß und Angst.
»Dann kennt ihr also die Neuigkeiten noch nicht?« fragte der Rotbärtige.
»Welche Neuigkeiten?« fragte Stump.
»Auch die Wasserfälle sind jetzt in Feindeshand, und Old Bark lebt dort nicht mehr. Niemand weiß, wo er sich momentan aufhält.«
»Dann kennt Ihr also Old Bark?« mischte sich Acorn ein. »Ich war mir nie ganz sicher, ob es eine gute Lösung ist, sich an ihn zu wenden. Man hat so schreckliche Dinge über ihn gehört; er soll eine Menge unschuldiger Tiere getötet haben.«
»Ja, diese Gerüchte kursieren«, stimmte Olwin gelassen zu.
»Ihr behauptet also, im Land hinter dem Dornenwald hausen jetzt Mörderwölfe?« fragte Granny.
»Das stimmt. Und auch Menschen. Es wurden viele Schlachten geschlagen, und in den Bergen leben die Abtrünnigen.«
»Dann wollen wir hierbleiben«, rief Bumble. »Wir suchen nach dem alten König, haben immer gut zu essen, und Cabbage und ich helfen Blackpaw die Drachenschätze finden.«
Der Dachs warf dem kleinen Otter einen wütenden Blick zu.
»Hierzubleiben wäre keine schlechte Idee«, sagte er mit erzwungener Ruhe.
»Doch hat uns bis jetzt noch niemand hier willkommen geheißen«, meinte Beryl. »Der Himmel weiß, wie ermüdend dieses Reisen ist. Es wäre schön, einmal wieder auszuruhen.«
»Das klingt verlockend«, stimmte Ash scheu zu. »Seit wir aufgebrochen sind, bin ich kaum zu Atem gekommen. Und die Kinder sind völlig verstört.«
»Ich bitte noch einmal um Entschuldigung«, sagte Olwin. »Ich bin wirklich ein miserabler Gastgeber, doch ihr seid herzlich eingeladen, so lange zu bleiben, wie es euch beliebt.«
»Das ist sehr freundlich«, dankte Granny. »Und wir nehmen die Einladung gerne an, jedenfalls für heute nacht. Ich habe das Ge-

fühl, keine Pfote mehr vor die andere setzen zu können nach dem Angriff dieser Bestien.«

»Granny!« rief Bramble und eilte an ihre Seite. »Natürlich brauchst du nicht mehr weiterzugehen. Du mußt dich unbedingt erst ausruhen.«

Sie wollte aufstehen, und der Otter half ihr, Erinoults Schwert abzulegen, das er auf dem Tisch plazierte.

»Stellt es dorthin«, befahl Olwin und deutete auf einen Haufen lose übereinander geschichteter Steine.

Im nächsten Augenblick stand da ein goldfarbenes Zelt mit einem roten Baldachin.

Acorn und Ash nahmen die Babys, und Beryl rief nach Cabbage.

»Das ist wirklich außerordentlich freundlich von Euch«, bedankte sich Branch. »Granny braucht wirklich Ruhe.«

»Ihr könnt sorglos schlafen«, versicherte Olwin, »und könnt so lange bleiben, wie ihr wollt.«

Bramble hatte einige Mühe, seinen Sohn zum Zubettgehen zu bewegen. Der kleine Otter ließ sich erst dazu überreden, als sein Vater ihm auftrug, seine Mutter zu beschützen.

»Doch dazu brauche ich ein Schwert«, bettelte Bumble und hielt derart hartnäckig an seiner Forderung fest, daß Bramble schließlich nachgab. Nachdem er seinen Sohn eindringlich ermahnt hatte, nicht mit der Waffe zu spielen, ging er zu der Tafel, wo er Grannys Schwert hingelegt hatte.

»Er kann es ebensogut die Nacht über haben«, sagte er zu sich selbst. »Ich weiß nicht, was hier nicht stimmt, aber mir wäre wohler, wir hätten diesen Burschen nie getroffen.«

Er überlegte weiter. Wäre ihnen dieser seltsame rotbärtige Mann nicht begegnet, hätten sie sich sicherlich kaum der Mörderwölfe erwehren können. Doch dann kam ihm wieder in den Sinn, daß Olwin – falls das sein richtiger Name war – die Wölfe ja zurückgerufen hatte.

»Sicher tue ich ihm unrecht«, murmelte er vor sich hin. »Er hat mir das Leben gerettet, und ich mißtraue ihm.«

Doch Bramble gelang es nicht, seine Zweifel zu zerstreuen. Er fragte sich, was dieser haßerfüllte Blick von Olwin zu bedeuten habe, als Old Barks Name fiel, und warum er ausdrücklich betont hatte, daß das Land hinter den Wasserfällen jetzt in Feindeshand sei. Es konnte ja alles stimmen, aber Bramble hatte ein ungutes Gefühl.

Und dieses Gefühl hatte ihn, seit sie Olwin begegnet waren, nicht verlassen, obwohl der Fremde so besorgt um ihre Sicherheit schien.

Ein Dutzend Fragen, auf die er keine Antwort fand, bedrängten ihn. Warum war Olwin so an der Karte vom Dornenwald interessiert? Und wieso kannte ein Mensch Old Bark? Seltsam, daß dieser Mann den Namen des Bären wußte, auch wenn er über Zauberkräfte verfügte.

Ich muß einfach erschöpft sein, dachte Bramble. Wahrscheinlich geht es mir morgen besser, wenn ich erst einmal geschlafen habe.

So sprach er sich Mut zu, und er mußte sogar lächeln, als er Morley und Stump tief schlafend an der Festtafel sitzen sah. Sie hatten die Köpfe auf die Vorderpfoten gelegt und schnarchten leise.

Doch sein Lächeln schwand, als er Blackpaw und Olwin entdeckte, beide in eine angeregte Unterhaltung vertieft. Sie sprachen jedoch so leise, daß er nichts verstehen konnte. Als sie ihn bemerkten, schwiegen sie abrupt, und der Mann bedeutete ihm, näher zu kommen.

»Ich möchte mich noch einmal bei Euch bedanken und bin nur gekommen, um Grannys Schwert zu holen. Ich bin so müde, daß ich kaum einen besseren Gesellschafter als unsere beiden Freunde abgeben dürfte.«

Bramble deutete auf den schlafenden Maulwurf und die schlafende Bisamratte.

Er schlenderte zum Tisch und nahm das Schwert, das auf Grannys Platz lag. Dann wünschte er seinem Gastgeber und Blackpaw eine gute Nacht und ging ins Zelt. Seine Augen waren schwer, und sein Körper schmerzte. Er fühlte eine bleierne Müdigkeit, als er neben Branch auf das weiche Stoffkissen sank.

Bumble erwachte sofort und verlangte das Schwert, das sein Vater ihm versprochen hatte. Und als Bramble seinem Sohn die Waffe gab, merkte er, daß dies gar nicht Grannys Schwert war. Bramble zwang sich unter großer Willensanstrengung, das Schwert näher anzusehen, und er entdeckte, daß es sich um Blackpaws Waffe handelte. Er wollte schon aufstehen und den Dachs zur Rede stellen, beschloß aber, die Konfrontation auf den Morgen zu verschieben, wenn er ausgeruht war. Auch Olwin wollte er ein paar Fragen stellen.

Bramble fiel in einen unruhigen Schlaf. Er träumte, daß Olwin das Zelt betrat, Blackpaw an seiner Seite. Am Gürtel des Dachses hing eine seltsame Waffe. Sie war nicht altertümlich so wie die Schwerter, die sie gefunden hatten, sondern hatte ein mit Edelsteinen reichverziertes Heft. Und unter Olwins halb offenstehendem roten Mantel schaute Erinoults Schwert hervor.

In diesem Moment wurde Bramble plötzlich bewußt, daß der Schlaf, der ihn überwältigt hatte, nicht natürlich war. Er mußte an Morley und Stump denken, ihre völlige Erschöpfung und seine eigene Schläfrigkeit. Er wollte aufwachen – unmöglich. Ehe ihm endgültig die Augen zufielen, blieb ein letztes Bild in seinem Gedächtnis haften: Olwin und Blackpaw standen da und lachten.

Eine eiskalte Hand griff nach dem Herzen des Otters.

27. Olwin und Blackpaw

In einem Alptraum, der nicht aufzuhören schien, sah Bramble, wie Blackpaw und Olwin seinen Gefährten alle Schwerter wegnahmen. Der Mann legte die Waffen in einen schweren Ledersack, alle, bis auf die, mit der Bumble schlief. Dann ging er auf den kleinen Otter zu.

Mit letzter Kraft erhob sich Bramble und taumelte auf Olwin zu.

»Aber, aber, alter Junge. Das nützt doch nichts«, sagte Olwin und stieß den Otter auf sein Ruhekissen zurück.

»Neben dem Maulwurf ist er der Dickköpfigste in dem ganzen Haufen«, sagte Blackpaw. »Mit ihm habe ich nur Ärger gehabt.«
»Dann müssen wir uns etwas einfallen lassen, um ihn ein bißchen zu zähmen. Ein Maulkorb wäre vielleicht nicht schlecht.«
»Das würde ihn ganz schön bremsen.«
Der Dachs sah Bramble gehässig an.
»Er hat mir nichts als Ungelegenheiten gemacht, von seinen Beleidigungen ganz zu schweigen.«
»Es kümmert mich herzlich wenig, was er tut oder denkt. Ich bin nur an der Karte von der alten Dächsin interessiert. Falls diese Karte durch den verzauberten Wald wirklich stimmt, bin ich aller Sorgen ledig.«
»Hat der Wald Euch denn so viele Schwierigkeiten bereitet?« fragte Blackpaw und trat neben Olwin aus dem Zelt.
»Nicht nur Schwierigkeiten, sondern einen völligen Stillstand.« Olwin schlug wütend die geballte Faust in eine Handfläche. »Alles stimmte. Mein Zeitplan wurde eingehalten, meine Armeen sind siegreich, niemand wagt es, sich gegen mich aufzulehnen, nur dieses verfluchte Land hinter dem Dornenwald bietet mir noch Widerstand. Es gibt keinen Weg durch ihn hindurch, und ich fing schon an zu verzweifeln, da sprachst du von dieser Karte. Sie ist die Antwort auf alle meine Probleme. Die Götter müssen sie mir geschickt haben.«
Blackpaw verneigte sich tief vor dem Rotbärtigen.
»Vergeßt niemals deren Diener.«
Olwin funkelte den Dachs böse an.
»Du bist nur eine Marionette für mich. Falls du mir nützlich bist, wirst du reich belohnt. Doch wenn du meinen Zwecken nicht mehr dienst, bist du überflüssig, genau wie dieser Abschaum aus dem Norden. Sie waren mir manchmal außerordentlich nützlich, doch ihr Nutzen wird immer geringer. Ich brauche eine Armee, die zu mehr fähig ist, als auf Befehl zu töten.«
»Wie habt Ihr gelernt, Macht über die Mörderwölfe zu gewinnen?« fragte der Dachs. Blackpaw hatte Angst vor diesem erschreckenden Mann und wußte, daß Schmeicheleien oft den Mächtigen gefielen und sie milder stimmten.

»Das war kein leichtes Unterfangen«, entgegnete Olwin. »Ich habe Jahre damit verbracht, die Bücher der Weisheit der verschiedenen Völker zu studieren, jedoch ohne großen Erfolg. Bis mir eines Tages zufällig ein seltsamer Band in die Hände fiel. Er handelte von der Macht, ihrem Wesen und wie sie zu handhaben sei. Ich lernte alles, was in diesem Buch stand, und dann suchte ich nach einem Lehrer, der meine Wissenslücken schließen sollte. Ich fand einen solchen Mann, und er wiederum war entzückt, einen derart fleißigen Studenten zu haben. Er lehrte mich alles, was er wußte, bis er erkannte, was ich mit meinem Wissen bezweckte. Natürlich wollte er mich von meinen Plänen abhalten, aber er war schon alt, und er hatte ein schwaches Herz.

Seitdem herrsche ich über den Norden, so wie ich über die Wölfe hier herrsche. Sie sind dumm und anmaßend. Es brauchte nicht viel, sie meinem Willen gefügig zu machen.«

»Sprecht Ihr von den Lichtern und der Musik, die Ihr herbeizaubern könnt?«

»Das sind nur Kindereien.«

»Könnte ich das auch lernen?« fragte Blackpaw.

Olwin lachte kurz und böse auf.

»Ich sagte doch, das sind nur Kindereien. Für ein Tier dürften sich diese Künste als zu schwer erweisen.«

Blackpaw unterdrückte nur mühsam seine Wut, doch er schwieg, denn er hatte große Angst vor diesem Mann.

»Vielleicht kannst du ein paar der einfacheren Tricks lernen«, fügte Olwin hinzu. »Es hängt davon ab, wie begabt du bist.«

»Ich kenne die Bücher der Weisheit aller Tiere und habe die Geheimnisse Erinoults studiert«, sagte Blackpaw beleidigt. »Die Karte des Dornenwaldes stammt von ihm.«

»Wir werden sehen, was uns die Zukunft bringt. Falls wir mit Hilfe dieser Karte durch den Dornenwald gelangen, will ich mir überlegen, wie ich dich belohnen kann.«

Olwin hatte angefangen, den Inhalt eines Rucksacks auf dem Tisch auszuleeren und suchte sorgfältig zwischen den verschiedenen Gegenständen. Da stieß er auf das alte Buch der Dachs-

weisheit, das Granny von zu Hause mitgenommen hatte und in dem Gruffs alte Karte gewesen war.
»Das ist es«, sagte Blackpaw und deutete auf den abgegriffenen Band.
»Das?« spottete Olwin.
»Ja. Sie muß drin liegen. Ich zeige es Euch.«
Blackpaw griff beflissen nach dem alten Buch und blätterte es durch.
»Nun?« fragte Olwin.
»Sie war hier. Sie muß hier sein.«
Der Mann nahm Blackpaw das Buch weg und riß Seite für Seite heraus, bis der Tisch voller alter zerknitterter Pergamentblätter war. Doch die Karte fand er nicht.
Olwins Züge verfinsterten sich.
»Du hast mich angelogen, du Erdschwein! Meine Strafe wird fürchterlich sein.«
Blackpaw zitterte, blieb aber mutig stehen.
»Sie ist hier. Wir müssen die alte Dächsin durchsuchen. Sie hat sie sicher irgendwo versteckt.«
»Dann wollen wir das sofort tun.« Olwins Stimme klang tief und drohend, wie er zu den Mörderwölfen gesprochen hatte.
Die beiden eilten ins Zelt zurück, wo die betäubten Tiere in tiefem Schlaf lagen. Blackpaw überlegte fieberhaft und versuchte sich zu erinnern, wo er die Karte zum letzten Mal gesehen hatte. Doch er wußte nur noch, daß sie in dem alten Buch gelegen hatte und der Pfad, auf dem man den Wald durchqueren konnte, darauf eingezeichnet war. Und diese Karte wollte Olwin jetzt mehr als alles andere haben!
Und ich muß sie auch um jeden Preis haben, dachte der Dachs, denn wenn ich sie nicht finde, weiß ich nicht, was der Rotbärtige mir antut.
Dann erinnerte er sich mit Bitterkeit an den Ältestenrat in seiner Siedlung und dessen Beschluß, ihn auszustoßen.
»Und dieses Mal werde ich nicht nur ausgestoßen«, sagte er sich.
Blackpaw war kein Feigling – was immer er sonst auch war –,

und in seinem Kopf begann ein Plan Gestalt anzunehmen, falls sich die Karte nicht finden sollte.

»Verflucht sei die Alte!« stieß er leise zwischen den Zähnen hervor. »Wir müssen alle sterben, wenn sie die Karte hat verschwinden lassen.«

Im Zelt angekommen, durchsuchte Blackpaw sorgfältig die Habseligkeiten der Tiere, während Olwin die Decken zurückschlug und die Lagerstätten abtastete.

Als der Dachs an Brambles Lager trat, öffnete der Otter ein Auge und flüsterte eindringlich: »Du wirst die Karte niemals finden. Ich habe sie versteckt, damit sie nicht dir oder deinem Freund in die Hände fällt.«

Verstohlen blickte sich Blackpaw um. Er wollte feststellen, ob Olwin nicht auf sie aufmerksam geworden war. Doch der Mann hatte nichts gemerkt. Geschäftig und mit viel Lärm machte sich der Dachs an Brambles Sachen zu schaffen und sprach, ohne ihn anzusehen.

»Unser Leben steht auf dem Spiel, du Dummkopf. Wenn Olwin davon überzeugt ist, daß überhaupt keine Karte existiert, sind wir alle geliefert. Er hat Pläne, in die er sich nicht reinpfuschen läßt und will die Länder hinter den Wasserfällen beherrschen. Außerdem gehorchen ihm die Mörderwölfe.«

Der Otter gab vor zu schlafen, hörte aber genau zu. Er war froh, daß er aus Sorge nur so wenig gegessen und getrunken hatte. Sein Verdacht hatte sich bestätigt.

Blackpaw suchte noch immer geräuschvoll.

»Wir müssen etwas ersinnen, damit wir ihn hinhalten können. Er läßt sich nicht abwimmeln.«

»Sag ihm, daß die Mörderwölfe den Plan gestohlen haben müssen. Der eine überrannte Granny, und ein zweiter, der bei ihm war, nahm die Karte. Schließlich haben sie ebenso großes Interesse wie wir, durch den Dornenwald zu gelangen. Denk nur an all die hilflosen Beutetiere.«

Blackpaw hörte einen Moment mit Suchen auf.

»Das könnte ihn vielleicht so lange hinhalten, bis wir eine Gelegenheit zur Flucht gefunden haben. Und vergiß nicht: Eine

Flucht hat nur Sinn, wenn wir unbehelligt durch den Dornenwald gelangen.«

»Was für ein Haufen heruntergekommener Tölpel«, knurrte Olwin, der immer wütender wurde.

Blackpaw, der Stumps Rucksack durchsucht hatte, wandte sich an den Rotbärtigen.

»Ich habe hier auch nichts gefunden.«

Er schwieg und tat, als würde er nachdenken.

»Hätte nicht einer der Mörderwölfe die Karte mitnehmen können? Während des Angriffs wurde Granny von einem überrannt, und ein zweiter konnte fliehen.«

Olwin unterbrach seine Suche und stand auf. Er schüttelte den Kopf.

»Sie kennen nichts anderes, als sich den Bauch vollzustopfen.«

Er runzelte die Stirn, und seine Augen funkelten.

»Vielleicht haben sie sie, ohne es zu wissen«, sagte Blackpaw. »Sie schnappen nach allem und verschlingen in ihrer Raserei alles.«

Wütend stapfte Olwin auf den Boden.

»Ich glaube, die alte Dächsin kennt die Karte auswendig«, sprach Blackpaw weiter. »Ich habe sie oft genug darüber reden hören. Sie ist viel intelligenter, als man glaubt.«

Olwin schlug seinen Mantel zurück. Das Schwert Erinoults glänzte an seinem Gürtel. Doch von einem Menschen getragen, war es nicht größer als ein Dolch.

»Ich sollte euch alle diesen stinkenden Bestien aus dem Norden zum Fraß vorwerfen. Doch vielleicht liegt ein Körnchen Wahrheit in dem, was du sagst. Wenn die Wölfe die Karte vom Dornenwald zerstört haben, werden sie bitter dafür büßen.«

»Wir können uns trotzdem auf den Weg machen«, schlug Blackpaw vor. »Die Alte führt uns, und Ihr könnt dann die Route markieren und so später Eure Armee sicher durch den Wald geleiten.«

Zwischen halbgeschlossenen Augen beobachtete Bramble die beiden und sah, daß der verschlagene Dachs das Interesse des Rotbärtigen gewonnen hatte. Widerwillig mußte er sich eingestehen, daß Blackpaws Plan ihnen wahrscheinlich das Leben gerettet hatte.

28. Bumble und Cabbage

Über den Köpfen der Gefährten toste eine mächtige Rauch- und Feuersäule, und ein fürchterlicher Lärm dröhnte in ihren Ohren. Olwin, in einen blutroten Mantel gehüllt, Bart und Haar von der Farbe des Feuers, war von sechs großen Mörderwölfen umgeben. Zu seiner Rechten, doch einen Schritt zurück, stand Blackpaw, nun auf dieselbe Weise wie sein Herr gekleidet.

Das Feuer und der Lärm nahmen zu, bis die Ohren der Tiere schier zu platzen drohten und sie sie mit den Pfoten bedeckten. Die schmutziggrauen Mörderwölfe heulten und schnappten geifernd in die Luft.

Über dem schrecklichen Lärm erhob Olwin die Stimme und sprach.

»Ich habe euer Leben verschont, da ihr mir helfen sollt, den Tyrann der Wasserfälle zu besiegen. Diese Gnade wurde euch zuteil, weil ich ein gerechter Mann bin – der Wahre König –, der nie ohne Grund zuschlägt. Wenn ihr mir treu dient, werdet ihr reich belohnt. Wenn ihr mich oder meine Sache hintergeht, wird ein noch schrecklicherer Tod als dieser euer Schicksal sein.«

Ein ungeheurer Donnerschlag ertönte, und eine rotzüngelnde Feuerhand löste sich aus dem Inferno und verschlang einen der Mörderwölfe. Dies alles geschah blitzschnell. Die übriggebliebenen Wölfe heulten auf und rollten sich vor Furcht auf dem Boden.

Stump, der neben Bramble stand, straffte sich.

»Wenn dieser Flegel mir nicht mein Schwert genommen hätte, würde ich es ihm schon zeigen«, sagte er zwischen zusammengepreßten Zähnen, Tränen in den Augen.

»Olwin kämpft nicht auf diese Weise. Dazu ist er zu hinterhältig«, flüsterte Bramble. »So hat er auch alle diese armen Tiere un-

ter Kontrolle. Sie fürchten ihn weit mehr, wenn er eins von ihnen auf diese Art umbringt.«
»Diese Wölfe sind gar nicht so groß wie der in Erinoults Gemach«, meinte Basil.
»Nein, das sind sie nicht. Bei dem einen muß es sich um ihren Anführer gehandelt haben.«
Während Bramble sprach, wandte er nicht den Blick von Olwin.
Der Rotbärtige schlug seinen Mantel zurück und zog Erinoults Schwert, das er Granny geraubt hatte. Die Klinge war stumpf.
»Seht nur! Sie leuchtet nicht«, sagte Morley. »Das Licht ist ganz erloschen.«
Grannys Augen waren voller Tränen. Unbeweglich stand sie da und sprach so leise, daß die Freunde sie kaum verstehen konnten.
»Die Flamme des Schwerts stirbt in den Händen der Finsternis. Bis jetzt hat es noch kein Unwürdiger getragen. Ich habe den Meister verraten.«
»Unsinn«, schimpfte Branch und streichelte die alte Dächsin beruhigend. »Das hast du nicht getan. Wir wurden überrumpelt und unter Drogen gesetzt. Es gab keinen fairen Kampf. Dieser Olwin ist ein mächtiger Mann, und wir sind nur einfache Tiere. Gegen ihn und seinesgleichen haben wir keine Chance.«
»Und das ist erst der Anfang, Granny«, meinte Basil.
»Das Schlimme ist geschehen«, sagte Granny. »Das Schwert ist in den Händen eines Fremden, der dazu nur Tod und Verderben bringt.«
»Nicht, wenn wir es verhindern können«, warf Bramble ein. »Blackpaw hat uns verraten, und unsere Lage ist nicht die beste, aber er hatte eine Idee, die uns alle retten könnte.«
»Glaubst du noch seinen Worten?« fragte Morley. »Er hat uns an Olwin verkauft, und jetzt steht er da aufgeblasen in diesem lächerlichen Mantel herum, wie das Schoßhündchen dieses Burschen.«
»Von Blackpaws Handlungsweise halte ich ganz und gar nichts«, erwiderte Bramble, »aber er hat einen Plan, der sogar klappen

könnte. Wir haben es hier mit einem Zauberer zu tun, der von blinder Machtgier besessen ist. Alles und jeder muß diesem Ziel dienen. Sieh nur, welche Risiken er mit den Mörderwölfen eingeht. Diese Burschen können ziemlich unangenehm werden, wenn sie wollen. In Rudeln sind sie so gefährlich, wie nur ein Feind sein kann.«

»Dann ist Blackpaw ja in der richtigen Gesellschaft«, sagte Acorn böse.

»Die sind noch viel zu fein für ihn, wenn du mich fragst«, fügte Beryl hinzu.

»Und doch hat er uns gerettet«, gab Bramble zu bedenken. »Sein Plan schließt uns alle ein, sonst hätten wir den Tag nicht mehr erlebt.«

»Was ist das für ein Plan, den dieser Schurke ausgebrütet hat? Und warum soll der uns retten? Warst du wach und hast alles mitangehört?«

»Ich hatte keinen großen Appetit«, erklärte der Otter, »und habe auch nicht so viel wie ihr gegessen und getrunken. Ich schlief also nicht, als die beiden das Zelt nach der Karte durchsuchten. Ich konnte mich erinnern, daß Granny das Buch fallen ließ, als ich ihr ins Bett helfen wollte. Ich nahm es, und da fiel die Karte heraus. Ich wollte sie ein wenig vor dem Einschlafen studieren und legte sie deswegen unter mein Kopfkissen. Dann muß ich wohl eingeschlafen sein, denn als nächstes hörte ich Olwin und Blackpaw über die Karte vom Dornenwald reden. Deshalb versteckte ich sie.«

»Und wo ist sie jetzt? Und wie sieht Blackpaws Plan aus?«

»Laß ihn erst einmal ausreden, Morley«, bat Branch.

»Blackpaw hat Olwin erzählt, daß Granny die Karte auswendig kennt.«

Die alte Dächsin fuhr zusammen.

»Das stimmt überhaupt nicht«, sagte sie ärgerlich. »Ich habe mir die Karte kaum angeschaut.«

»Das weiß ich, Granny. Aber wir mußten Olwin glauben machen, daß es so ist.«

»Wie konntet ihr das nur tun? Die Karte nutzt uns jetzt nichts mehr, denn wir werden kaum Gelegenheit haben, sie unbemerkt zu studieren. Wenn er das sieht, nimmt er sie uns weg, und dann bringt er uns um.«

»Erinnerst du dich noch daran, was Gruff über den Pfad, der in den Wald führt, sagte?« fragte Bramble. »Wenn wir nur bis dahin gelangen könnten, hätten wir eine Chance, in den Wald zu entkommen. Und mit der Karte sind unsere Möglichkeiten allemal größer als Olwins. Trotz seiner Macht.«

»Etwas anderes bleibt uns nicht übrig, Granny«, sagte Stump. »Unsere Lage gefällt mir nicht besonders, aber das ist die einzige Lösung, die uns bleibt.«

»Können wir nicht einen Blick auf die Karte werfen? Ich bin nicht sicher, ob ich den rechten Weg weiß.«

»Vielleicht wenn Olwin schläft. Bis dahin müssen wir warten.«

»Wirst du diesen Verräter von unserem Plan unterrichten?« fragte Basil, an Granny gewandt.

»Erstens einmal ist das sein Plan«, sagte sie einfach. »Er weiß, daß wir die Karte noch haben, wenn ich auch nicht glaube, daß er weiß, wo sie versteckt ist.«

Bramble beantwortete Grannys unausgesprochene Frage.

»Nein. Das weiß er nicht. Und ich werde ihn auch nicht ins Vertrauen ziehen.«

»Gut. Je weniger er weiß, um so besser. Ich versuche, Olwin zu bluffen. Vielleicht schaffen wir es.«

Die Gefährten schwiegen und betrachteten Olwins Feuerwerk. Fontänenartig schossen leuchtend grüne und rote Flammen aus der Erde empor. Ein plötzlicher Windstoß trieb sie auseinander, und sie nahmen eine schmutzigrötliche Färbung an. Die Flammen züngelten gefährlich nahe an den Freunden vorbei, dann leckten sie über die Wölfe, die vor Schmerz laut aufheulten. Es roch nach verbranntem Pelz. Und so plötzlich wie das Feuer gekommen war, erlosch es, und wieder herrschte Dunkelheit.

Um Olwin und Blackpaw erstrahlte ein fahles grünes Licht, und der Rotbärtige ging auf die Freunde zu.

»Nun, meine guten Tiere, ihr seht hoffentlich ein, daß es zwecklos ist, mir zu widerstehen?«

Er schnickte mit dem Finger, und die Mörderwölfe rannten mit eingeklemmten Schwänzen davon.
»Eigentlich habe ich lieber mit Menschen zu tun, aber ich kann auch Tiere für meine Zwecke gebrauchen. Ihr solltet euch glücklich schätzen, daß ich für euch Verwendung habe.«
Stump stieß einen gurgelnden Laut aus, doch Bramble hielt seinen zornigen Freund zurück. Dann trat er vor und verneigte sich tief.
»O Wahrer König, wir sind ganz die Euren. Großer Stolz erfüllt uns, Euch dienen zu dürfen.«
Blackpaw, in seinem neuen roten Mantel, schnaubte verächtlich.
»Gut gesprochen, Meister Otter«, erwiderte Olwin. »Vielleicht habe ich mich in dir getäuscht, und du hast doch gewisse Meriten.«
Olwin drehte sich um und beschrieb mit der Hand ein Zeichen in der Luft. Sofort stand dieselbe Festtafel wieder vor ihnen.
»Kommt. Wir wollen uns stärken. Keine Angst. Diesmal sind keine Drogen in den Speisen. Ich habe andere Dinge mit euch vor, als daß ihr meine Betten verunziert. Morgen haben wir einen langen Marsch vor uns, schließlich wollen wir den Dornenwald durchqueren.«
Olwin bedeutete den Tieren, Platz zu nehmen.
»Wir müssen die Route besprechen, Alte.«
Granny runzelte die Stirn, als würde sie nachdenken.
»Ich weiß nicht genau, wo wir uns jetzt befinden.«
»Wir sind in der Nähe von Dark Hollow*, nicht weit vom Rand des Waldes entfernt.«
»Dann müssen wir nach Osten gehen.«
»Zwischen hier und dem Dornenwald treffen wir also auf keine Hindernisse. Nur hinter diesem verfluchten Wald haust dieser gemeine Kerl Old Bark mit seinen Kumpanen.«
»Ich dachte, Ihr hättet gesagt, er lebt nicht mehr dort«, plapperte Bumble drauflos, ehe seine Mutter ihn daran hindern konnte.

* Der Dunklen Höhle

»Außerdem will ich mein Schwert zurückhaben. Granny hat Euch nicht erlaubt, es zu tragen. Es wurde mir anvertraut.«
Endlich gelang es Branch, ihren Sohn zum Schweigen zu bringen.
Der Rotbärtige machte ein finsteres Gesicht, doch ehe er seinem Zorn nachgeben konnte, sagte Granny schnell: »Olwin trägt das Schwert auf mein Geheiß. Nur der rechtmäßige König soll es tragen, und ich bin nur eine alte Dächsin. Es wäre nicht gut, wenn ich es länger trüge.«
Olwins roter Bart flammte, und seine Augen blitzten.
»Es ist, wie du sagst, Alte. Der rechtmäßige Schwertträger ist der König, und ich werde über den Verräter Old Bark und seine Gefolgsleute Gericht halten.«
»Warum haßt Ihr diesen Bären so sehr?« fragte Stump. »Wie kann ein Tier über einen König wie Euch Macht ausüben?«
Olwin sah maßlos verwundert aus und blickte den Maulwurf verständnislos an.
»Bär? Was hat ein Bär mit Old Bark zu tun?«
»Er *ist* ein Bär«, erwiderte Stump.
Und jetzt prägte ein Ausdruck des Verstehens Olwins Gesicht.
»Also verfügt er auch über diese Kräfte? Das wird noch sehr interessant werden. Ich fange an zu verstehen, warum all meine Pläne fehlgeschlagen sind.«
»Psst«, flüsterte Bramble und blickte den Maulwurf warnend an.
Lachend warf Olwin den Kopf in den Nacken.
»So ist das also. Kein Wunder, daß ich soviel Ärger hatte. Diese Bestien aus dem Norden wagten sich nicht in die Nähe dieses verdammten Waldes, und meine Männer kamen wieder und sprachen von Flüssen, die plötzlich verschwanden, und Bäumen, die laufen konnten.«
»O Mann!« rief Cabbage, »das hört sich aber toll an.«
»Und aus euch machen wir gute Soldaten«, lächelte Olwin und gab den kleinen Kerlchen freundschaftliche Klapse. »Ihr bekommt eigene Waffen und marschiert dann an meiner Seite.«
Außer sich vor Freude rasten Bumble und Cabbage um den Tisch herum und knufften sich.

»Ich werde der Anführer!« rief Bumble.
»Nein, ich!« schrie Cabbage.
Schließlich gelang es Granny, die Aufmerksamkeit der beiden auf sich zu lenken. Sie bedachte sie mit strafenden Blicken, worauf sich die Kerlchen wieder gehorsam auf ihre Plätze setzten, als könnten sie kein Wässerchen trüben.
Brambles Herz klopfte wild. Er konnte kaum einen klaren Gedanken fassen und wußte nur eins: Der hinterhältige Olwin hatte ihn überlistet. Auf teuflische Weise war es dem Rotbärtigen gelungen, die beiden Kerlchen während ihres Marsches immer in seiner Nähe zu haben. Mit den Kindern in seiner Gewalt, würden die Tiere niemals einen Fluchtversuch wagen. Sie waren ihm völlig ausgeliefert.
Branch griff fest nach seiner Pfote, und er wollte sie mit einem Lächeln beruhigen, doch Tränen traten in ihre Augen, als sie ihren Sohn ansah.
»Aber, aber. Ihr braucht euch doch keine Sorgen zu machen«, sagte Olwin, als er den Kummer der Otter bemerkte. »Es gibt nicht den geringsten Grund zur Aufregung. Alles wird gut werden und euren Kleinen kein Härchen gekrümmt.«
Er lächelte, doch die Drohung stand in der Luft, wenn auch unausgesprochen.
Bramble umklammerte seine Stuhllehne derart fest, daß er glaubte, sie müsse brechen. Er schwieg. Im Augenblick war er machtlos und konnte nichts tun. Er mußte warten, bis der Tag kam, an dem er zurückschlagen konnte.

29. Ein gefährlicher Marsch

Im ersten Licht des Morgengrauens waren die Gefährten abmarschbereit. Schnell hatten sie ihre wenigen Habseligkeiten gepackt. Es war Sommerende, und langsam ging die Sonne auf. Ein kühler Hauch in der Luft deutete auf den nahenden Herbst. Bramble stand auf einer Hügelkuppe und ließ den Blick weit über den niedergebrannten Wald schweifen. Da trat Branch neben ihn. Sanfte Hügelketten breiteten sich wellengleich bis zum Horizont aus, wo eine dunkle Linie auf den immer lichter werdenden Himmel traf – der Dornenwald.

»Wir müssen ganz schön marschieren, bis wir dort angekommen sind«, sagte Bramble. »Vielleicht gelingt es uns zu entkommen, noch ehe wir den Dornenwald erreicht haben.«

Branch drückte die Pfote ihres Mannes.

»Wir haben keine Chance, solange er Bumble und Cabbage in seiner Gewalt hat. Und das weiß er. Er ist ein böser Mensch.«

»Ja. Auch ich habe nichts für ihn übrig«, stimmte Bramble zu. »Nur bin ich mit Menschen nicht vertraut genug, um entscheiden zu können, ob alle Menschen so sind oder nur er. Aber ein paar gute gibt es sicher auch.«

»Ich habe wenig Lust, das herauszufinden«, mischte sich Stump ein, der sich zu den beiden Ottern gesellt hatte.

»Ich auch nicht. Sag mal, warst du nicht erstaunt, als Olwin über Old Bark sprach? Er wußte nicht einmal, daß Old Bark ein Bär ist.«

»Ich weiß nicht, was ich davon halten soll. Den ganzen Abend haben wir darüber gesprochen. Wie es scheint, muß Olwin den Dornenwald durchqueren, damit er die Wasserfälle und die angrenzenden Länder in seine Gewalt bringen kann. Und Old Bark hat sein Territorium bisher erfolgreich verteidigt.«

Der Otter blickte in Richtung des Waldes.

»Unser Freund scheint schon ein paarmal vergeblich versucht zu haben, in den Wald einzudringen. Und dann kommen wir daherspaziert und reden von einer Karte. Etwas Besseres hätte ihm ja gar nicht passieren können.«

»Und uns nichts Schlimmeres«, entgegnete Stump.

»Haben seine Armeen das Feuer im Wald gelegt?« fragte Branch.

»Ich bin sicher, daß sie es waren. Die Tiere zerstören doch nicht ihren eigenen Lebensraum«, antwortete Bramble.

Kaum hatte der Otter ausgeredet, als alle anderen Tiere zu den drei kamen – bis auf Blackpaw, der sich immer in Olwins Nähe aufhielt.

»Unser Gepäck ist fertig«, sagte Granny. »Wir haben nicht mehr

viel Proviant, und auch das Wasser ist knapp. Die Tatsache unbewaffnet zu sein, gefällt mir überhaupt nicht.«
»Vielleicht gibt uns dieser Bursche unsere Schwerter zurück, wenn wir sagen, daß wir ohne sie nicht in diesen gefährlichen Wald gehen«, meinte Stump.
»Was macht das schon für einen Unterschied?« brummte Basil. »Den Verlust eines Maulwurfs kann er sicher leicht verschmerzen. Und die Mörderwölfe haben auch nichts dagegen, wenn du unbewaffnet hinter uns herzockelst.«
»Ich glaube nicht, daß er uns die Waffen zurückgibt«, sagte Bramble. »Damit würde er ein zu großes Risiko eingehen, und er ist kein Mann, der unüberlegt handelt. Warum hat er wohl den Kindern diese Flausen in den Kopf gesetzt? Damit sie immer schön in seiner Nähe bleiben.«
»Er ist eine Ausgeburt an Hinterlist«, meinte Granny. »Wie manche Tiere, die ich gekannt habe.«
»Ja, Wiesel«, blaffte Morley. »Denen kann man überhaupt nicht über den Weg trauen. Sie sind verschlagen, und kaum hat man ihnen den Rücken gekehrt, stehlen sie wie die Raben.«
»Ich habe früher einmal zwei Wiesel gekannt, die anständig waren«, sagte Basil. »Sie sind eben nicht sehr gesellig.«
»Das sind Tiere, die tief im Wald leben, nie«, erklärte Granny. »Auch Dachse bleiben eher für sich. Gruff und ich lebten sehr zurückgezogen, doch hielten wir immer gute Nachbarschaft mit anderen. Wenn ein Wiesel sich mal einen Spaten ausleihen wollte oder Hilfe brauchte, haben wir ihm immer alles gegeben. Wir hatten nie Schwierigkeiten mit ihnen.«
»Wahrscheinlich habt ihr die geliehenen Gegenstände nie zurückbekommen«, murmelte der Maulwurf. »Von denen doch nicht.«
»Wenn ich mich richtig erinnere, hast du dir im vergangenen Frühling einen Spaten geliehen, den ich bis heute noch nicht wiedergesehen habe.«
Stump räusperte sich laut und sah plötzlich sehr verlegen aus.
»Glaubst du, Old Bark kennt diesen Olwin?« fragte Basil.
»Ganz sicher«, entgegnete Bramble. »Wenn Olwin die ganze

Zeit versucht hat, den Dornenwald zu durchqueren, muß jeder auf der anderen Seite davon gewußt haben.«
»Ich frage mich, wo seine Armeen stecken. Bis jetzt haben wir doch nur die paar Mörderwölfe gesehen.«
Beryl streichelte den zappeligen Bumble.
Bramble dachte einen Moment nach und zupfte gedankenverloren an seinen Schnurrhaaren.
»Das ist wirklich seltsam. Auch ich habe niemand anderen gesehen – wenn man mal von diesem ganzen Zauber mit dem Tisch und dem Zelt absieht. Es müßte doch ein Zeltlager geben.«
Der Otter wollte weitersprechen, wurde jedoch durch Blackpaw unterbrochen, der würdevoll auf die Gefährten zuschritt.
»Seid gegrüßt, Soldaten! Wie ich sehe, seid ihr zum Abmarsch bereit. Wollen die jungen Leute ihren König begleiten?«
Ohne auf ihre Mütter zu hören, sausten die beiden Kerlchen auf Blackpaw zu, der, noch immer in seinen lächerlichen roten Mantel gehüllt, wartend dastand.
»Bekommen wir auch so einen?« zwitscherte Bumble.
»Und ein Schwert?« rief Cabbage.
Blackpaw lachte.
»Ihr bekommt beides, meine braven Jungen. Und was für großartige Soldaten ihr in der Armee des Wahren Königs abgeben werdet! Ich werde Großmarschall und befehlige alle Tiere, die unter seinem Banner kämpfen, und wenn ihr dann älter seid, mache ich euch zu meinen persönlichen Adjutanten.«
Er tätschelte beide gönnerhaft und wandte sich dann an die kleine Gruppe.
»Olwin hat mir aufgetragen, euch zu instruieren. Ihr habt meinen Anordnungen unbedingt Folge zu leisten. Granny, du sagst mir jetzt, in welche Richtung wir gehen müssen, ich leite dann die Information an Olwin weiter.«
»Geht er denn nicht mit uns?« fragte Acorn mißtrauisch.
»Nein. Der Dornenwald sei derart gefährlich, sagt Olwin, daß er unseren eventuellen Rückzug decken wird.«
»Pah«, schnaubte Stump. »Trotz seines ganzen Zaubers und Traras ist er im Herzen feige wie ein Kojote.«

»Diese Reden sind äußerst unangemessen, Meister Maulwurf. Glücklicherweise habe ich sie gehört, nicht Olwin. Diesmal will ich noch darüber hinwegsehen. Aber fürderhin kannst du nicht mehr mit meiner Langmut rechnen.«
»Bei dir rechne ich nur mit dem Schlimmsten«, sagte der Maulwurf zornig. »Du bist eine Schande für jedes anständige Tier. Schau dich doch einmal an! Dieser alberne Mantel! Als ob du damit wie ein Mensch aussehen würdest!«
Blackpaw schlug den Mantel zurück, und die Tiere konnten sein Schwert sehen.
»Es gab Zeiten, da mußte ich deine Unverschämtheiten einstecken, doch jetzt trage ich die Verantwortung. Noch ein Wort, Langschnauze, und ich erspare Olwin deinen Anblick.«
Bramble hielt seinen vor Zorn bebenden Freund zurück.
»Er ist nicht mehr er selbst«, entschuldigte der Otter Stump. »Diese ganze Anspannung der letzten Tage . . . Er weiß kaum, was er sagt. Vergebt ihm, Großmarschall. Er wird ein guter Soldat werden.«
Blackpaw blickte verärgert in eine andere Richtung. Dann sagte er: »Nun gut. Keine Unverschämtheiten mehr. Und ihr beiden kommt jetzt mit.« Er deutete auf Bumble und Cabbage.
Beryl brach in Tränen aus, doch ihr Sohn war zu beschäftigt, mit seinem neuen Freund Schritt zu halten, daß er für nichts anderes mehr Augen oder Ohren hatte. Branch hielt fest die Pfote ihres Mannes umklammert und drängte mühsam ein Schluchzen zurück.
Bramble biß tapfer die Zähne zusammen.
»Es wird alles wieder gut«, murmelte er. »Warte nur, es wird alles wieder gut.«
»Das wird es sicher«, sagte Branch ohne Überzeugung.
Granny beobachtete, wie die beiden Kerlchen ausgelassen um Blackpaw herumtobten.
»Macht euch keine Sorgen. Ihnen wird nichts passieren.«
»Glaubst du denn, Old Bark weiß, daß wir nicht auf Olwins Seite stehen?« fragte Morley. »Wenn wir so einfach in seinen Wald spazieren, könnte er uns doch ebenfalls für Eindringlinge halten.«

»Die Möglichkeit besteht durchaus«, stimmte Stump zu.
»Denkst du auch, daß er ein Mensch ist?« fragte Ash. »Olwin schien zu glauben, er sei gar kein Bär, bis du etwas darüber sagtest, Stump.«
»Bär oder Mensch, das ist völlig gleichgültig«, sagte Bramble. »Jedenfalls ist Old Bark sein Feind, und wir wollen ihn bitten, daß er uns hilft. Und wer Old Bark wirklich ist, das werden wir schon bald herausfinden, da bin ich sicher.«
Branch hatte ihre Tränen mit der Pfote abgewischt.
»Die beiden Kleinen werden Olwin schon bald auf die Nerven gehen. Er weiß gar nicht, auf was er sich da eingelassen hat.«
»Ja. In spätestens einer Stunde hat er von ihnen genug und schickt sie zu ihren Müttern zurück«, stimmte Morley zu.
»Es sind so quirlige Burschen, und sie werden ihm sicher tausend Fragen stellen und ihm lästig werden.«
»Du hast sicher recht, Granny. Sie haben in den letzten Tagen so viel durchgemacht, daß sie ganz gut auf sich selber aufpassen können«, sagte Bramble.
»Wie kommen wir denn jetzt zum Dornenwald?«
»Ich kann mich an die ungefähre Richtung erinnern. Bin mir aber nicht ganz sicher«, antwortete Granny.
»Könnten wir nicht einen Blick auf die Karte riskieren?« fragte Basil. »Wir stellen uns einfach um Granny und tun so, als würden wir unsere Rucksäcke neu packen. Dann könnten wir alle die Karte studieren, für den Fall, daß wir aus irgendeinem Grund getrennt werden.«
Die alte Dächsin dachte nach und nickte dann.
»Ausgezeichnete Idee. Das machen wir.«
Bramble kniete nieder und machte sich an seinem Rucksack zu schaffen, dabei flüsterte er leise: »Ich lege die Karte jetzt hierhin. Paßt auf Olwin und Blackpaw auf. Sobald ich fertig bin, könnt ihr einer nach dem anderen einen Blick darauf werfen, aber seid vorsichtig.«
»Du zuerst, Granny«, sagte Morley.
Die alte Dächsin legte ihren Rucksack neben Brambles und tat

so, als würde sie etwas suchen. Währenddessen studierte sie sorgfältig die Karte und prägte sich jede Einzelheit ein.
»Jetzt du, Morley«, flüsterte Bramble und stand auf.
Auf diese Weise konnte jedes Tier sich die wichtigsten Punkte, die auf der Karte eingezeichnet waren, merken.
Als Stump, der als letzter an der Reihe war, sich über die Karte beugte, näherten sich Olwin – flankiert von Bumble und Cabbage – und Blackpaw der kleinen Gruppe. Blitzschnell versteckte Bramble das alte Pergament.
Jetzt trugen auch die beiden kleinen Kerlchen rote Mäntel, und sie hatten feingeschnitzte Holzschwerter an ihren Gürteln hängen. Sie gaben sich sehr ernst und stolzierten vor ihren Eltern wichtigtuerisch auf und ab.
»Wir sind jetzt fertig. Du, Alte, führst uns. Mein Großmarschall dient mir als Kurier. Ich gehe hinterher, um den Weg für meine Armeen zu kennzeichnen.«
»Wir sind seine Adjutanten«, sagte Bumble förmlich.
»Und wir werden Generäle, wenn wir erst einmal groß sind«, fügte Cabbage hinzu.
Blackpaw sah Bramble vorwurfsvoll an.
»Es ist genug Zeit verschwendet worden. Auf! Zum Abmarsch!«
Die Gruppe formierte sich, Granny an der Spitze, und der junge Dachs bildete den Schluß. Branch und Beryl, die in der Mitte gingen, wandten sich noch einmal um.
Bumble hatte sein Holzschwert gezogen und jagte hinter Cabbage – immer um Olwin herum – her.
Unter anderen Umständen hätte Branch gelächelt, aber jetzt schnürte Angst ihr die Kehle zu. Doch dann erinnerte sie sich an Grannys Worte, und zutiefst in ihrem Herzen wußte sie, daß alles wieder gut werden würde, wenn sie nur dem Gesetz folgten. Sie blickte auf, sah Brambles kräftige Gestalt und dahinter die dünne Linie des Waldes, die jetzt heller war.
Im Sonnenlicht erschien ihr der Dornenwald gar nicht so schlimm, wie sie ihn sich vorgestellt hatte.

Die Stunden vergingen, und die Tiere merkten, daß die Entfernung zum Dornenwald größer war, als sie ursprünglich angenommen hatten. Mittag war schon vorüber, und sie schienen ihrem Ziel nicht näher gekommen zu sein. Sie erreichten einen kleinen Hügelkamm, und der Wald wirkte ferner als je zuvor. Sie hatten den Eindruck, als wären sie in die entgegengesetzte Richtung marschiert.

Granny wurde langsam müde. Der Angriff der Wölfe und die lange Reise hatten sie geschwächt.

»Hier. Ruh dich ein wenig aus, Granny«, sagte Branch. »Wir wollen rasten.«

»Dieser Platz ist so gut wie jeder andere«, meinte Basil. »Ich könnte schwören, wir sind dem Wald jetzt weiter entfernt als heute morgen.«

»Ich habe die ganze Zeit den Blick auf eine bestimmte Stelle gerichtet«, sagte Bramble. »Die Richtung haben wir immer genau eingehalten, aber was das Vorwärtskommen angeht . . .«

Morley machte große Augen.

»Glaubst du, daß der Wald verzaubert ist?«

»Genau!« rief Stump und blies die Backen auf. »Meine Pfoten spüre ich schon gar nicht mehr. Und wie weit sind wir gekommen? Da steckt bestimmt dieser verfluchte Olwin dahinter.«

»Psst«, warnte ihn Bramble. »Blackpaw kommt.«

»Oh, zum Teufel mit Blackpaw!« schimpfte der Maulwurf. »Er ist nicht besser als dieser Mistkerl.«

»Aber er ist gefährlich«, entgegnete Bramble, »und wir müssen ihm – wenigstens im Moment – gehorchen.«

»Ich frage mich, wie Seine Hoheit mit den Kleinen fertig wird«, sagte Beryl mit einem Anflug von Humor.

»Überhaupt nicht, wenn sie weiterhin so ungezogen sind«, brummte Stump. »Wie oft mußte ich die Räuber aus meinem Kornfeld verjagen oder aus meinem Kräuterspeicher. Sie werden ihm noch ganz schön zu schaffen machen.«

»Du glaubst doch nicht, daß er sie schlägt?« fragte Branch Granny. »Ich meine, wenn ihm ihr Spiel zuviel wird.«

»Nein«, beruhigte sie die alte Dächsin. »Dann würden sie ihm nichts mehr nützen. – Aber da ist ja sein Kurier, er wird uns berichten.«
Blackpaw stand neben Granny. Sein Schwertgriff schaute unter seinem roten Mantel hervor.
»Olwin ist ungeduldig. Wir marschieren jetzt seit über sechs Stunden und scheinen überhaupt nicht vorangekommen zu sein.«
»Olwin ist nicht der einzige Ungeduldige«, sagte Granny barsch. »Ich bin alt, die Pfoten tun mir weh, und ich habe diese Reise schließlich nicht freiwillig gemacht. Ein Tier meines Alters sollte besser hinter dem Ofen sitzen.«
»Deine Klagen interessieren Olwin nicht. Er will nur den Wald durchqueren, sollten wir ihn jemals erreichen.«
»Sag deinem geschätzten Olwin, daß Granny erschöpft ist und wir hier rasten«, sagte Bramble. »Wir gehen weiter, wenn sie sich erholt hat.«
Der Dachs starrte den Otter böse an.
»Ist das ein Befehl oder eine Bitte?«
»Eine Bitte natürlich«, erwiderte Bramble. »Wir alle haben nur ein Ziel, nämlich den Dornenwald. Und ohne Granny kommen wir niemals dorthin.«
Blackpaw sah Bramble forschend an.
»Ich frage mich, was ihr vorhabt, wenn wir erst einmal dort sind.«
»Erst einmal möchten wir Bumble und Cabbage in Sicherheit wissen«, entgegnete Bramble. »Und dann weiß bis jetzt noch niemand, ob wir den Wald auch unversehrt durchqueren können.«
»Und falls das gelingt?«
»Du kennst ebensogut wie ich die Antwort auf diese Frage. Wie passen wir denn in Olwins Pläne?«
»Er hat auch für euch einen Platz, da bin ich sicher«, antwortete Blackpaw. »Denk nur an die Armee des Wahren Königs. Ein Tier kann es bei ihm weit bringen, wenn es das tut, was er von ihm erwartet. Das wäre kein schlechtes Leben.«

»Vielleicht nicht«, entgegnete Bramble. »Aber immerhin haben wir es mit einem Menschen zu tun, und man kann nie wissen, was der für sonderliche Einfälle hat. Denk nur an die armen Teufel aus dem Norden. Wie er sie für seine Zwecke mißbraucht. Dort, wo sie lebten, haben sie das Gesetz befolgt. Doch als er sich zum Herrscher über sie aufschwang, mußten sie ihre angestammte Heimat verlassen und leben nun in ständiger Furcht. Und wie werden sie für ihre Dienste belohnt?«

»Die Mörderwölfe sind keine Tiere«, behauptete Blackpaw. »Jedenfalls keine zivilisierten Tiere.«

»Es ist nicht gerecht, was du sagst. Und das weißt du«, sagte Morley. »Mir sind diese Bestien nicht sonderlich sympathisch, aber was Olwin ihnen angetan hat, ist schändlich. Er hat die natürliche Ordnung gestört.«

»Was weiß schon eine Bisamratte von diesen Dingen?« schnaubte Blackpaw. »Kümmere dich um deine Kohlpflanzen und stöbere in Hecken herum, du vollgefressene Sumpfratte.«

Morley kochte vor Zorn, schwieg aber.

Blackpaw hatte lässig seinen Mantel über die Schulter geschlagen und stolzierte auf und ab.

»Glaubst du denn das alles, was Olwin dir erzählt«, fragte ihn Branch ruhig.

»Sein Wort ist das Gesetz. Er ist sehr mächtig«, erwiderte der Dachs. »Und er erreicht etwas. Sein Handeln hat einen Sinn.«

»Aber welchen Sinn?« fragte Stump. »Das sind doch bloße Wahngebilde. Wenn er gerade Lust hat, dir die Kehle durchzuschneiden, tut er es eben.«

Der Maulwurf fuhr sich mit der Pfote über die Gurgel.

»Der Stärkste muß herrschen. Wie habt ihr dummen Tiere denn vorher gelebt? Und ich auch. Ohne Ordnung, ohne Sinn.«

»Hat es dir bei deiner Familie nicht gefallen?« fragte Acorn. »Wie kannst du nur behaupten, unser Leben hätte keinen Sinn gehabt?«

»Diese Dummköpfe haben sich immer über alles mögliche beklagt, aber sie haben nie etwas Bedeutendes geleistet.«

Blackpaw schritt immer wütender auf und ab und gestikulierte wild, während er sprach. Kleine Staubwölkchen pufften bei jedem seiner Schritte in die Luft. Er war sehr aufgebracht, und Bramble versuchte, ihn zu beruhigen.

»Du glaubst also, daß es unter Olwins Herrschaft mehr Ordnung geben wird?«

»Natürlich. Und es wird Großes geleistet werden.«

»Genügt es denn nicht, wenn man ein Dach über dem Kopf und immer zu essen hat? Und abends geruhsam den Sonnenuntergang betrachten kann?« fragte Basil. »Sicherlich gibt es auch welche, die Olwins Ansichten teilen und gern an der Spitze einer Armee stehen möchten oder sich so vorkommen, als wüßten sie mehr als andere. Aber ich bin zufrieden, wenn ich meine Staudämme baue und mich um meine Familie und Freunde kümmere.«

Irgend etwas mußte der Biber gesagt haben, was Blackpaw in kalte Wut versetzte.

»Das behauptest du, du schleimiger Kerl. Von einem beschränkten Tier ist ja auch nicht mehr zu erwarten. Deswegen stecken wir ja alle in der Klemme. Es ist gut, daß Olwin gekommen ist, um die Dinge wieder ins Lot zu bringen.«

Während der Dachs wütend schäumte, watschelte Bumble – noch immer in den roten Mantel gekleidet – zu seiner Mutter.

»Bumble!« rief sie, außer sich vor Freude, und ignorierte Blackpaws eisigen Blick.

»Er hat mich geschickt, weil er wissen will, wo Blackpaw bleibt. Er fragt, warum ihr nicht weitergeht.«

Der kleine Otter sah müde aus. Das Schwert trug er nicht mehr.

»Wo ist deine Waffe?« fragte Blackpaw vorwurfsvoll. »Du wirst niemals General, wenn du dein Schwert verlierst.«

»Er hat es mir weggenommen«, antwortete Bumble. »Wahrscheinlich hatte er es satt, daß ich immer mit Cabbage spielte.«

Bramble blickte seinen kleinen Sohn forschend an.

»Hast du deine Meinung über das Soldatenleben geändert?« fragte er.

Bumbles Schnäuzchen zitterte, doch er weinte nicht.

»Wer will schon Soldat werden? Sie haben nie Spaß.«

»Ist Cabbage auch so müde?« fragte Beryl.
»Seit einer Stunde hat Cabbage kein Wort mehr gesagt«, erwiderte Bumble. »Er befahl ihm zu schweigen, sonst würde er ihn in einen verkohlten Baumstamm verwandeln, hat er ihm angedroht.«
Beryl bedeckte den Mund mit der Pfote und stieß einen Seufzer aus.
»Das wäre nur Spaß, hat er gesagt. Ein Spiel, das wir spielen. Aber das Spiel ist gar nicht lustig. Man muß schweigen und darf überhaupt nichts mehr tun.«
Bramble warf einen besorgten Blick auf die alte Dächsin.
»Kannst du jetzt weitergehen, Granny?«
Sie nickte, hielt die Augen aber geschlossen und blieb neben Branch sitzen.
»Ich wünschte, es würden noch ein paar Bäume stehen, dann könnten wir eine Sänfte für Granny bauen«, sagte Basil.
»Wenn wir zwei Rucksäcke zusammenbinden, können wir sie zwischen uns tragen«, schlug Stump vor.
»Das kommt überhaupt nicht in Frage, Stump. Du bist fast so alt wie ich. Glaubst du etwa, ich lasse mich wie einen alten Sack schleppen? Ich werde weiterhin auf meinen eigenen Pfoten gehen.«
Grannys Stimme klang kräftig, doch sie stand nur mühsam auf.
»Helft ihr auf!« befahl Blackpaw. »Sie ist die wichtigste Person von euch allen.«
»Das tust du doch nicht aus Fürsorge«, sagte Beryl böse. »Außerdem kennen wir alle den Weg ebensogut wie Granny.«
Blackpaw starrte sie verständnislos an.
»Und wieso?«
Drohend ging er auf sie zu.
»Woher weißt du, wie man zum Dornenwald kommt? Habt ihr etwa einen Blick auf die Karte geworfen?«
»Nein. Granny hat es mir gesagt«, antwortete die erschrockene Beryl.
Blackpaw pflanzte sich vor Bramble auf.
»Hast du irgend jemandem die Karte gezeigt? Hast du denn völ-

lig den Verstand verloren? Und was wäre passiert, wenn Olwin euch dabei überrascht hätte? Ein ganz schöner Schlamassel, in dem wir jetzt stecken.«

»Olwin braucht uns doch nur, weil er den Weg durch den Dornenwald nicht kennt. Sonst sind wir völlig überflüssig.«

»Gib mir die Karte!« befahl Blackpaw. »Ich werde sie von nun an verwahren.«

Fordernd streckte er die Pfote aus.

Bramble schüttelte den Kopf.

»Jetzt kann ich sie nicht holen. Außerdem wäre es viel zu gefährlich, wenn Olwin auch nur vermutete, daß wir sie noch haben.«

»Warum machst du dir eigentlich Sorgen. Dein wunderbarer Olwin ist doch derart versessen darauf, daß du sein Großmarschall bist. Welchen Wert hat eine unbedeutende Karte denn schon für ihn? Er hat ja einen Großmarschall, größer als alle Großmarschälle, die es je gegeben hat.«

Der Maulwurf konnte sich einen spöttischen Unterton nicht verkneifen.

Wut sprühte aus Blackpaws Augen, und ehe sich jemand versah, hatte er sein Schwert gezogen.

Doch da trat Olwin wie aus dem Nichts auf die Gruppe zu und sagte barsch: »Deine Amüsements interessieren mich nicht im geringsten, aber ich bestehe darauf, daß du vorher deine Pflicht erfüllst.«

Er drehte sich zu Bumble um, der erbärmlich zitternd vor ihm stand.

»Und du, du Wasserwelpe! Warum bist du so lange ausgeblieben?«

Bumble versuchte zu sprechen, brachte jedoch kein Wort hervor. Und da antwortete Bramble für ihn.

»Granny war erschöpft, und wir mußten eine Pause einlegen.«

Olwin sah die alte Dächsin an, die schwankend hinter Bramble stand.

»Dann wird sie eben getragen«, verkündete er, fuhr mit der Hand

durch die Luft, und vor ihnen stand eine glänzend rot-grüne Sänfte mit weichen Kissen.
»In dieses komische Ding steige ich nicht!« platzte Granny heraus und erhob sich zu ihrer vollen Dachsgröße.
»Das wirst du, und es wird dir gefallen!« befahl Olwin, »sonst könnte den Kleinen womöglich etwas zustoßen.«
»Laßt die Kinder in Ruhe!« sagte Granny, und ihre Stimme klang bestimmt und duldete keinen Widerspruch. »Und ich lasse mich nicht tragen. Wenn ich nicht mehr gehen kann, müßt Ihr mich einfach zurücklassen.«
Olwin starrte die alte Dächsin finster an.
»Nun gut. Damit hast du dein eigenes Schicksal besiegelt. Niemand wird dir helfen, wenn du zusammenbrichst. Du weißt, was das bedeutet?«
»Und wer führt Euch dann durch den Dornenwald?« fragte sie schlau. »Euer Großmarschall?«
Olwins Bart flammte, und seine Augen verdunkelten sich.
»Wie ich sehe, bist du immer noch aufsässig, Alte. Meine Geduld ist erschöpft.«
Stump machte dem Disput ein Ende. Er murmelte plötzlich erstaunt vor sich hin und deutete auf die Hügel und den dahinterliegenden Dornenwald.
»Er ist näher gekommen«, sagte der Maulwurf.
Und in der Tat, der Wald schien näher gekommen. Noch vor einer Stunde schien er mindestens eine Tagesreise entfernt, doch jetzt waren die Bäume des Waldrandes mit einem Steinwurf zu erreichen. Die Blätter bewegten sich, obwohl völlige Windstille herrschte.

Plötzlich sah Olwin erschöpft aus, doch er erholte sich schnell wieder.
»Was ist das für ein neuer Streich?« rief er böse und starrte auf die sich wiegenden Äste der Bäume.
»Seht mal. Es geht überhaupt kein Wind, und die Äste und Blätter bewegen sich«, sagte Morley verblüfft.
»Das ist ein Wind anderer Art«, schimpfte Olwin. »Ein Werk dieses Schurken Old Bark.«
»Ihr glaubt, er hat das getan?« fragte Bramble. »Ich weiß, daß er alt und weise ist, aber ich habe nie geahnt, daß er auch über Zauberkräfte verfügt.«
»Er ist zu allem fähig«, sagte Olwin finster. »Doch nichts wird mich aufhalten. Ich werde die Wasserfälle erreichen, was er auch tun mag.«
Bramble sah den Rotbärtigen von der Seite an.
»Das haben schon andere behauptet.«
Noch ehe Olwin antworten konnte, erschien Cabbage. Er ging mühsam und weinte.
»Ich habe Angst. Ich machte die Augen zu, wie Ihr mir geheißen, und habe bis hundert gezählt. Dann wollte ich Euch etwas fragen, doch als ich mich umsah, war ich ganz alleine, und überall standen Bäume.«
Beryl nahm ihren verängstigten Sohn in die Arme und wiegte ihn, bis er sich beruhigt hatte.
»Sie bewegen sich alle«, sagte Bumble, der furchtsam unter seinem Mantel hervorlugte.
»Ja. Sie bewegen sich«, bekräftigte Stump. »Das gefällt mir überhaupt nicht. Bäume haben an dem ihnen angestammten Platz zu stehen und nicht umherzuwandern, wenn ihr mich fragt.«
Blackpaw war neben seinen Herrn getreten.
»Glaubt Ihr, Old Bark steckt dahinter?«
Er blickte ihn erwartungsvoll an.
»Wer sonst? Er mischt sich in alles ein, doch diesmal hat er zu

hoch gespielt.« Olwin wandte sich an Granny. »Weißt du etwas über das seltsame Verhalten des Waldes, Alte?«
Granny sah ihn lange an, ehe sie antwortete.
»Ich habe nur gelesen und auch gehört, daß man oft in die Irre geführt wird, wenn man sich dem Dornenwald nähert. Manchmal glaubt man ihn fern, dann wieder so nah, daß man meint, die Bäume berühren zu können. Doch das alles ist nur ein Teil seines Geheimnisses.«
»Wir wollen prüfen, ob es sich wirklich um den Dornenwald handelt«, sagte Bramble an Granny gewandt.
»Sei vorsichtig«, flüsterte Branch besorgt.
»Ich will auch mitgehen«, rief Bumble und hüpfte ausgelassen herum.
»Sei still! Du kannst nicht mitkommen. Das ist zu gefährlich.«
»Ich begleite dich«, sagte Blackpaw und deutete auf sein Schwert. »Vielleicht brauchst du Schutz.«
Bramble lächelte.
»Wahrscheinlich nützt dein Schwert in diesem verzauberten Wald überhaupt nichts«, sagte er.
»Doch, es nützt«, entgegnete Blackpaw beleidigt. »Und ich bin sicher, daß dort wilde Tiere leben.«
»Zweifellos, wenn alle die Geschichten, die man sich über den Wald erzählt, wahr sind.«
Granny winkte Bramble an ihre Seite.
»Geh zur Mitte, zu dem Baum mit den roten Blättern. Dort müßte sich der Eingang befinden, wenn es sich wirklich um den Dornenwald handelt. Dann sagst du den Zauberspruch auf, den Gruff mich lehrte:

O Großer Dornenwald,
So zeitlos alt.
Laß mich ein in deinen Raum,
Treten zwischen Eichenbaum,
Durchqueren deine Weite
Und sicher erreichen die andere Seite.«

»Und was machen wir, wenn dies nicht der richtige Wald ist?« fragte Morley.
»Dann gehen wir einfach weiter.«
Stump schüttelte zweifelnd den Kopf.
»Ich komme besser mit«, sagte er. »Dieser ganze Zauberkram gefällt mir überhaupt nicht. Das ist nicht natürlich. Wälder sind Wälder und sollten an ihrem Platz stehenbleiben.«
»Soll ich mitkommen?« fragte Basil.
»Du bleibst bei den anderen«, befahl Blackpaw, ehe Bramble antworten konnte. »Und du«, sagte er und deutete auf Acorn, »kümmere du dich um deine Familie und geh uns aus dem Weg.«
Olwin starrte noch immer schweigend auf den Wald.
»Das Ganze ist ein ausgemachter Schwindel«, sagte er schließlich. »Der Wald sieht seltsam aus.«
»Wir überprüfen ihn für Euch«, bot Blackpaw an und bedeutete dem Otter, ihm zu folgen.
Sie waren nur ein paar Schritte gegangen, als der Wald vor ihnen verschwand.
»Was ist das für ein infernalischer Spuk«, zischte Olwin. »Dieser verfluchte Verräter spielt mit mir.« Olwins Augen blitzten, wütend schlug er die rechte Faust in die geöffnete linke Hand. »Für seine Possen wird er bitter bezahlen, so wahr ich Olwin bin.«
»Jetzt ist er wieder da, wo er war«, sagte Basil und deutete auf die dünne grüne Linie am Horizont.
»Weißt du, wie weit entfernt der Wald in Wirklichkeit ist?« fragte Bramble Granny.
»Vielleicht ist er da, wo du ihn siehst. Vielleicht auch nicht. Wenn ich wüßte, wo wir sind, könnte ich wahrscheinlich Genaueres sagen.«
»Ich habe dir das bereits gesagt, Alte. Und bei diesem Wald spielt es überhaupt keine Rolle, wo wir sind. Dasselbe haben die Soldaten meiner Armee erlebt. Noch schlimmer, manchmal verwandelte sich der Wald in einen Fluß, mit Flutwellen, die alles mit sich rissen.«

Olwins Augen funkelten zornig.
»Ich konnte es einfach nicht glauben, bis ich in einem Buch der Weisheit aus uralter Zeit las.«
Für einen Augenblick wurde sein Gesicht weich, doch schnell kehrte sein Zorn zurück.
»Dieser infernalische Schurke ist dafür verantwortlich. Er wird noch eine böse Überraschung erleben. Ihm wird nicht einmal träumen, daß ich den Schlüssel zum Geheimnis seines Waldes gefunden habe.«
Olwin warf den Kopf in den Nacken und lachte lauthals.
»Die ganze Zeit war ich ihm unterlegen. Wie seltsam, daß ein paar unbedeutende Tiere jetzt sein Schicksal besiegeln werden.«
»Da wäre ich mir nicht so sicher«, sagte Granny sanft. »Es ist nicht einfach, den richtigen Weg in den Dornenwald zu finden.«
»Du hast doch eben dem Otter erklärt, wie er vorgehen muß. Öffnet uns das nicht den Weg?«
»Nur, wenn man den Wald an der richtigen Stelle betritt«, erwiderte Granny. »Falls man den falschen Weg wählt, ist man hoffnungslos verloren.«
»Und worin besteht das Geheimnis?« fragte Olwin drohend.
»Es gibt ein Zeichen«, sagte Granny. »Ein Zeichen, das wechselt.«
»Sag ihm, was es ist!« befahl Blackpaw, der den Zorn seines Herrn spürte.
»Nun, das kann man schwer in Worten ausdrücken. Man muß es einfach wissen, ein Gespür dafür haben.«
»Das ist mir zu vage«, drängte Olwin. »Ich habe die Bücher der Weisheit studiert, und immer gibt es einen Schlüssel zur Macht. Es muß irgend etwas geben. Ein Zeichen, eine Rune, zum Beispiel.«
»Wenn Ihr meint«, sagte Granny. »Manchmal hört man das Plätschern von Wasser oder entfernten Trommelwirbel.«
»Nein. Das alles ist nicht genug. Es muß etwas Kompaktes sein, etwas, das sich nicht verändert.«
»Dort gibt es nichts Kompaktes«, sprach Granny weiter.

»Manchmal sind die Zeichen da, manchmal nicht. Gerade das macht den Dornenwald für Reisende so gefährlich. Schon Gruff fürchtete sich damals dort – und er hatte nichts Böses im Sinn.«
»Ich habe mehr zu tun, als mir dein geistloses Geschwätz über diesen verfluchten Wald anzuhören. Ich weiß nur eins: Ich werde den Dornenwald bezwingen.«
Während er sprach, war Olwin wütend auf und ab geschritten.
»Sollen wir weitergehen, so wie besprochen?« fragte Blackpaw.
Olwin schien seinen Großmarschall nicht gehört zu haben.
»Ich werde jetzt vorausgehen. Mal sehen, ob dieser Abschaum von Old Bark mir wieder einen üblen Streich spielt.«
Kaum hatte der Rotbärtige ausgesprochen, wirbelte er den Mantel um seine Gestalt, und wo Olwin, der Mensch, gestanden hatte, stand jetzt Owl Wing, der Hirsch. Er war mächtig, mit einem riesigen, weitverzweigten Geweih, das matt in der Sonne glänzte. Die Stimme Olwins sprach aus dem Tier.
»Glaubt nur nicht, ich würde eure Pläne nicht durchschauen. Lange bleibe ich nicht fort, also gebt die Hoffnung auf Flucht auf. Es gibt keinen Ort, wo ihr vor mir sicher seid.«
Kaum hatte Owl Wing die Warnung ausgesprochen, sprang er mit Riesensätzen davon und war bald den Blicken der Tiere entschwunden.
»Er war der Anführer der fliehenden Herden«, platzte Basil heraus, noch immer völlig verblüfft.
»Das Reh erzählte uns, daß ihr Anführer Owl Wing heißt. Jetzt wundert mich nicht mehr, daß die Tiere so leichte Beute der Mörderwölfe wurden.«
»Stimmt das alles, was du ihm über die Geheimnisse des Dornenwaldes erzählt hast, Granny?« fragte Branch.
Die alte Dächsin lächelte matt.
»Habe ich jemals die Unwahrheit gesagt?«
Branch schüttelte den Kopf. »Niemals.«
»Alles hat gestimmt. Und es ist so, daß Gruff eher von Empfindungen sprach als von realen Wahrnehmungen.«
»Hoffentlich hast du Olwin mit deinem Geschwafel nicht verär-

gert«, sagte Blackpaw und sah Granny böse an. »Wenn du dir seine Gunst verscherzt, wirst du es bitter büßen.«
»Er wird schon selbst herausfinden, daß ich die Wahrheit gesagt habe«, entgegnete Granny. »Gruff und Greystone hatten nichts Böses im Sinn, als sie den Wald durchquerten. Deswegen geschah ihnen auch kein Leid. Wie es scheint, ist dein Freund etwas ehrgeiziger. Er will den Wald und die angrenzenden Ländereien beherrschen, ein Territorium, das Old Bark gehört. Und diesen Machtanspruch kann ich nicht verstehen. Für mich ist Old Bark einfach ein weiser alter Bär, der schon seit jeher in der Nähe der Wasserfälle lebt.«
»Vielleicht ist Olwin da ganz anderer Meinung.«
»Warum verteidigst du diesen Mann?« fragte Basil zögernd. »Du bist doch auch ein Tier. Hast du denn gar keine Angst vor ihm?«
»Natürlich nicht!« blaffte Blackpaw ein wenig zu laut. »Zwar ist er mächtig und ein Mensch, aber bei ihm hat man nichts zu fürchten.«
»Und warum hat er dann Bumble und Cabbage bedroht?« fragte Branch. »Wenn er das Gesetz vertreten würde, hätte er das nicht nötig.«
»Und vergiß den Mörderwolf nicht«, erinnerte Stump. »Gegrillt hat er ihn. Einfach so. Weil er gemein ist.«
Blackpaw schien etwas aus der Fassung zu geraten.
»Gebt euch keine Mühe, mich gegen ihn aufzubringen. Er ist der einzige, der mich jemals anständig behandelt und mir einen angemessenen Platz zugewiesen hat.«
»Papperlapapp«, schimpfte Morley. »Haben wir dich schlecht behandelt, nur weil du bei uns nicht Großmarschall geworden bist? Oder was sonst? Wer hat je schon einen solch haarsträubenden Unsinn gehört?«
»Den Unsinn redest du«, grollte Blackpaw. »Dir ist ja nichts wichtig, du minderbemittelter Schwachkopf. Wenn man im Leben vorwärtskommen will, muß man die Dinge unter dem richtigen Aspekt sehen. Es gibt Führer und Gefolgsleute.«
»Blödsinn!« ereiferte sich Stump. »Schau doch nur die Tiere an,

die Owl Wing – oder Olwin – gefolgt sind. Es ist ja egal, wie er wirklich heißt. Sie alle liefen hinter ihrem Anführer her, weil sie an ihn glaubten. Und was hatte er im Sinn? Sie geradewegs in die Fänge der Mörderwölfe zu treiben.«
»Dafür hatte er sicher einen Grund«, sagte Blackpaw.
»Komm wieder zu uns zurück«, bat Basil. »Wir brauchen jede mögliche Hilfe, wenn wir fliehen wollen. Er ist mächtig und gefährlich, und du könntest uns als Spion dienen. So vergrößern wir unsere Chancen.«
Blackpaw schnaubte vor Wut und entgegnete prahlerisch: »Ich gehöre nicht zu der Sorte, die immer ihr Fähnchen nach den Wind drehen. Ich bin loyal und habe meine Prinzipien.«
»Doch diese Loyalität schuldest du erst einmal uns«, stellte Branch fest.
»Vergiß nicht, schließlich bist du ein Dachs«, sagte Granny leise.
Blackpaw wand sich und rollte hilflos die Augen.
»Ihr wollt mich verunsichern. Ich bleibe Olwin treu. Ich bin sein Großmarschall.«
»Aber genau das wollen wir ja. Daß Olwin das von dir glaubt«, sagte Bramble. »Tu, was du bisher immer getan hast und laß ihn weiterhin in dem Glauben, du stündest auf seiner Seite.«
»Auf diese Weise erfahren wir, was er plant, und können leichter fliehen«, sagte Basil.
»Du könntest ihm seinen Mantel stehlen«, plapperte Bumble. »Ich habe gehört, wie er mit sich sprach und sagte, daß er den Mantel einem sehr alten Mann weggenommen habe und dadurch in den Besitz der Macht gelangt sei. Nur über den Dornenwald erstrecke sich diese Macht nicht. Er will auch Old Barks Mantel haben. Das hat er gesagt.«
Bramble sah den kleinen Kerl forschend an.
»Hat er das wirklich gesagt?«
»Daran hätte ich nie gedacht«, meinte Morley.
»Wie sollen wir denn seinen Mantel stehlen? Er trägt ihn doch immer«, gab Beryl zu bedenken.
Alle Augen hefteten sich auf Blackpaw.
»Nein, ich tue es nicht!« sagte er, noch ehe jemand diese Forde-

rung an ihn stellen konnte. »Es ist viel zu gefährlich. Und außerdem will ich nicht.«

»Was ist zu gefährlich, mein guter Großmarschall?« ertönte da Olwins Stimme. Die zu Tode erschrockenen Tiere drehten sich um, und vor ihnen stand wieder der Rotbärtige.

Vierter Teil

In Old Barks Reich

Johanna Nilsson

32. Der schwarze Wirbelsturm

Die Gefährten schwiegen beklommen, nur ihr angstvolles Atmen war zu hören. Olwin trat näher, drohend überragte er die Tiere, sein roter Bart flammte, und der zurückgeschlagene blutrote Mantel enthüllte Erinoults Schwert an seinem Gürtel.
Ein Dutzend Mörderwölfe erschienen aus dem Nichts, und Olwins Stimme glich Donnerhall.
»Wurde da ein Verrat geplant?« dröhnte er, und seine Augen sprühten Feuer. »Habt ihr Pläne geschmiedet, den Wahren König zu hintergehen?«
»O nein, Herr«, beeilte sich Blackpaw zu sagen. »Wir haben nur darüber gesprochen, wie man am besten durch den Dornenwald gelangt.«
Olwin starrte den jungen Dachs finster drohend an.
»Nichts als ein Haufen Lügen von einem Haufen feiger Tiere.«
»Wir haben die Route durch den Dornenwald besprochen«, bekräftigte Bramble. Er zitterte, aber seine Stimme war fest. »Und wir sind die einzigen, die den Weg kennen. Wenn Ihr uns tötet, werdet Ihr niemals die Herrschaft über den Wald und die angrenzenden Länder erlangen.«
Olwin sah den Otter an.
»Du scheinst der Sprecher zu sein, Meister Otter, also sag die Wahrheit. Ihr wolltet nicht fliehen? Lügen haben keinen Zweck. Ich kenne die Natur der Menschen und auch die der Tiere. Es hat noch keinem genützt, mir die Stirn zu bieten.«
Bramble sah den Rotbärtigen unbewegt an.
»Wir wollen niemandem etwas zuleide tun, selbst den Mörderwölfen nicht, wenn wir es vermeiden können. Wir wollen nur ein ruhiges Leben in unserer Siedlung führen und unsere Kinder in diesem Sinn erziehen.«
»Was bedeutet das schon?« fragte Olwin jetzt ruhiger, obwohl

seine Stimme noch immer drohend klang. »Welchen Nutzen hat das?«
»Einen größeren, als Wälder niederzubrennen oder Mörderwölfe auf die Fersen hilfloser Tiere zu hetzen«, platzte Morley heraus.
»Oder einen Wald durchqueren zu wollen, den man lieber nicht betreten sollte«, fügte Acorn hinzu.
»Das sind Dinge, die geschehen müssen«, erwiderte Olwin. »Das Gesetz will es so.«
»Warum?« fragte Branch.
»Weil die bestehende Ordnung unvollständig ist. Es gibt keine einheitliche Sprache; Tiere töten einander, dringen plündernd in die Königreiche der Menschen ein. Außerdem bin ich zum Wahren König berufen, denn ich kenne alle Gesetze und Bücher der Weisheit. Ich kann alle Lebewesen in einem Reich vereinen.«
»Das ist ja schön und gut, aber es scheint nicht so recht zu funktionieren. Old Bark ist mit Eurem Plan nicht einverstanden, und er wird seine Meinung niemals ändern«, sagte Bramble.
Als Old Barks Name fiel, verfinsterte sich Olwins Gesichtsausdruck, und er sagte zornig: »Dieser Schurke wird mich nicht mehr lange aufhalten. Ich werde seinen kostbaren Wald erobern und alle Länder dahinter. Das ist nur noch eine Frage der Zeit.«
»Wie wollt Ihr durch den Dornenwald gelangen? Ohne uns habt Ihr keine Chance«, sagte Basil.
»Ohne euch bin ich sogar viel schneller«, erwiderte Olwin. »Ihr seid nichts als ein Klotz an meinem Bein.«
»Wo sind überhaupt Eure Armeen?« fragte Branch. »Bisher haben wir nur diese Mörderwölfe gesehen.«
Olwins Gesicht lief dunkelrot an.
»Ihr stellt mir heute nichts als Fragen. Ich hasse Fragen, vor allem, wenn sie von denen kommen, die den Wahren König nicht anerkennen. Es gibt Mittel, sich derer zu entledigen«, sagte Olwin leise, und ein entschlossener Zug prägte sein Gesicht.
Er trat einen Schritt zurück und warf die Arme in die Luft. So-

fort verblaßte das Sonnenlicht, und ein heulender Wind erhob sich.
Bramble umklammerte seine Frau und suchte nach seinem Sohn, konnte ihn in der grauen Asche, die durch die Luft wirbelte, nicht entdecken. Ein Schrei löste sich aus Beryls Kehle, der vom Wind verschluckt wurde, und dann entstand ein allgemeines Chaos. Ash prallte gegen Stump, und jeder suchte jeden. Olwin war in dem Sturmwind verschwunden, aber die Tiere waren sich der Anwesenheit der Mörderwölfe nur zu bewußt und rechneten damit, daß er sie jeden Augenblick auf sie hetzen würde.
»Wir müssen versuchen zusammenzubleiben!« schrie Bramble. »Kommt hierher! Granny, Stump!«
»Wo ist Bumble?« rief Branch. »Hat jemand Bumble gesehen?«
»Und Cabbage?« weinte Beryl.
Die Freunde liefen wirr durcheinander und versuchten, die Kleinen zu finden und sich gegen die Wölfe zu schützen. Das ist der einzige Grund, warum er uns den Sturm geschickt hat, dachte Bramble, damit er die Wölfe besser auf uns hetzen kann. Er preßte gegen den Wind die Augen zu schmalen Schlitzen zusammen und kämpfte sich – Branchs Pfote fest umklammert – vorwärts in die Richtung, wo der Dornenwald sein mußte. Morleys Gestalt erschien schemenhaft in dem windgepeitschten Dämmerlicht, und dann kamen auch Stump und Granny. Doch nirgends ein Zeichen von den kleinen Kerlchen. Ash und Acorn kamen; sie trugen die Babys auf dem Arm.
»Habt ihr Bumble oder Cabbage gesehen?« rief Branch. »Wir können sie nicht finden.«
Die Eichhörnchen antworteten, doch Branch konnte sie nicht verstehen. Als sie sah, wie die beiden die Köpfe schüttelten, verlor sie alle Hoffnung.
»Paßt auf!« warnte Stump. »Vor uns ist irgend etwas.«
Der Maulwurf hatte kaum ausgesprochen, da konnten die Gefährten eine verhüllte Gestalt in der Dämmerung erkennen.
»Das ist Olwin!« schrie Blackpaw, den sein Herr nicht mitgenommen hatte.

Er versuchte, sich zu der Gestalt durchzukämpfen, aber da tauchte ein zum Sprung bereiter Mörderwolf auf. Blackpaw zog sein Schwert und streckte die Bestie nieder.
»Gut gemacht«, lobte Morley den Dachs. »Da du der einzige Bewaffnete bist, gehst du am besten voran.«
Blackpaws Gedanken rasten. Er war unentschlossen, was er tun sollte. Olwin besaß viel Macht und hatte ihm versprochen, ihn in die Geheimnisse seines Wissens einzuweihen. Trotzdem spiele ich ein gefährliches Spiel, dachte der Dachs, ich bin mir nie sicher, ob ich in Olwins Gunst stehe oder nicht. Und wenn nicht, kann ich mir die Folgen an meinen vier Pfoten abzählen.
Auf der anderen Seite bin ich jetzt wieder mit meinen Gefährten zusammen, und sie brauchen meine Hilfe, denn nur ich habe eine Waffe und kann gegen die Mörderwölfe kämpfen.
Blackpaw fragte sich auch, ob Olwin ihnen dieses schreckliche Ende zugedacht hatte, weil sie Fluchtpläne schmiedeten. Er schien nicht nur Dinge aus der Luft zu zaubern, sondern auch Gedanken lesen zu können.
»Da ist wieder einer!« rief Stump und suchte verzweifelt nach einem Stein oder irgendeinem Gegenstand, mit dem er sich verteidigen könnte.
Der hagere Wolf sprang mit hängenden Lefzen Beryl an. Sie ging zu Boden. Doch ehe der Wolf sie töten konnte, hatte Blackpaw ihn mit einem Streich getötet.
»Wenn dein Arm müde wird, gib mir das Schwert«, sagte Bramble zu dem jungen Dachs.
»Ich wollte, ich hätte Erinoults Klinge«, beklagte sich Blackpaw. »Ich hätte sie niemals Olwin geben dürfen.«
Bramble klopfte ihm auf die Schulter.
»Es sieht so aus, als hätten wir unseren Streit begraben.«
Blackpaw schwieg, denn er trauerte noch seinem Amt als Großmarschall und allen seinen Träumen nach.
»Hier sind Bumble und Cabbage«, rief Morley plötzlich.
»Wo seid ihr beiden gewesen?« schrie Beryl.
»Und was habt ihr da?« fragte Branch.
»Olwins Mantel«, zwitscherte Bumble. »Wir haben seinen Man-

tel. Cabbage und ich standen neben ihm, als der Sturm kam, und ich wollte weglaufen, aber ich stolperte, und dann fiel Cabbage über mich. Als ich aufstehen wollte, trat Olwin auf mich, und ich habe mich verheddert und konnte mich nicht mehr freimachen.«

»Mir ging es genauso«, sagte Cabbage. »Ich rollte am Boden, und er trat nach mir, und dann zog er sein Schwert.«

»Er wollte Cabbage erstechen, aber ich habe ihn gebissen, und er ließ es fallen. Und als ich weglaufen wollte, war ich in seinem Mantel gefangen, da hat Cabbage ihn gebissen. Und dann waren wir allein.«

»Sieh mal, Granny, da hast du dein Schwert wieder.«

»Die Scheide mußten wir dalassen. Sie hing an seinem Gürtel«, sagte Bumble.

Grannys Augen standen voller Tränen, als sie Erinoults Schwert entgegennahm.

Sofort fing die Klinge wieder an zu leuchten, immer stärker, bis die Tiere ihre Augen abwenden mußten.

»Damit können wir sehen«, sagte Basil aufgeregt.

»Nehmt euch vor Olwin in acht. Er gibt nicht so leicht auf«, warnte Stump. »Wir haben ihn überlistet und dürfen unseren Vorteil nicht aufs Spiel setzen.«

»Auf zum Dornenwald!« rief Bramble. »Dort können wir uns wenigstens verstecken.«

»Schnell, Granny! Du gehst mit dem leuchtenden Schwert voran. Und du, Blackpaw, machst den Schluß. Wir marschieren einer hinter dem anderen, das ist am sichersten.«

»Und in dem Licht bieten wir ein schönes Angriffsziel«, murrte Stump. »Granny mit ihrem Schwert wagen sie natürlich nicht anzugreifen.«

Der Maulwurf hatte gerade ausgesprochen, als ein schrecklicher Schrei die Luft erzittern ließ. In Todesangst verharrten die Tiere wie versteinert.

»Das war kein Wolf«, sagte Bramble, der als erster seine Stimme wiederfand.

»Olwin«, sagte Granny. »Er hat gemerkt, daß er seinen Mantel

und das Schwert nicht mehr hat. Jetzt bleiben ihm nur noch die Wölfe.«
Der Otter schüttelte den Kopf.
»Er hat noch andere Möglichkeiten. Selbst dieser Verlust trifft ihn nicht hart, er macht ihn nur wütend. Wahrscheinlich haben wir ihn jetzt mehr zu fürchten als zuvor.«
»Es war also nicht richtig, ihm den Mantel wegzunehmen?« fragte Bumble enttäuscht.
»Natürlich war es richtig«, tröstete ihn Bramble. »Und ihr habt Grannys Schwert wiedergebracht. Das war sehr tapfer von euch beiden.«
»Soll ich vorangehen?« fragte Blackpaw. »Wenn Olwin jetzt noch gefährlich ist, sollte ich ihm entgegentreten, nicht Granny.«
»Wir brauchen vorne das Licht«, meinte Morley. »Sonst verirren wir uns in der Dunkelheit.«
»Dann gebt mir Erinoults Schwert«, sprach Blackpaw weiter. »Er ist auch mein Ahnherr.«
»Wir wollen das Schwert entscheiden lassen«, sagte Granny. »Es hat eine Seele und handelt selbständig. Deshalb ist es den Kindern auch gelungen, es zurückzuholen.«
Sie gab Blackpaw das hell leuchtende Schwert. Der junge Dachs zitterte, als er es entgegennahm.

33. Gefahr droht

Noch immer tobte der Sturm, und die Tiere beobachteten mit angehaltenem Atem, wie Blackpaw nach dem Schwert des alten Königs Erinoult griff. Alle waren zornig, daß Granny dem jungen Dachs nach seinem Verrat so viel Vertrauen entgegenbrachte. Trotzdem waren sie seltsam erleichtert, Blackpaw wieder in ihrem Kreis zu wissen. Auch richten mußten sie ihn nicht, denn diese Aufgabe würde das Schwert übernehmen.
Blackpaws Pfoten zitterten noch einmal, als Granny ihm die leuchtende Klinge überreichte. Ein Leuchten, ebenso strahlend

wie das des Schwertes, glitt über sein Gesicht, und ohne Zögern hielt er die Waffe mit ausgestreckten Armen vor sich. Das Licht flackerte nicht, noch wurde es schwächer, und ein frohes Aufatmen ging durch die Reihen der Gefährten.
Die alte Dächsin nahm Blackpaws Schwert und gab es Bramble. »Hier, nimm das. Wir werden es brauchen.«
»Das Licht wird überhaupt nicht schwächer, Granny«, platzte Morley heraus. »Warum?«
»Hast du denn geglaubt, daß es das würde?« fragte sie.
Die Bisamratte schüttelte den Kopf.
»Ich wußte nicht, was passieren würde.«
»Was hat das zu bedeuten?« fragte Branch.
»Blackpaw ist geprüft worden«, antwortete Granny.
Stump murrte laut.
»Sehr schön. Aber wir sollten jetzt endlich weitergehen.«
»Das tun wir auch, Stump. Du kannst inzwischen Wache halten, ich glaube nicht, daß unsere Freunde so leicht aufgeben.«
Granny sprach noch, da schrien Acorn und Ash auf.
»Hierher! Hier sind zwei von den Biestern!«
Zwei dunkle Schatten schnellten aus der Finsternis hervor; ihr Knurren war selbst durch das Heulen des Windes zu hören.
Bramble glaubte, einen der Mörderwölfe schon einmal gesehen zu haben, doch er schob den Gedanken und sein ungutes Gefühl beiseite, denn Ash brauchte dringend Hilfe.
Blackpaw, von einem hellen Lichtschein umgeben, eilte auf die Eichhörnchen zu.
»Wo sind sie?« fragte er.
»Eben waren sie noch da«, erwiderte Acorn. »Es sieht aus, als ob sie uns folgten.«
»Sie hätten uns ohne weiteres angreifen können«, sagte Morley. »Warum haben sie das nicht getan?«
»Wir müssen dichter zusammenrücken«, meinte Bramble. »Eine zweite Gelegenheit lassen sie sich sicher nicht entgehen.«
»Ich wünschte, dieser Sturm würde endlich nachlassen«, beklagte sich Acorn. »Ich kann nicht mal meine Nasenspitze sehen. Und dieser ganze Staub macht mich immer niesen.«

»Warum hat Olwin uns nicht einfach getötet?« fragte Basil. »Das ist doch ein leichtes für ihn. Was soll dieses ganze Theater?«
»Vielleicht wollte er nur seine Wölfe füttern«, erwiderte Stump. »Diese Bestien sind doch immer hungrig. Und außer uns läuft doch niemand mehr hier herum.«
»Nein«, meinte Bramble. »Ich glaube, er füttert sie auf dieselbe Weise, wie er uns mit Nahrung versorgte. Er wedelt einfach mit der Hand in der Luft herum, und schon steht etwas zu essen da.«
»Mir ist etwas aufgefallen«, sagte Granny nachdenklich. »Ehe dieser Wind aufkam, sah Olwin äußerst überrascht aus. Das könnte ich beschwören.«
Bramble versuchte, sich an die Situation zu erinnern. Dieser Blick Olwins. Hatte er Zorn oder Angst ausgedrückt? Er wußte es nicht.
»Dann hat er uns also töten wollen und hatte keine Gelegenheit mehr dazu, meinst du das?«
»Ist das ein ganz normaler Sturm?« fragte Basil.
»Ich glaube nicht, daß es hier überhaupt etwas Normales gibt«, brummte Stump. »Seit diese Wölfe uns angegriffen haben, hat nichts mehr gestimmt.«
»Aber wir haben seinen Mantel«, zwitscherte Bumble. »Vielleicht kann er uns deswegen nichts tun.«
Bramble streichelte seinen Sohn zärtlich.
»Das habt ihr wirklich fein gemacht. Aber sicher ist seine Macht nicht nur an diesen Mantel gebunden. Trotzdem wird er sich ziemlich verloren ohne ihn fühlen.«
»Und mit dem Schwert kann er uns auch nicht mehr verletzen. Ich habe es genommen und bin einfach weggerannt«, rief Cabbage stolz.
»Ihr beiden!« regte sich Beryl auf. »Ihr macht so viel Lärm, daß er uns noch hören wird, und was ist dann?«
Plötzlich blieb Blackpaw stehen. Angestrengt starrte er in die Dunkelheit hinter dem Lichtkranz seines Schwertes.
»Ich kann nicht verstehen, warum sie uns nicht angreifen. Sie sind uns zahlenmäßig doch weit überlegen. Selbst wenn wir ein paar töten, haben wir keine Chance.«

»Deswegen müssen wir unser Heil in der Flucht suchen, solange dieser Sturm dauert und sie uns nicht sehen können.«
Bramble stand jetzt neben dem Dachs. Nachdenklich hatte er die Stirn gerunzelt und versuchte noch immer, dieses seltsame Gefühl zu definieren, das er hatte, als die beiden Wölfe die Eichhörnchen angreifen wollten.
»Weiter geht's, in Richtung Dornenwald«, rief Granny. »Nur da können wir Schutz finden.«
»Olwin wird auch trachten, dorthin zu gelangen, Granny. Sollten wir nicht woanders hingehen? An einen Ort, wo er uns nicht vermutet?« fragte Basil.
»Olwin weiß, daß wir gar keine andere Möglichkeit haben. Nur im Dornenwald können wir uns verstecken. Den Sturm hat er uns nur geschickt, um uns zu erschrecken. Denn er kann es sich nicht leisten, diejenigen, die den Weg durch den Wald kennen, umzubringen. Ich habe das seltsame Gefühl, daß irgend etwas geschehen ist, das seine Pläne durcheinanderbrachte. Vielleicht ist nicht einmal dieser Sturm sein Werk.«
»Dann wird er bald wieder hinter uns her sein«, stöhnte Morley. »Und wenn er uns erst einmal hat, kann man sich leicht ausrechnen, was mit uns passiert.«
»Es kommt ganz darauf an, wo wir dann sind. Auf dieser oder der anderen Seite des Dornenwaldes«, sagte Bramble.
»Sollten wir wirklich bis zur anderen Seite gelangen, warten nur neue Gefahren auf uns – von Old Bark«, meinte Morley ängstlich.
»Verlier den Mut nicht, alter Knabe. Old Bark steht nicht gut mit Olwin, das wissen wir. Und er wird bald merken, daß wir anständige Tiere sind, dann behelligt er uns auch nicht.«
Brambles Stimme klang zuversichtlicher, als er sich fühlte, obwohl er noch immer fest daran glaubte, daß Old Bark ein weiser und gerechter Bär war. Oder ein Mensch? Konnte er seine Gestalt verändern? Diese Gedanken verwirrten den Otter beträchtlich.
»Sind wir immer noch auf dem rechten Weg?« fragte Basil.
»Ja, die Richtung stimmt«, antwortete Blackpaw. »Doch der Sturm wird allmählich wirklich lästig.«

»Wenn er aufhört, kann uns ja jeder sehen«, schnaubte Stump. »So haben wir wenigstens ein bißchen Deckung. Und außerdem dürfte er unsere Feinde ebenso stören wie uns. Dann nehme ich diese Unannehmlichkeit gerne in Kauf.«
»Hier, ihr beiden! Bleibt immer schön in der Nähe!« schimpfte Branch Bumble und Cabbage aus. »Wir finden euch nie wieder, wenn ihr euch verlauft.«
»Denkt an die Mörderwölfe«, fügte Beryl hinzu.
Cabbage lief zu seiner Mutter, während Bumble tat, als hätte er überhaupt nichts gehört. Er mußte sich beweisen, daß er Mut hatte, entfernte sich also noch ein Stück von der Gruppe.
Gerade als er wieder umkehren wollte – denn die selbstauferlegte Mutprobe hatte er ja bestanden –, sah er eine grauschwarze Gestalt, die nur ein paar Pfotenlängen von ihm entfernt in der Dunkelheit lauerte. Er wollte schon einen Warnschrei ausstoßen, doch da war die Gestalt blitzschnell verschwunden.
Er strich mit den Pfoten über seine Schnurrhaare, so wie sein Vater das immer tat, und wagte sich ein paar Schritte in die Richtung, wo die Gestalt verschwunden war.
War das ein Mörderwolf gewesen?
Irgend etwas in der Art, wie die Gestalt sich fortbewegt hatte, verunsicherte ihn. Das war nicht der schleichende Gang der Wölfe, auch nicht der aufrechte Gang der Menschen. Also hatte nicht Olwin sie belauert. Bumble wußte, daß der Mann seine Gestalt in einen Hirsch verwandeln konnte, aber ein Hirsch war es auch nicht gewesen.
Der kleine Otter war tief in Gedanken, als plötzlich jemand von hinten nach ihm griff. Erschrocken sprang er in die Höhe und stieß einen quietschenden Schrei aus.
»Was ist los mit dir, du Lümmel«, schimpfte Branch. »Ich habe immer wieder gerufen, und du hast es nicht einmal für nötig befunden zu antworten.«
»Du hast mich zu Tode erschreckt«, keuchte Bumble. »Ich dachte schon, Olwin hätte mich gepackt.«
»Das hätte leicht passieren können. Jetzt bleibst du bei mir.«
»Ich möchte lieber mit Cabbage gehen.«

»Dann geh. Aber lungere nicht mehr herum.«
Bramble hatte seine Frau nach ihrem Sohn rufen hören, und jetzt eilte er herbei.
»Was ist los?«
»Dieser Dickkopf gehorcht nicht. Geht einfach in der Gegend spazieren, als würden wir einen Sonntagsausflug machen.«
»Ich habe was Seltsames gesehen«, platzte Bumble heraus, weil er so schnell wie möglich das Thema wechseln wollte. »Es war groß, aber es war kein Wolf und auch nicht Olwin.«
Bramble blickte in die Richtung, in die sein Sohn deutete. Er furchte nachdenklich die Stirn. Das war genau die Stelle, wo die beiden grauen Schatten aufgetaucht waren. Wieder verspürte er dieses Gefühl des Unbehagens, aber er versuchte es zu verdrängen, als er Bumble beruhigte.
»Mörderwölfe. Sie verfolgen uns bis zum Dornenwald. Vielleicht glauben sie, daß sie dort mehr Beute machen können.«
»Nein, das war größer als ein Wolf«, beharrte Bumble.
»Dann muß es sich um Olwin gehandelt haben. Vielleicht folgt er uns lieber, als uns zu stellen. Auf diese Weise kann er ungefährdet durch den Dornenwald kommen. Wir sind doch völlig unwichtig für ihn.«
Morley und Basil gesellten sich zu den Ottern.
»Wir haben merkwürdige Dinge gesehen«, sagte Basil. »Erst dachte ich, meine Augen spielen mir einen Streich, aber Morley hat sie auch bemerkt.«
»Wirklich, sehr merkwürdig«, bestätigte Morley. »Sie greifen nicht an, sondern lauern nur in der Dunkelheit.«
»Das müssen Mörderwölfe sein«, entgegnete Bramble.
Die Freunde gingen jetzt weiter, sonst hätten sie die anderen verloren.
Morley senkte die Stimme und fragte leise, gerade noch durch den heulenden Wind verständlich: »Glaubst du, daß Blackpaw uns in eine Falle lockt?«
»Erinoults Schwert würde nicht mehr leuchten, hätte er Übles im Sinn. Granny wußte das, als sie ihm das Schwert übergab.«
»Du meinst, die Klinge wäre dann wie alle anderen?« fragte Branch.

»Ja. Und Blackpaw hat mit diesen seltsamen Vorkommnissen nichts zu tun. Ich vertraue ihm jetzt wieder. Er hat Schlimmes durchgemacht. Ich glaube nicht, daß es leicht für ihn war.«
»Ich mag ihn noch immer nicht«, murmelte Basil. »Er ist durch und durch verdorben, und ich kann keine Veränderung an ihm feststellen. Vielleicht leuchtet das Schwert bei jedem Dachs, schließlich stammt es von einem Dachskönig.«
»Gib ihm eine Chance«, bat Bramble. »Vielleicht braucht er sie, damit er endgültig zu uns zurückkehrt und sich bei uns wohl fühlt.«
Die Bisamratte nickte zustimmend, und schließlich willigte Basil, wenn auch widerstrebend, ein.
»Nun gut. Ich will es wenigstens versuchen.«
»Im Grunde ist er ein gutes Tier. Wir müssen ihm nur Gelegenheit geben, es zu beweisen.«
Basil hatte sich gerade umgedreht, weil er noch etwas sagen wollte, als er plötzlich laut schimpfte. Er hatte sich den Kopf an einem Baum gestoßen!
Die Tiere blieben stehen. Und im Licht von Erinoults Schwert konnten sie sehen, daß sie von großen Bäumen umgeben waren. Ein leiser Wind strich durch die Baumkronen und hatte den heftigen Sturm abgelöst. Völlig aus der Fassung blickten sie einander verständnislos an. Zum erstenmal seit Stunden konnten sie ihre Umgebung wieder klar erkennen.

34. Auf Gruffs und Greystones Spuren

Angstvoll hielten die Gefährten den Atem an. Sie rechneten damit, daß der Wald jeden Augenblick wieder wie ein Spuk verschwinden würde, wie das schon einmal geschehen war.
Schließlich streckte Morley zögernd eine Pfote aus und wagte es, einen der dunklen großen Bäume zu berühren.
»Er ist echt«, sagte er und berührte den nächsten.
»Ja, echt genug. Schließlich habe ich mir den Kopf daran gestoßen«, brummte Basil.

»Sind wir jetzt im Dornenwald, Granny?« fragte Bramble.
Die alte Dächsin sah sich prüfend um, schnupperte und ging dann auf einen der uralten Bäume zu.
»Ja. Dies ist der Dornenwald«, sagte sie nach einer Weile. »Riecht nur. Könnt ihr nicht das Alter riechen?«
Die Gefährten sogen die Luft prüfend schnuppernd ein, so wie es Granny getan hatte, doch sahen sie sich dauernd um, aus Angst vor den Mörderwölfen.
Bramble stand neben Branch und blickte versonnen in das undurchdringliche – wie es schien – dichte Grün des Waldes. Es roch nach Stille und Tiefe und den Geheimnissen längst vergangener Zeiten. Außerdem war da noch ein Geruch von Gefahr in der Luft. Er beunruhigte die Tiere aber nicht.
»Sieh nur, Granny«, zwitscherte Bumble aufgeregt. Er stand mit Cabbage neben einem riesengroßen Baum, dessen Krone sich im Himmel verlor.
»Was gibt es denn?« fragte Beryl.
»So komische Schriftzeichen. Da. Überall«, antwortete der kleine Otter.
»Ein richtiges Gekritzel«, meinte Cabbage.
»Es sieht aus, als wäre es vor sehr langer Zeit geschrieben«, schloß Bumble.
»Ja. Es sieht sehr alt aus«, stimmte Basil zu und strich mit der Pfote über die Schrift.
»Älter, als wir uns überhaupt vorstellen können«, bestätigte Granny. »Gib mir Gruffs Karte, Bramble. Wenn mich nicht alles täuscht, ist dies der Eingang zum Dornenwald.«
»Und wenn Olwin uns jetzt gefolgt ist, Granny? Was sollen wir tun?« fragte Acorn ängstlich.
»Das ist jetzt unwichtig. Wir müssen nur nach dem richtigen Weg suchen.«
Bramble hatte Granny das zerknitterte Pergament gegeben. Sie entfaltete und studierte es.
»Ganz wie ich dachte! Seht nur. Die Schrift auf dem Baum stimmt mit Gruffs Eintragungen überein.«
Die Tiere versammelten sich um die alte Dächsin und blickten über ihre Schulter.

»Da ist das Zeichen des Mondes!« zwitscherte Bumble. »Genau wie Gruff es beschrieben hat.«
»O Mann!« rief Cabbage. »Jetzt finden wir Schätze und Drachen und das alles!«
»Hoffentlich nicht«, meinte Beryl trocken und versuchte, ihren quirligen Sohn festzuhalten.
»Das ist also die Pforte in den Wald«, stellte Blackpaw fest und verglich die Karte mit dem in den Baum eingekerbten Runen.
»Ja. Davon sprachen Gruff und Greystone immer. Ich weiß nicht, wie sie hierhergelangt sind, aber sicherlich waren sie ebenso erleichtert, hier zu stehen, wie wir es sind.«
»Glaubst du, sie wußten, wo sie damals waren, Granny?« fragte Bramble.
»Sie wußten nur, daß dieser Weg zu den Wasserfällen führt. An etwas anderes haben sie sicher nie gedacht.«
»Sie hatten sich verirrt, geradeso wie wir«, sagte Basil.
»Vielleicht ist das die einzige Möglichkeit, den Weg überhaupt zu finden«, meinte Morley. »Wenn man nach ihm Ausschau hält, scheint man sich immer weiter von ihm zu entfernen.«
»Und wenn man sich verloren glaubt, ist man da«, schloß Stump grimmig.
Die alte Dächsin konnte nicht anders, sie mußte einfach lachen. »Ja, so ist es, Stump.«
»Und welchen Weg schlagen wir jetzt ein, Granny?« fragte Basil.
»Da wir ohne unser Zutun den Eingang zum Dornenwald gefunden haben, gehen wir jetzt einfach weiter und sehen dann schon, wohin der Weg uns führt.«
»Glaubst du, die Mörderwölfe sind uns gefolgt?« fragte Morley. »Ich hasse den Gedanken, daß sie uns am anderen Endes des Waldes angreifen könnten.«
»Wenn sie hier wären, müßten sie sich schon sehr still verhalten«, sagte Bramble. »Und einen leisen Mörderwolf habe ich noch nicht kennengelernt.«
»Vielleicht sind sie auf Olwins Geheiß zurückgeblieben, und er folgt uns allein, denn er kennt ja schließlich ihre Unberechenbarkeit am besten«, meinte Basil.

»Falls das so ist, können wir nichts dagegen tun«, entschied die alte Dächsin. »Entweder wir bleiben hier, bis wir vor Hunger sterben, oder wir erkunden, was vor uns liegt. Olwin hat hier keine Macht mehr, das ist Old Barks Reich.«
Morley riß erschrocken die Augen auf.
»Das hatte ich ganz vergessen.«
»Glaubst du, daß er uns wohlgesonnen ist?« fragte Ash.
»Die Frage stellt sich nicht«, antwortete Granny. »Auf keinen Fall kann er schlechter als Olwin sein.«
»Ich glaube nicht, daß er Olwin in irgendeiner Weise gleicht«, sagte Bramble bestimmt.
»Werden wir ihn treffen?« fragte Bumble.
»Wenn die Zeit dafür gekommen ist, sicher«, antwortete Granny.
Morley blickte immer wieder mißtrauisch von einer Seite zur anderen.
»Wir sollten endlich aufbrechen. Ich habe ständig das Gefühl, Olwin beobachtet uns.«
»Oder jemand anderer«, fügte Bramble hinzu. »Genau dieses Gefühl hatte ich auch, Morley. Zum Haarsträuben. Und immer, wenn ich mich umsehe, ist nichts da.«
»Wie recht du hast!« schnaubte Stump. »Seit dieser Erinoult zu uns gesprochen hat, laufe ich nur noch mit gesträubten Haaren herum. Aber dieses Gefühl ist noch ekliger.«
»Wenn wir wenigstens wüßten, wo Olwin sich herumtreibt«, meinte Basil. »Das würde die Sache einfacher machen.«
»Mit einem Mann wie Olwin weiß man nie, woran man ist. Man steht neben ihm, und einen Moment später ist er verschwunden«, sagte Blackpaw.
»Du solltest es doch eigentlich wissen«, neckte ihn der Maulwurf, aber es lag kein Vorwurf in sciner Stimme.
»Ja. Ich kenne ihn besser als ihr alle. Ich habe mich in ihm getäuscht. Doch jetzt bin ich wieder zu Verstand gekommen. Es war ein Fehler, sich in die Belange eines Menschen einzumischen, obwohl ich zu Anfang an ihn glaubte. Olwin kennt genau die schwachen Stellen eines Tieres. Und er wußte, meine

war die Einsamkeit. Also lockte er mich mit der Macht über andere.«

»Das ist zum Glück jetzt alles vorüber«, sagte Bramble. »Ich glaube, wir alle machen im Leben ähnliche Erfahrungen. Und du hast eine besonders bittere gemacht.«

»Aber ich habe daraus gelernt«, entgegnete Blackpaw und blickte auf das noch immer leuchtende Schwert in seinen Pfoten. »Das da hat mir die Augen geöffnet.«

»Erinoult hat dich immer begleitet«, sagte Granny leise. »Und im richtigen Moment bringt er die Dinge wieder ins Lot.«

»Ich hätte es vorher wissen müssen«, sprach Blackpaw weiter. »Aber ich mußte einfach so handeln. Olwin stellte alles so dar, als wäre es richtig, was er tut. Für alle, Tiere und Menschen.«

»Das ist immer so, wenn man mit den Mächtigen zu tun hat«, sagte Bramble. »Was hat er nicht alles getan: Essen und das Zelt aus dem Nichts gezaubert. Und wie hat er die armen Kerle aus dem Norden behandelt? Kein Wunder, daß sie ihm bedingungslos gehorchen. Er ist machtbesessen und vernichtet jeden, der sich ihm in den Weg stellt.«

»Er hat uns nicht einmal mit den Holzschwertern, die er uns schenkte, spielen lassen«, beklagte sich Cabbage.

»Auch reden und uns jagen durften wir nicht«, schmollte Bumble.

»Ich bin froh, daß ich ihn gebissen habe«, sagte der kleine Biber stolz.

»Ich auch«, sagte Bumble. »Und ich bin froh, daß wir ihm seinen Mantel und Grannys Schwert weggenommen haben.«

»Falls wir Old Bark treffen, fragen wir ihn nach der Bedeutung dieses Mantels«, sagte Bramble. »Ich habe noch nie gehört, daß eine gewisse Macht an einen Mantel gebunden werden kann, aber in unseren Büchern der Weisheit steht ja auch nichts dergleichen.«

»Wie mir scheint, kann man überall etwas lernen, selbst wenn man das gar nicht will«, meinte Morley bissig.

»Ich verstehe dich gut«, entgegnete Stump nachdenklich. »Ich kümmere mich auch lieber um meine eigenen Angelegenheiten und bleibe zu Hause. Das hat mir noch nie geschadet.«

»Sei doch still, du Querkopf«, schimpfte Granny. »Jahrelang hast du darüber geklagt, du hättest das Gefühl, das Leben würde an dir vorüberziehen, ohne daß etwas passiert. Du wolltest immer Gruff und Greystone auf ihren Reisen begleiten, doch im letzten Augenblick kam dir prompt etwas dazwischen.«
»Ja. Das stimmt«, brummte der Maulwurf widerwillig.
»Und jetzt erlebst du endlich mal ein Abenteuer, und was tust du? Nichts als schimpfen und dich beklagen.«
»Das läuft alles nicht so ab, wie ich es mir vorgestellt habe.«
»Das tut es niemals, alter Knabe«, lachte Bramble. »Am meisten vermißt du wohl ein gemütliches Schwätzchen am Kamin über deine Heldentaten. Doch tröste dich, mir ging es genauso. Ich hatte immer etwas Wichtiges zu tun, wenn es galt, Abenteuer zu bestehen. Wie sehnsüchtig habe ich in meinem Buch der Weisheit über die Abenteuer meiner Vorfahren gelesen und nie geglaubt, die leeren Seiten mit dem Bericht über meine eigenen Erlebnisse füllen zu können.«
»Unser Buch der Weisheit ist in Grannys Küche verbrannt«, sagte Branch traurig.
Der Otter nickte wehmütig.
»Das hatte ich ganz vergessen. Und all die anderen Dinge. Die Bücher und das Boot.«
»Und meine Küche«, fügte Branch hinzu.
»Mein Garten und mein Boot waren am schönsten«, sagte Morley sehnsüchtig.
Grannys Augen glänzten verdächtig.
»Ich habe diesen Dingen nie viel Wert beigemessen, bis jetzt, wo ich sie nicht mehr habe.«
»Dann müssen wir eben alles wieder aufbauen«, schnaubte Stump. »Und du schreibst dein Buch einfach neu, Bramble. Wir alle können dann ein paar Seiten hinzufügen, wenn das einmal vorüber ist.«
»Wir schaffen es schon.«
»Das werden wir«, sagte Blackpaw. »Und im Augenblick geht es uns doch besser als je zuvor.«
»Ja. Im Augenblick. Aber wir haben noch ein gutes Stück Weg

vor uns, und ich kann einfach das Gefühl nicht loswerden, daß wir beobachtet werden.«
»Dann wollen wir endlich aufbrechen«, drängte Acorn. »Wir stehen hier herum und schwatzen. Das bringt uns nicht weiter.«
»Also, welche Richtung schlagen wir ein, Granny?« fragte Bramble.
Sie studierte aufmerksam die Runen an dem Baum. »Wir gehen nach Osten, bis wir zu einer gegabelten Eiche kommen. Dort finden wir dann weitere Hinweise.«
»Das Zeichen des Mondes«, überlegte Bramble. »Gruff zeichnete es auf der Karte ein. Und sieh nur, Granny, da ist es. Gruff ist mit Greystone also denselben Weg gegangen.«
Granny lachte fröhlich auf.
»Er sagte mir, daß auch ich eines Tages diese Reise machen würde. Damals habe ich ihm nicht geglaubt.«
»Mal sehen, ob wir die nächsten Markierungen finden«, sagte Blackpaw und ging voran, in das Dickicht des Waldes hinein.
»Seid vorsichtig! Und bleibt dicht zusammen! Die Kinder gehen zwischen uns«, befahl Bramble.
Während sie gingen, überkam den Otter wieder dieses Gefühl einer Bedrohung, diesmal noch stärker als während des Sturms. Er glaubte die Gefahr förmlich ertasten zu können. Auch die anderen Tiere wurden unruhig, und die Kinder fingen an zu jammern. Doch immer weiter drangen sie in die dunkler werdenden Schatten des Dornenwaldes ein.
Wiederholt drehte sich Bramble um, aber nie konnte er etwas entdecken, außer der Bewegung der Zweige, die die Tiere beim Vorübergehen gestreift hatten. Einmal glaubte er Stimmen gehört zu haben. Als er stehenblieb, um zu lauschen, herrschte wieder Stille.
Tiefer und tiefer gingen sie in den Wald, das Licht nahm ab, bis Blackpaw schließlich mit Erinoults Schwert den Pfad beleuchtete.
Und dann setzte dieses Summen ein, erst leise, doch mit jedem Schritt wurde es lauter.

35. In den Tiefen des Dornenwaldes

Während der Summton immer stärker wurde, schien sich die Luft zu bewegen, und die Bäume schwankten im Dämmerlicht, verwandelten sich zu bizarren grauen Formen. Der ganze Wald erzitterte. Voller Angst blieben die Gefährten stehen. Eine eisige Lähmung hatte sie ergriffen.

Die Erde bebte, dann schrillten Stimmen, deren Sprache niemand verstand. Es klang, als würden sie die Tiere warnen. Auf dieses hohe Warngeschrei folgte ein tiefes Gemurmel und Gestöhn. Es schien entweder aus der Erde oder den Bäumen zu kommen.

Angestrengt lauschend standen alle da, doch der Sinn dieser Laute blieb ihnen weiterhin unverständlich. Schließlich trat eine so vollkommene Stille ein, die sie zutiefst erschreckte. Es schien, als könnten sie sich niemals wieder bewegen oder gar sprechen. Und dann erlosch auch das grünliche Zwielicht, mit einer solchen Plötzlichkeit, daß selbst das Schwert Erinoults in absolute Finsternis gehüllt war.

In diesem Augenblick stießen Branch, Ash und Beryl laute Angstschreie aus, und die Kinder fingen an zu weinen. Sie konnten weder sehen noch fühlen, was um sie herum war. Bramble streckte eine Pfote aus, um nach Branch zu tasten, aber er hatte ein Gefühl, als sei er vollständig allein, obwohl er wußte, daß seine Freunde da waren.

Der Klang rhythmischen tiefen Trommelschlags drang an seine Ohren, und der wurde von einer leichten, heiteren Flötenmusik abgelöst – sie hörte sich ganz ähnlich wie die Flöte an, die er sich geschnitzt hatte. Nach der Flötenmusik erklangen die sanften Töne einer Orgel, und das Entsetzen wich von ihm.

Nur mühsam fand er seine Stimme wieder und rief: »Hallo, Branch? Bumble? Wo seid ihr?«

Als junger Otter hatte er einmal unter Wasser gesprochen und gesehen, wie seine Worte als silberne Blasen an die Oberfläche gestiegen waren. Und so klang seine Stimme jetzt.

Ganz schwach kam die Antwort. Und als er angestrengt lauschte, konnte er Branchs Stimme erkennen.

»Hier! Ich bin hier, mit Bumble.«
»Was ist geschehen?« fragte Basil ebenso leise.
»Ich weiß es nicht. Wo sind die anderen?«
»Wir sind hier«, antwortete Blackpaw für den Rest der kleinen Gruppe.
Seine Stimme klang, als hätte er aus einem Cañon gerufen; ein schwaches Echo hallte nach.
»Wo ist das Schwert?« fragte Bramble. »Wir brauchen Licht.«
»Es ist erloschen«, antwortete der Dachs.
»Granny! Nimm du es! Vielleicht leuchtet es wieder, wenn du es trägst«, rief Morley, der Blackpaw noch immer nicht traute.
»Ich kann nichts sehen. Außerdem würde es nichts nützen. Wenn Blackpaw es nicht zum Leuchten bringt, kann ich es auch nicht.«
»Ob Gruff und Greystone wohl dasselbe passiert ist?« fragte Acorn.
Ash versuchte, die Babys zu beruhigen, doch sie weinten laut. Und da fingen Bumble und Cabbage auch an zu schreien.
»Ich hasse diesen alten Wald!« schrie Cabbage. »Ich kann nichts sehen.«
»Wahrscheinlich gibt es hier Drachen«, sagte Bumble und starrte in die Finsternis. Er war sicher, die tödlichen Augen eines dieser Ungeheuer gesehen zu haben.
»Psst, Kinder!« schimpfte Granny. »Seid still und horcht.«
Die Kinder schwiegen, und die Freunde lauschten angestrengt. Zuerst hörten sie nur ihr eigenes schnelles Atmen, dann das helle Geläut einer weit entfernten Glocke.
»Als ob jemand die Haustürglocke läuten würde«, platzte Morley heraus.
»Aber an wessen Tür?« brummte Stump. »Ich bin nicht sicher, ob ich jemandem an diesem vertrackten Ort die Tür öffnen würde.«
Wieder erklang das Glockengeläut, doch diesmal lauter.
»Hat Gruff von diesen Dingen erzählt?« fragte Bramble.
»Gruff sagte nur immer, im Dornenwald würden sehr seltsame Dinge geschehen, sonst nichts.«

»Ja. Und was mich angeht, die Seltsamkeit reicht mir jetzt«, schimpfte Basil. »Ich möchte nur noch von hier verschwinden.«
»Könnte das eine Falle sein, Granny? Im Dornenwald kann man doch einfach verlorengehen, oder noch schlimmer«, sagte Beryl verängstigt.
»Möglich wäre es«, stimmte Granny zu. »Da wir den Wald nicht kennen, wissen wir nicht, ob wir uns verirrt haben oder nicht.«
»Dann sollten wir so schnell wie möglich umkehren.«
»Ich glaube nicht, daß wir das können, Morley«, entgegnete Bramble. »Wohin sollen wir denn gehen, in diesem schwarzen Loch?«
»Das ist doch ganz einfach. Wir gehen eben in die entgegengesetzte Richtung«, meinte die Bisamratte.
Und um die Richtigkeit seines Vorschlags zu beweisen, drehte sich Morley mit ausgestreckten Pfoten um und ging ganz langsam in die Richtung, aus der er glaubte gekommen zu sein. Doch schon nach zwei Schritten machte er eine sehr schmerzhafte Bekanntschaft mit einem Baum. Er tastete, erst nach der einen, dann nach der anderen Seite – nichts als Bäume. Eine unüberwindliche Barriere.
»Das muß der verkehrte Weg sein«, rief er und versuchte, seine Enttäuschung zu verbergen. »Ich versuche es noch einmal. Ja, der muß es sein.«
»Du kannst dir das Theater sparen«, riet ihm Granny. »Wir gehen weiter. Und sonst gar nichts.«
»Unsinn!« schnaubte Morley. »Wir sind in den Wald hineingekommen, also muß es auch wieder einen Weg hinaus geben.«
Inzwischen war er gegen die nächste Wand aus Bäumen gelaufen, genau wie vorher.
»Da! Der Weg muß es sein!« schrie er jetzt von Panik ergriffen.
»Hier! Hier! Du Knallkopf!« blaffte Stump. »Du trampelst auf meinen Pfoten herum. Reg dich nicht so auf. Es ist stockfinster. Wir sind in einem verzauberten Wald, mit allem möglichen drin. Warum enervierst du dich? Das ist alles ganz normal und erst der Anfang, alter Junge.«
Stump wollte seinem Freund einen beruhigenden Klaps geben,

aber die Bisamratte war schon wieder an der nächsten Baumwand gelandet.
»Verlier den Kopf nicht«, mahnte Basil. »Wir werden doch nicht so dumm sein und hier herumstolpern. Granny hat gesagt, es gibt nur eine Möglichkeit: nämlich weiterzugehen. Und das tun wir auch.«
»Ich will nicht mehr weitergehen«, jammerte Morley. »Ich will hier raus!«
»Halt den Mund!« befahl Bramble, »und zwar sofort! Du machst den Kindern Angst.«
»Das ist mir egal. Ich habe die Nase gestrichen voll. Ich wurde von Mörderwölfen gebissen, von Olwin mißbraucht, und ich will damit nichts mehr zu tun haben.«
Jetzt redeten alle auf den armen Morley ein, doch da erhob Blackpaw seine mächtige Stimme und sagte über den Lärm hinweg: »Das ist doch auch nicht schlimmer als die unterirdischen Gänge in Grannys Bau. Komm, Junge. Damals warst du doch so tapfer. Wir müssen jetzt zusammenhalten, mehr als je zuvor. Wir brauchen deine Hilfe. Du mußt Bramble als Schwertträger ablösen. Wir zählen auf dich.«
Die Stimme des jungen Dachses hatte sehr beruhigend und vertraueneinflößend geklungen. Bramble war ihm dankbar dafür und fürchtete sich nicht mehr so.
»Das ist es. Hier, Morley. Nimm das Schwert und meinen Platz ein. Bleib immer in der Nähe.«
Widerstrebend ließ sich Morley von dem Otter das Schwert in die Pfote drücken.
»Mir gefällt diese Schwärze trotzdem nicht. Es ist nicht so, als wäre ich in einem unterirdischen Gang. Es ist schlimmer, weil ich weiß, daß um mich herum lauter Bäume stehen und es nicht Nacht ist.«
»Das ist eben der Dornenwald«, sagte Stump. »Und hier scheint es ganz natürlich zu sein, weil andere Gesetze herrschen. Vielleicht ist hier Tag, wenn bei uns Nacht ist, und wir können dann weitergehen. Das würde für diesen verruchten Wald sogar einen Sinn ergeben.«

»Granny, kennst du den Weg?« fragte Bramble.
»Es gibt nur eine Richtung. Man muß dorthin gehen, wo keine Bäume wachsen«, sagte sie und tastete sich vorsichtig vorwärts.
»Wir halten uns besser an den Pfoten«, schlug Bramble vor.
Kaum gesagt, getan. Und alle fühlten sich so sehr viel sicherer. Morley, der der letzte war, gefiel diese Reihenfolge nicht besonders, denn er hatte nur einen, an dem er sich festhalten konnte. Einen winzigen Moment hatte er den Eindruck, etwas berührt zu haben.
»Es war nur ein Baum«, sagte er sich, »einer dieser alten Bäume.« Und doch konnte er das Gefühl nicht loswerden, daß dieses Ding sich bewegt hatte, als er seine Pfote ausstreckte, weil er vergessen hatte, daß er ja der letzte war.
»Wahrscheinlich habe ich mich selbst in diesen Zustand hineingesteigert«, sagte er diesmal laut. Acorn hatte ihn gehört.
»Welchen Zustand, Morley?«
»Ach, es ist nicht nur diese Finsternis. Ich komme mir vor, als wäre ich vollständig eingeschlossen.«
»Ich tue so, als wäre ich in meinem gemütlichen Bau«, gab das Eichhörnchen obenhin zurück.
»In einem Bau? Da habe ich dieses Gefühl nie. Und das Schlimmste ist, ich weiß, daß wir mitten im Dornenwald sind.«
»Verlier die Nerven nicht, alter Junge. Sobald es draußen dunkel wird, wird es hier hell«, spottete Stump, der vor Ash mit den Babys einherstapfte.
Jeder hatte sich jetzt so weit beruhigt, daß sie ganz gut vorankamen.
»Wenn wir doch nur Licht genug hätten, um die Karte zu lesen, Granny«, sagte Bramble bedauernd. »Ich wüßte gern, ob Gruff irgend etwas in der Art darauf vermerkt hat.«
»Ich glaube nicht, daß das auf der Karte steht«, antwortete Granny. »Wie soll man schon Finsternis auf einer Karte eintragen? Oder das Gefühl, erblindet zu sein.«
»Wie konnten sie dann dem Mondzeichen folgen? Der ganze Weg durch den Dornenwald ist mit diesem Zeichen markiert.«
Granny dachte einen Augenblick darüber nach, was Bramble ge-

sagt hatte. Es stimmte, Gruff hatte nirgendwo einen Hinweis über diese seltsame Nacht, die sie vollständig verschluckt hatte, eingetragen. Angst griff mit eisiger Hand nach ihrem Herzen, doch das Gefühl ging bald vorüber.

»Dann kann es nicht mehr lange dauern«, antwortete sie. »Wenn die beiden den Weg gefunden haben, werden wir ihn auch finden, und zwar mit unseren Augen.«

Die Stimme der alten Dächsin klang so überzeugend, daß Blackpaw sie beim Wort nahm: Er versuchte in der undurchdringlichen Schwärze etwas zu sehen.

Es war grausig, so durch den Dornenwald zu gehen. Die Tiere wußten, daß da Bäume standen, sie konnten sie spüren und hörten den Wind in den Kronen, hoch über sich, rauschen.

Bramble sog die verschiedenen Düfte ein – den schweren Geruch von Moschus, der aus dem Unterholz kam. Die Bäume rochen grün und dunkelgrau, und ihm schien, als könnte er auch den Herbst und den kommenden Winter riechen.

Doch nicht einen kalten Winter voller Eis und Schnee, sondern eine milde Jahreszeit – so, wie er sie in seiner Jugend kennengelernt hatte –, weiche Schneeflocken, die sich wie kleine Sternchen in seinen Pelz setzten, und berauschende schillernde Farben, wenn er, die Nase voran, seine Rutschbahn hinabglitt. Das war die Sorte Winter, wo man lange Nachmittage zusammen mit Freunden Tee trank oder die stillen Wälder durchstreifte und der Schnee sanft unter den Pfoten knirschte und der Atem wie kleine Rauchwölkchen aus den Nüstern stob.

Diesen Winter konnte Bramble riechen, und er fragte sich, ob sie diesem verfluchten Drachenwinter nun für immer entronnen wären.

»Glaubst du, daß wir weit genug gegangen sind, um den Drachenwinter hinter uns zu haben, Granny?« fragte er laut.

»Das weiß ich nicht. Aber ich kann riechen, was du meinst. Ein goldener Herbst, voller Früchte und herrlicher Ausflüge.«

»Ich rieche es auch«, sagte Basil. »Ich erinnere mich an solche Winter. Es war kalt, aber nicht bitterkalt. Und es war schön, draußen zu sein.«

»Ich weiß, was du meinst«, sagte auch Acorn. »In solchen Wintern bin ich fast nicht zu Hause. Raus aus den Federn und an die frische Luft. Und überall findet man noch etwas zu essen, ganz gleich, ob man Vorräte angelegt hat oder nicht.«
Diese Erinnerungen stimmten die Gefährten froh, und sie vergaßen fast vollständig ihre Furcht.
Bumble hatte schon lange aufgehört zu weinen und stapfte dahin, Olwins Mantel – der ihm natürlich viel zu groß war – schleifte hinter ihm her, was Cabbage mächtig ärgerte, denn er stolperte ständig darüber und beklagte sich.
»Hört endlich auf damit, ihr beiden!« schimpfte Branch.
Branch wollte gerade ihren Sohn noch einmal zur Ordnung rufen, als überall Lichtblitze um sie herum explodierten und ein fürchterlicher Donnerschlag sie taub werden ließ. Die Tiere stürzten besinnungslos zu Boden.

36. Ein unerwünschtes Zusammentreffen

Als die Gefährten wieder erwachten, waren sie von dem Anblick, der sich ihnen bot, völlig überwältigt. Noch geblendet von der strahlenden Helle, fanden sie sich schwer in ihrer neuen Umgebung zurecht. Hohe, grüne, im Sonnenlicht gebadete Bäume umgaben sie. Der Himmel über ihnen war blau, mit kleinen weißen Tuffwölkchen. Grillen zirpten, und Vogelgesang erfüllte die Luft.
Bramble sah sich verwundert um und blickte in die Richtung, aus der sie gekommen waren – oder vielmehr glaubte, gekommen zu sein –, und konnte keine Anzeichen irgendeiner Finsternis dort entdecken. So weit er auch blickte, überall streckten Bäume ihre mächtigen Kronen in den strahlendblauen Himmel. Nur ganz hinten konnte er einen etwas dunkleren Schatten ausmachen: Ein Durchlaß zwischen zwei Bäumen formte eine Art Torbogen.
Er schüttelte verwundert den Kopf, noch immer verwirrt, dröhnten seine Ohren, und seine Augen schmerzten von der ungewohnten Helle.

Ein fröhlich murmelnder Bach floß in der Nähe durch eine kleine Lichtung, und überall blühten rote, gelbe und blaue Blumen. Am Rand der Waldlichtung gab es sogar ein kleines Wehr, das das Wasser des Baches dort staute.
»Wo sind wir?« stammelte Basil und versuchte, wieder einen klaren Gedanken zu fassen.
»Das weiß ich zwar nicht, aber es gefällt mir«, antwortete Morley. »Solch verrückte Sachen sind mir noch nie untergekommen. Erst kann man nicht einmal die Pfote vor Augen sehen, und dann ist da so viel Licht, daß man sie kaum aufmachen kann.«
Stump schnaubte verächtlich.
»Was habe ich dir gesagt? Wahrscheinlich ist im Dornenwald jetzt Nacht. Und die Nacht sieht hier eben so aus.«
»Dort ist die Pforte, durch die wir gekommen sind«, sagte Bramble.
»Ja. Ich kann sie auch sehen«, stimmte Acorn zu.
»Geht es dir gut, Granny?« fragte Branch und half der alten Dächsin aufzustehen.
»Ihr Götter, war das ein Schlag! Aber mir fehlt nichts.«
Blackpaw war zu dem Bach hinübergeschlendert.
»Das Wasser riecht gut. Ich bin durstig und ihr sicher auch.«
»Wo sind Cabbage und Bumble?« fragte Beryl.
»Die Babys habe ich bei mir«, antwortete Ash. »Stump ging vor mir, und hinter mir waren – wenn ich mich recht erinnere – Bumble und Cabbage.«
Also machten die Gefährten sich daran, abzuzählen, ob sonst noch jemand fehlte. Doch nur Bumble und Cabbage waren wieder einmal verlorengegangen.
»Branch, hast du Bumble gesehen, bevor dies alles geschah?«
»Nicht gesehen, aber er war da, denn Cabbage beklagte sich darüber, daß er immer über diesen Mantel stolpere.«
»Und dann passierte es«, sprach Beryl weiter. »Die beiden stritten, wie so oft. Und dann war ich hier.«
»Sie marschierten vor mir her«, bekräftigte Stump. »Wenigstens glaube ich, daß sie es taten.«

»Vielleicht sind sie dann immer noch im dunklen Teil des Waldes«, meinte Morley. »Wir könnten zurückgehen und sie suchen.«
»Das ist der einzige Ort, wo sie sein könnten«, pflichtete Blackpaw bei.
»Sie sind immer da, wo sie nicht sein sollen«, sagte Branch. »Wie üblich alberten sie herum, und jetzt haben sie uns verloren.«
»Dann gehen wir am besten zurück und rufen sie. Wahrscheinlich haben sie Angst, so ganz allein.«
»Komm, Basil, wir gehen zurück. Es kann nicht weit sein.«
Der Biber nickte, und die beiden Freunde gingen auf den Torbogen zwischen den Bäumen zu. Während sie näher kamen, konnten sie sehen, daß es dahinter dunkel war, aber die Finsternis bildete nur eine Art Tunnel, rechts und links der Bäume war es hell.
»Sieh dir das an«, wunderte sich Basil.
Er ging zu einem der riesigen Stämme und schaute dahinter. Bramble hatte dasselbe auf der anderen Seite gemacht, und als er aufsah, stand er vor Basil, und vor ihnen erstreckte sich die kleine Lichtung mit dem plätschernden Bach, von der warmen Sonne überstrahlt.
»Könnt ihr uns sehen?« rief Basil den anderen zu.
»Ja«, riefen die Tiere im Chor.
»Seid vorsichtig«, warnte Branch. »Wir wollen euch nicht auch noch verlieren.«
Bramble war wieder vor einen der Mammutbäume getreten. Und dort, wo eigentlich auch Wald sein sollte, entdeckte er ein gähnendschwarzes Loch am Boden, das aber seltsamerweise nicht in die Tiefe, sondern gen Himmel führte.
»Wir sollten lieber Granny fragen, was das zu bedeuten hat«, sagte er nach langem Nachdenken zu Basil, der jetzt neben ihm stand.
»Die beiden Kerlchen sind da drin«, entgegnete Basil dickköpfig.
»Das wissen wir nicht. Und wir wissen auch nicht, um was es sich bei diesem Ding überhaupt handelt.«

Granny und Blackpaw gesellten sich zu ihnen.
»Hier ist die Karte. Vielleicht hat Gruff etwas über die seltsamen Geschehnisse darauf vermerkt.«
Die alte Dächsin breitete das abgegriffene Pergament sorgfältig aus, und Blackpaw legte Erinoults Schwert darauf, damit der Wind die Karte nicht wegwehte. Dann knieten sich die vier nieder und studierten die Karte.
»Ich kann nichts entdecken, das dem Weg ähnelt, den wir gekommen sind«, sagte Granny schließlich.
»Ich auch nicht«, stimmte Blackpaw zu, die Stirn sorgenvoll gerunzelt.
Die übrigen Tiere waren jetzt gekommen und blickten den anderen über die Schulter.
»Nun, auf diese Weise werden wir wohl nie erfahren, wo Bumble und Cabbage geblieben sind. Wenn niemand den Mut hat, nach ihnen zu suchen, tue ich es«, sagte Branch.
Sie kämpfte verzweifelt gegen ihre aufsteigende Angst an, doch dann versagte ihr die Stimme, und sie weinte fast.
»Wir finden sie schon. Mach dir keine Sorgen«, tröstete sie Morley. »Sie können doch nicht weit sein.«
»Natürlich nicht«, entschied Bramble. »Ich wollte mich nur vergewissern, ob irgend etwas Brauchbares über dieses schwarze Loch auf der Karte eingezeichnet ist.«
»Wirklich, sehr finster«, meinte Blackpaw, der in die Schwärze starrte.
Stump hatte sich neben den jungen Dachs gestellt und blickte ebenfalls in das Loch.
»Ich kann etwas erkennen!« rief er ganz aufgeregt. »Ich glaube, da sind Bäume.«
Jetzt eilten alle herbei und wollten einen Blick erhaschen.
»Man kann Umrisse erkennen, wie in Mondlicht getaucht.«
»Komm endlich«, sagte Bramble. »Wir müssen die Kinder zurückholen. Sie wundern sich sicher schon, wo wir bleiben.«
Bramble atmete tief ein und stieg in das Loch, Basil folgte dicht hinter ihm. Kaum hatten sie sich ein paar Schritte vorwärtsgetastet, wurde es dunkel, und ein schrecklicher Lärm drang an ihre Ohren.

Doch der Lärm wurde bald weniger, und Brambles Augen gewöhnten sich an die Dunkelheit. Er wandte sich zu seinem Freund um.

»Sieh mal! Ich kann Granny und Blackpaw sehen. Und Branch auch.«

»Da ist Beryl«, sagte der Biber, »aber sie sehen alle so komisch aus.«

»Es ist, als ob man jemanden unter Wasser sieht«, meinte Bramble. »Von hier aus wirkt alles viel dunkler.«

»Aber das ist es nicht.«

»Nein, das wissen wir ja.«

»Ich frage mich, was dieser Lärm zu bedeuten hatte, als wir hier durchgingen«, sagte Basil. »Ich dachte, meine Ohren würden platzen.«

»Das weiß ich auch nicht. Aber schließlich sind wir ja in diesem verzauberten Dornenwald.«

»Wir wollen uns beeilen und die Kinder suchen. Es gefällt mir hier überhaupt nicht.«

»Nein, mir auch nicht«, stimmte Bramble zu. Ihn fröstelte, und er versuchte sich zu erinnern, wie das Gefühl der warmen Sonne auf seinem Pelz, noch vor wenigen Minuten, gewesen war.

»Cabbage! Bumble!« rief Basil laut.

Auch Bramble rief und versuchte, seine Stimme sorglos klingen zu lassen, damit die Kinder keine Angst hätten.

»Wir dürfen den Eingang nicht aus den Augen verlieren«, warnte Basil. »Der Gedanke, daß wir nicht mehr umkehren könnten, gefällt mir überhaupt nicht.«

Bramble hielt im Gehen inne.

»Vielleicht sollte einer von uns hierbleiben, und der andere hält Ausschau?«

Eben noch war Basil sich ganz sicher gewesen, den Eingang, der die beiden Wälder trennte, gesehen zu haben, doch jetzt konnte er nur noch dunkle, schattenhafte Bäume ausmachen.

»Sieh mal!« rief er und hielt die Pfote des Otters erschrocken fest.

Von Panik ergriffen rannten die beiden zurück, und sie atmeten

erleichtert auf, als sie ganz, ganz schwach den Eingang wieder erkennen konnten.
»Ich dachte schon, er wäre verschwunden«, sagte Basil erleichtert.
»Ja, mir ging es genauso. Kein Wunder, daß die Kinder hinter uns zurückgeblieben sind. Dieser Eingang ist leicht zu verfehlen.«
»Doch wenn man ihn einmal gefunden hat, ist es nicht schwer«, antwortete der Biber.
»Wo können sie nur sein?« fragte Bramble und schnupperte nach den beiden Kerlchen.
Es war schwierig, eine Spur von ihnen zu entdecken, denn die Düfte des Dornenwaldes waren schwer und drückend. Der Otter konnte den bitteren Geruch der uralten Bäume riechen, und das alles wurde von einem Hauch nach Moder überdeckt, weil hier niemals die Sonne schien.
»Kein Wunder, daß alle Tiere in dem anderen Wald leben«, sagte Bramble laut. »Dieser Ort ist eher deprimierend.«
»Jetzt wird es dunkler«, sagte Basil und deutete voraus.
»Ich frage mich, warum wir diesen Wald nicht schon vorher entdeckt haben.«
»Das kommt durch die Dunkelheit. Man kann ihn ja nur sehen, wenn man direkt vor dem Eingang steht. Und nach ein paar Schritten glaubten wir, uns schon wieder verirrt zu haben.«
Bramble schüttelte den Kopf.
»Trotzdem. Wo können die Kinder nur sein? Ich glaube nicht, daß sie weggelaufen sind.«
Der Biber drehte sich erschreckt um.
»Glaubst du, Olwin und die Mörderwölfe sind ihnen gefolgt?«
Brambles Herz zog sich schmerzhaft zusammen.
»Diesen Gedanken habe ich einfach fortgeschoben. Wie haben sie uns denn folgen können? Außerdem hätten sie sich nicht ruhig verhalten.«
»Aber Olwin hätte es getan«, erwiderte der Biber.
»Und Olwin hat es getan!« donnerte eine Stimme hinter den entsetzten Tieren.

Sie schnellten herum und standen vor dem Rotbärtigen. Er lächelte bösartig.
»Da haben wir uns also wieder getroffen. Wie schön. Doch wo bleiben eure Manieren? Begrüßt man so den Wahren König?«
»Ihr seid es, wahrhaftig!« riefen die beiden Freunde wie aus einem Munde. »Wo sind unsere Söhne?«
»Ah! Ihr habt also bemerkt, daß ich meine ungetreuen Vasallen wieder zu mir gerufen habe? Diese beiden Nichtsnutze haben mir ganz schön zu schaffen gemacht. Sie glaubten meine Macht zu brechen, indem sie mir meinen Mantel stahlen.«
Mit der ihm eigenen typischen Geste warf Olwin den Kopf zurück und lachte sein hartes Lachen.
»Sie sind wie ihr. Ihr dummen Tiere glaubt alles, was man euch sagt. Eure Sprößlinge hörten mich über den Mantel der Macht reden und glaubten, es handele sich um den Mantel, den ich trage. Doch das ist ein ganz anderer. Aber eigentlich ist nur wichtig, daß ich eure beiden Bälger in sicherem Gewahrsam habe und kurz vor meinem endgültigen Sieg stehe – dem Triumph aller Zeiten.«
»Gebt uns die Kinder«, sagte Bramble fest entschlossen. »Wir wollen mit Euch nichts mehr zu tun haben. Bereinigt Eure Angelegenheiten mit Old Bark ohne uns. Wir wollen nur unsere Ruhe haben und wieder ungestört eine neue Siedlung errichten.«
Olwin lachte wieder böse.
»Ist das alles, Meister Otter? Du scheinst nur etwas Wichtiges vergessen zu haben. Du bist noch nicht vor dem Wahren König niedergekniet und hast dich auch noch nicht für deine Aufsässigkeit entschuldigt.«
Brambles Nackenhaare sträubten sich, und er verkrampfte die Pfoten, aber er wußte: Er mußte tun, was der Mann verlangte.
»Es tut uns leid, Herr«, sagte er, und die Worte hinterließen einen bitteren Geschmack in seinem Mund.
»Nun, knie nieder!« befahl Olwin, »bis ich dir erlaube, wieder aufzustehen.«
Die beiden Freunde knieten, und während sie knieten, hörten

sie Bumble und Cabbage rufen. Basil wollte aufstehen, wurde jedoch von Olwin wieder in die Knie gezwungen.
»Das ist genug! Wenn ihr das Leben dieser Nichtsnutze retten wollt, tut, was ich sage!«
Basil sank zu Boden, während Olwin weitersprach.
»Hört mir gut zu! Steht auf! Ihr werdet mich zu dem Eingang führen, durch den ihr diesen Wald betreten habt. Und ihr schweigt, wenn ihr eure Freunde trefft. Ihr sagt nur, daß die Kinder euch folgen, sonst nichts. Habt ihr mich verstanden?«
Bramble und Basil nickten.
»Bewegt euch!«
Sie hörten das leise Weinen ihrer Söhne, zwangen sich aber weiterzugehen. Wieder durchschritten sie die Dunkelheit, bis sie blinzelnd im hellen Sonnenlicht standen, direkt vor den besorgten Freunden.
Und da entdeckten sie ein neues Gesicht, ihnen völlig unbekannt, aber es lächelte sie freundlich an.

37. Olwin reißt die Macht an sich

Bramble kam es vor, als würde die Sonne im Wald heller scheinen als vorher. Basil verneigte sich feierlich und stand dann stocksteif da.
Die anderen Tiere hatten sich in einem Halbkreis um die edle grauhaarige Gestalt eines alten Bären versammelt.
»Old Bark«, flüsterte Bramble schließlich. Tränen der Rührung schossen ihm in die Augen.
Basil wollte schon mit der Nachricht herausplatzen, daß Olwin ihnen folgte und die Kinder gefangengenommen hatte, doch Old Bark nickte nur.
»Ich weiß es schon«, sagte er einfach. »Meister Olwin wird bald hier sein. Er hat sehr lange auf diesen Augenblick gewartet.«
Die Stimme des Bären war tief und sanft. Sie tilgte alle Furcht aus den Herzen der Tiere.
»Und was sollen wir tun?« fragte Branch.

»Wir tun, was er verlangt«, erwiderte Old Bark.
»Auch wenn es schlecht ist?« fragte Morley ärgerlich.
»Es wird sicher nicht angenehm sein«, gab der Bär zu. »Doch am Ende wird alles gut werden. Wir haben schon viele Streitigkeiten gehabt, Olwin und ich, und seit langen Jahren sind wir uns nicht mehr Auge in Auge gegenübergestanden.
»Er kann sich in einen Hirsch verwandeln«, warnte Stump, »einen sehr großen.«
»Aber nicht so groß wie Ihr«, sagte Morley. »Niemand ist so groß, wie Ihr es seid.«
Die Bisamratte stellte sich auf die Hinterpfoten und sah bewundernd den alten Bären an.
»Es gibt sicher Dinge, die genauso groß wie ich sind«, entgegnete Old Bark sanft. »Der Eine hat allen Lebewesen und Dingen ihren Platz zugewiesen, vom Geringsten bis zum Größten. Und manchmal ist der Kleinste der Wichtigste. Körpergröße ist unwesentlich und sagt nichts über den inneren Wert aus.«
Old Bark schüttelte das graue Haupt.
»Nein. Jetzt können wir ihm nicht entkommen, denn seine Stunde ist nah, so wie es schon öfter in der Vergangenheit geschah. Es ist Zeit, abzurechnen.«
»Werdet Ihr ihn erschlagen?« fragte Ash und hielt ihre Babys fest umklammert, weil die beiden unbedingt das silberne Fell des Bären berühren wollten.
»Olwin erschlagen?«
Old Bark hob seine große Tatze und gab dem Eichhörnchen einen freundschaftlichen Klaps. Er lachte.
»Das würde alles nur noch schlimmer machen.«
Er lachte wieder, diesmal leiser, dann wurde er ernst.
»Nein. Wir werden Olwin nicht erschlagen. So soll es nicht sein, denn er dient nur seinem Zweck, so finster er auch ist, in den Ländern hinter dem Dornenwald.«
»Er will sich Eures Reichs bemächtigen!« platzte Stump heraus.
»Ja. In der Tat, das will er.«
»Und er will Euren Mantel haben«, fügte Basil hinzu. »Jedenfalls haben das die Kinder gesagt.«

»Danach wird er fragen«, bestätigte Old Bark. »Und er soll ihn haben.«
»Heißt das, Ihr ergebt Euch einfach? Und überlaßt ihm alles?« rief Branch entsetzt.
Granny, die bislang geschwiegen hatte, ergriff das Wort.
»Ich glaube, ich fange an, Euch zu verstehen. Ihr kämpft, indem Ihr überhaupt nicht kämpft.«
Old Bark sah die alte Dächsin an.
»So ähnlich ist es. Ja, auf die Weise kann man es auch betrachten.«
Er lächelte sie an.
»Vor langen Jahren hatte ich das Vergnügen, ein oder zwei Abende in der Gesellschaft deines Mannes zu verbringen. Ein sehr gescheiter Bursche. Er hieß Gruff, wenn ich mich recht erinnere.«
Granny traten Tränen in die Augen.
»Er sprach nur in höchsten Tönen über Euch, wenn er überhaupt sprach. Denn im Grunde seines Herzens war er sehr verschwiegen.«
Old Bark lachte wieder, ein dunkles, tiefes Lachen, das die Tiere aufleben ließ.
»So. Verschwiegen war er? Nun, es ist ziemlich schwierig zu erklären, wie die Dinge hier sind. Ja, fast unmöglich, würde ich sagen, wenn jemand noch nie seinen Fuß in den Dornenwald gesetzt hat.«
Plötzlich fielen Bramble wieder Olwin und die Kinder ein.
»Aber was sollen wir tun? Er hat Bumble und Cabbage gefangengenommen. Außerdem gehorchen ihm die Mörderwölfe.«
Old Bark runzelte die Stirn.
»So? Sind sie immer noch bei ihm? Arme Kreaturen. Jetzt sind sie noch schlimmer dran als in ihrer Heimat, hoch oben im Norden.«
»Ihr sprecht, als ob sie Euch leid tun«, sagte Basil. »Aber uns haben sie ziemlich zugesetzt, und wir sind ihnen mehr als einmal nur mit knapper Not entkommen.«
»Das bezweifle ich nicht. Doch sie hätten niemals die Nordlän-

der verlassen dürfen. Aber Olwin hat sich zu ihrem Meister ernannt und sie aus ihrer Heimat vertrieben, weil er sie für seine finsteren Pläne mißbrauchte.«
»Was will er denn?« fragte Blackpaw. »Fast hätte er mich zu seinem Verbündeten gemacht, doch ich konnte nie herausfinden, welches seine Pläne eigentlich sind.«
»Oh, darin versteht er sich sehr gut – Verbündete zu gewinnen. Ich würde mich an deiner Stelle nicht mehr darüber aufregen. Olwin ist schlau und mächtig. Er erkennt sofort die schwache Stelle eines jeden und nutzt sie aus.«
Der Dachs wurde sehr verlegen.
»Genau das hat er mit mir gemacht. Wahrscheinlich wußte er, daß meine Familie mich ausgestoßen hatte.«
Aller Blicke hefteten sich auf den unglücklichen Dachs.
»Du wurdest ausgestoßen?« fragte Basil.
»Kein Wunder, daß du dich uns angeschlossen hast«, sagte Morley unüberlegt.
»Das ist doch alles Vergangenheit. Ich wollte ihr Anführer werden und verlor die Wahl, deshalb hielten sie es für besser, wenn ich ein Jahr woanders verbringen würde. Ich kann jederzeit zu ihnen zurückkehren.«
»Das brauchst du jetzt nicht mehr«, sagte Granny liebevoll. »Du hast nun eine neue Familie.«
»Und ich glaube nicht, daß du den Wunsch hast, zurückzukehren. Nach allem, was geschehen ist«, meinte Old Bark. »Eine Lektion, die man einmal gelernt hat, vergißt man nie wieder.«
Da erhob sich ein brausender Wind und schüttelte die Baumkronen, und Donnergrollen ließ den Boden erzittern. Heiße, von Blitzen durchzuckte Nebelwolken trieben über die Lichtung; und im nächsten Moment erschien Olwin, mit jeder Hand hielt er einen der beiden kleinen Kerlchen fest am Genick gepackt.
»Willkommen, Bruder«, sagte Old Bark höflich, als sich Olwins Augen an das helle Licht gewöhnt hatten.
Der Rotbärtige wirkte in der Sonne bleich und klein. Sein roter Mantel war verblichen.

»Heißt Euch doch selbst willkommen«, gab Olwin barsch zurück.
»Es ist eine ganze Weile her, seit wir eine Gelegenheit zum Plaudern hatten«, sprach Old Bark weiter, ohne auf Olwins Unverschämtheit einzugehen.
»Daran tragt Ihr selbst die Schuld. Ihr habt den Dornenwald unpassierbar gemacht, eine verfluchte Tat.«
»Ihr ward zu voreilig, Olwin. Diese Wölfe hatten außerhalb ihrer Grenzen nichts verloren.«
»Ich brauchte ihre Kampfkraft. Und jetzt werden sie das Reich hinter dem Dornenwald erobern.«
»Darauf werden sie lange warten müssen. Sie gehören in den Norden, und dorthin sollte man sie auch wieder zurückschicken. Hier stören sie nur das Gleichgewicht.«
»Oh, das könnte Euch so passen, nicht wahr? Ich schicke die Wölfe zurück, und wir werden Freunde. Und dann werdet Ihr mich wahrscheinlich bitten, meine Pläne aufzugeben und dahin zurückzugehen, wo ich herkam?«
Der Bär nickte. »Ihr kennt meine Absichten sehr gut, Olwin.«
»Da muß ich Euch leider enttäuschen. Ich habe nicht die geringste Lust, mich wieder von Euch überlisten zu lassen. Das ist Euch oft genug in der Vergangenheit gelungen. Warum habt Ihr mir nie erzählt, daß Ihr Euch in einen Bären verwandeln könnt? Das habe ich erst von diesen dummen Tieren hier erfahren.«
»Ihr habt mich nie danach gefragt«, antwortete Old Bark.
»Jetzt ist es unwichtig geworden. Ich werde mich ein für allemal Eurer entledigen. Dann herrsche ich über den Dornenwald und das Reich dahinter.«
Bumble und Cabbage weinten und versuchten vergeblich, sich aus Olwins festem Griff zu befreien.
»Gebt uns die Kinder«, bat Bramble. »Wir tun alles, was Ihr wünscht.«
»Oh, daran zweifele ich nicht, Meister Otter. Um deinen kostbaren Sohn zurückzubekommen, würdest du mir das Blaue vom Himmel versprechen. Da gibt es aber noch etwas anderes: denn du wirst dich niemals dem Wahren König beugen.«

»Der Wahre König seid nicht Ihr«, sagte Old Bark obenhin. »Ihr könnt tun, was Ihr wollt, seinen Platz werdet Ihr niemals einnehmen, Olwin.«
»Lügner!« schrie der Rotbärtige außer sich vor Wut und hielt die beiden Kerlchen am Genick in die Höhe.
»Ihr wollt also diese elenden Bälger unversehrt zurückhaben?« fragte er, ein widerliches Lächeln im Gesicht.
Old Bark blickte den Mann unverwandt an, sagte aber nichts.
»Ich weiß, der Tod hat in Eurem Reich keinen Platz. Das weiß ich nur zu genau. Ihr seid nichts als ein weichherziger Dummkopf, der sich in Dinge mischt, die ihn nichts angehen. Ihr werdet meiner Forderung nachgeben. Zum fairen Kampf seid Ihr zu feige.«
»Nein, kämpfen werde ich nicht«, sagte Old Bark. »Das ist nicht meine Aufgabe. Sie war es einmal, vor langer Zeit, aber jetzt nicht mehr.«
Unruhe ergriff die Tiere, und Beryl und Branch weinten, als sie ihre Söhne in den Händen des grausamen Mannes sahen.
»Was wünscht Ihr, Olwin? Und merkt Euch eins: Unsere Differenzen haben nichts mit diesen Tieren hier zu tun. Gebt mir Euer Wort, daß Ihr sie in Ruhe laßt, wenn ich Eure Bedingungen erfülle.«
Olwin wandte sich an die Gefährten.
»Seht nur euren teuren Old Bark!« sagte er höhnisch. »Wie er euch hilft. Habt ihr ihn gehört? ›Gebt mir Euer Wort, daß Ihr sie in Ruhe laßt, wenn ich Eure Bedingungen erfülle.‹ War dieser Feigling denn die Mühen eurer Reise wert?«
Olwin spie vor Old Barks Füße.
»Ich würde Euch ja bitten, Euch wieder in einen Menschen zu verwandeln, aber so gefallt Ihr mir besser.«
»Er darf den Kindern nichts tun!« rief Beryl. »Handelt doch endlich!«
»Er kann ja gar nichts dagegen unternehmen, du schleimige Wasserratte. Nur durch seine faulen Tricks hat er mich in der Vergangenheit besiegt. Nie ist er mir im fairen Kampf gegenübergestanden. Nichts als Verrat und Arglist, das sind seine Werkzeuge. Doch dieses Mal ist alles anders.«

»Ihr könnt die Kinder jetzt loslassen«, sagte Old Bark ruhig. »Ich tue, was Ihr wollt. Ihr habt mein Wort darauf.«
Olwin lachte böse.
»Nein, nein, Meister Old Bark. Das könnte Euch heute so passen. Ich werde meine geringen Kräfte einsetzen, um Euch endgültig zu besiegen. Und erst dann werde ich mich um diese miserablen Tiere kümmern. Vielleicht lasse ich sie am Leben, vielleicht auch nicht.«
»Was können wir denn tun?« rief Basil.
Old Bark schüttelte den Kopf und sagte leise: »Überlaßt das mir. Und sorgt euch nicht. Die Dinge sind nicht immer, was sie scheinen.«
»Ja, ja. Sprecht nur weiter und wiegt diese Tiere in Sicherheit. Macht ihnen Hoffnung. Sie werden schon bald erkennen, wer Ihr wirklich seid, wenn wir erst unser Ziel erreicht haben.«
»Und wo wäre das?« fragte Old Bark.
»Da, wo wir hingehen!« geiferte Olwin. »Packt eure Sachen! Du gehst voran, Großmarschall!«
Und wieder lachte Olwin sein grausam höhnisches Lachen. Blackpaw geriet derart in Zorn, daß er nach Erinoults Schwert griff und drohend auf den Rotbärtigen zusprang.
Olwin machte einen Satz zurück und hielt die beiden hilflosen Kerlchen wie einen Schild vor sich.
»Dann mußt du sie zuerst erschlagen, Großmarschall. Und ich glaube nicht, daß deine Freunde dir dafür danken würden, falls sie überhaupt noch deine Freunde sind.«
Nur mühsam konnte Blackpaw seine Fassung wiedererlangen; er senkte die leuchtende Klinge. Er zitterte vor Wut.
»Laß ihn gehen, du guter Dachs«, sagte Old Bark. »Das ist nicht deine Angelegenheit.«
»Du kannst nicht mit ihm kämpfen, wenn er die Kinder hat, Blackpaw«, sagte Bramble. »Laß es gut sein.«
»Guter Junge! Guter Junge!« spottete Stump. »Wir halten zu dir!«
»Siehst du, Großmarschall? Du hast ihre Zuneigung gewonnen, ganz wie ich es dir prophezeit habe. So wie alles eintrifft, was ich sage.«

Olwin lächelte grausam.
»Nun sei so gut und gib mir das Schwert!«
Blackpaw starrte Olwin finster an, dann warf er ihm das Schwert nachlässig vor die Füße.
»Was soll das?« sagte der Rotbärtige und nahm sein verlorengegangenes Beutestück wieder an sich.
»Hört endlich mit Eurem Geschwätz auf!« rief Morley. »Jetzt habt Ihr die Oberhand, aber wir können warten.«
Olwins Züge verhärteten sich.
»Und wie gefällt euch das?« fragte er, hob Bumble in die Höhe und wirbelte ihn herum.
Cabbage setzte er auf den Boden. Aus dem Nichts erschien ein Käfig, und er schob den um sich schlagenden kleinen Biber hinein.
Dann setzte er das Schwert an Bumbles Kehle.
»Und jetzt werdet ihr alle sagen: ›Ich bin nichts als ein gemeines Tier, und es tut mir leid, mich gegen den Wahren König erhoben zu haben.‹ Schwört mir Treue! Dann soll dieser kleine Bastard hier leben! Schwört! Sofort! Ihr alle!«
Die Freunde murmelten widerwillig, wie ihnen geheißen.
»Noch einmal! Lauter!« sagte Olwin. »Und Eure Stimme will ich auch hören, Old Bark!«
Der große Bär tat, was Olwin von ihm verlangte, und schließlich setzte der Rotbärtige Cabbage zu Bumble in den Käfig.
»Und jetzt brechen wir auf zu unserem letzten und gewagtesten Unternehmen«, spottete Olwin.
»Wohin gehen wir?« fragte Bramble.
»Zu den Wasserfällen«, erwiderte Olwin. »Wir wollen doch einmal sehen, wie gut unser Freund schwimmen kann.«
Olwins Hohngelächter erfüllte die Tiere mit Schrecken, und sie sahen mit Entsetzen, wie er den großen silbernen Bären mit Füßen trat.
Sie sprachen kaum, während sie ohne Hoffnung dahintrotteten, auf einen felsigen Hügel zu, wo eine Baumgruppe wuchs. Dahinter erstreckte sich eine weite, grüne Ebene.
Als sie näher kamen, wurde das Geräusch des tosenden Wasser-

falls immer lauter. Von großer Höhe stürzte er mit ohrenbetäubendem Lärm über Felsen in die Tiefe.

38. Die Wasserfälle

Während der endlos scheinenden Reise von der kleinen Lichtung, wo sie Old Bark getroffen hatten, bis zu den Wasserfällen wurden die Tiere immer verzweifelter. Olwin schlug nach Old Bark und beleidigte ihn auf übelste Weise. Auch erschütterten sie die jammervollen Schreie von Bumble und Cabbage in ihrem Käfig, den der Rotbärtige nachlässig über der Schulter trug.
Bramble war nahe daran, in völliger Hoffnungslosigkeit zu versinken. Nur unter Aufbietung aller seiner Willenskraft konnte er eine Pfote vor die andere setzen. Branch folgte ihm schluchzend, und hinter ihr ging Beryl, die ganz ungeniert weinte. Stump schwieg, was sehr ungewöhnlich für ihn war, aber ihm war nicht mehr nach Reden zumute, denn er hatte jede Hoffnung, mit dem Leben davonzukommen, verloren.
Während sie sich dahinschleppten, drehte sich Olwin nach Granny um: »Gefällt dir das nicht, Alte? Jetzt bist du doch in deinem geliebten Wald, mit diesem Schurken von Bären, zahm wie ein Lämmchen. Niemandem tut er etwas zuleide. Habe ich nicht vor ein oder zwei Tagen gesagt, daß ich Old Bark die Krallen ziehen würde? Und daß er bitter bezahlen müßte für das, was er mir angetan hat?«
Der Rotbärtige trat den Bär verächtlich mit seiner Stiefelspitze.
»Jetzt werdet ihr alle Zeugen sein, wie es jemandem ergeht, der sich gegen den Wahren König stellt.«
»Ihr könnt immer noch Eure Meinung ändern, Olwin«, sagte der Bär mit ruhiger Stimme.
Bramble hatte noch nie eine derartige Selbstbeherrschung bei einem Tier beobachtet.
Olwin lachte rauh.
»Ach, so geht das jetzt? Ihr seid völlig in meiner Hand und wollt mir gute Ratschläge geben?«

Olwins Bart färbte sich dunkelrot.

»Es gibt immer noch das Gesetz«, erinnerte ihn Old Bark, ernster diesmal.

»Das Gesetz ist nur für Schwache da.«

»Nein. Für jedes Lebewesen, Bruder. Ihr habt es wieder und wieder gebrochen, doch Euch kann vergeben werden, wenn Ihr nur darum bittet.«

»Soll ich um Vergebung betteln, weil ich siegreich bin? Niemals. *Ich* bin jetzt das Gesetz und die Ordnung aller Dinge.«

Der Bär nickte ernst.

»Ihr habt nicht einmal so unrecht. Denn auch Ihr seid ein Teil des Gesetzes. Aber wir alle müssen ihm gehorchen, sonst sind wir verloren.«

»Und Ihr habt Euren Verstand verloren, wenn Ihr glaubt, daß ich Euch freilasse nach all diesen unendlichen Schwierigkeiten, hierherzugelangen.«

Olwin schüttelte vehement den Kopf.

»Nein, nein, mein Freund. Ihr irrt Euch gründlich, falls Ihr glaubt, ich würde meinen Vorteil noch einmal aufs Spiel setzen.«

»Ihr brauchtet keine Gewalt anzuwenden, um hierherzukommen. Alle Geschöpfe, ganz gleich woher sie kommen oder was sie getan haben, sind willkommen. Auch das ist das Gesetz.«

»Ihr sprecht, als hättet Ihr es verfaßt! Aber es geht mich nichts an. Es ist nicht mein Gesetz. Ich mache mein eigenes und folge dessen Richtlinien.«

»Das ist jedem gestattet«, nickte der Bär. »Denn nur auf diese Weise finden wir zu uns selbst und erkennen schließlich, daß wir den falschen Weg eingeschlagen haben, denn die Frucht dieses Bestrebens ist einzig und allein Einsamkeit.«

»Was wißt Ihr schon davon?« höhnte Olwin. »Ihr habt doch immer nur wie die Made im Speck gelebt, gehätschelt und verwöhnt von Euren Untertanen, während ich gelitten habe. Halbverhungert irrte ich unter Menschen und Tieren umher; nie habe ich ein Heim mein eigen genannt. Es ist kein Wunder, daß ich Euch von Eurem Thron stoße, um endlich einmal in Frieden zu leben.«

»Wie ich schon sagte: Ihr seid immer willkommen, Olwin. Nicht ich habe Euch aus meinem Reich ausgestoßen.«
»Wo sind wir?« fragte Bramble, nachdem er eine ganze Weile zugehört hatte.
»Im Dornenwald, auf dem Weg zu den Wasserfällen«, antwortete Old Bark.
»Aber Ihr sprecht, als wären wir ganz woanders«, sagte Morley scheu. »An irgendeinem ganz besonderen Ort.«
»Ja. Das stimmt auch«, nickte der Bär.
»Jetzt wißt ihr endlich, warum ich dieses Reich so lange belagert habe«, brüstete sich Olwin. »Hier lebt es sich am besten. Ich habe es satt, mich immer nur mit den Resten zu begnügen.«
»Ihr könnt alles haben, was Ihr wünscht«, sagte Old Bark. »Ihr braucht nur darum zu bitten.«
»Ich bitte niemanden um irgend etwas!« tobte Olwin. »Ich nehme mir, was ich will. Ich kann Leute, wie Ihr es seid, nicht ausstehen! Man hat immer die Möglichkeit, sich zu nehmen, was man will. Es gehört nur Mut dazu.«
»Warum streitet Ihr?« fragte Basil. »Habt Ihr nicht gehört, was Old Bark gesagt hat? Er sagte, Ihr seid willkommen. Warum also dieser ganze Ärger?«
»Ja, ich habe es gehört«, giftete Olwin. »Oh, ich bin hier willkommen, doch nur solange ich nach *seinen* Regeln lebe. Ändern darf ich nichts. Aber ich habe meine eigenen Ideen und Gesetze und will, daß sich niemand einmischt.«
Olwin trieb Old Bark mit Erinoults Schwert an.
»Wenn er einmal nicht mehr ist, steht mir niemand mehr im Wege.«
»Nicht ich stehe Euch im Wege, Olwin«, sagte Old Bark ruhig. »Das wißt Ihr.«
»Aber Ihr werdet als erster gehen. Ihr habt mir genug Schwierigkeiten gemacht.«
»Das war nicht ich«, beharrte der Bär. »Ihr selbst seid der Grund aller Eurer Schwierigkeiten.«
»Die gibt es nicht mehr, wenn Ihr endlich nicht mehr da seid.«
»Hört auf das Gesetz, Olwin. Mir wurden der Dornenwald, die

Wasserfälle und das Reich dahinter anvertraut. Genau wie Euch die anderen Reiche anvertraut wurden.«
»Von denen ist ja nichts mehr übrig«, schimpfte der Maulwurf. »Kein Wunder, daß er sich das alles hier einverleiben will.«
»Psst, Stump!« warnte Granny.
Olwin schnellte herum und schlug den kleinen Maulwurf hart über den Rücken, so daß er böse hinfiel.
Olwins Gesicht war eine häßliche Maske.
»Ich war viel zu nachsichtig dir gegenüber, Erdwurm! Jetzt habe ich mir für dich etwas Besonderes ausgedacht. Meine Verbündeten aus den Nordländern haben noch nicht gefrühstückt, da will ich sie mit einem Leckerbissen verwöhnen. Sobald ich mit diesem Verräter fertig bin, ist die Reihe an dir.«
Basil und Acorn halfen Stump wieder auf die Beine.
Old Barks Gesicht veränderte sich, und seine Augen flammten auf, aber er rührte sich nicht und schwieg. Doch dieser Blick erfüllte Bramble mit neuer Hoffnung.
Olwin trat den Bär erneut, und der traurige Zug setzte sich wieder in Bewegung, Stump ging humpelnd zwischen Acorn und Basil, die ihn stützten.
Das Geräusch der Wasserfälle wurde jetzt mit jedem Schritt lauter, und als die Gefährten über den Kamm eines eichenbestandenen Hügels gingen, konnten sie einen Blick auf eine weitgestreckte grasbewachsene Lichtung werfen. Überall wuchsen Blumen, und dort, wo das Grün des Grases abrupt auf das Blau des Himmels traf, dort mußten die Wasserfälle sein.
Das Tosen – wenn auch jetzt erst aus der Entfernung zu hören – war gewaltig, und es erinnerte Bramble an das Geräusch, das er gehört hatte, als er zusammen mit Basil den dunklen Tunnel zwischen den beiden Wäldern durchschritten hatte. Ein feiner weißer Dunst stieg auf, Millionen und Abermillionen von Wassertröpfchen, in die die Sonne einen Regenbogen zauberte, der sich anmutig über dem felsigen Abgrund wölbte.
Jetzt, in der Nähe der Fälle, war der Lärm ohrenbetäubend. Olwin rief Old Bark etwas zu, das Bramble nicht verstand, und dann warf er den Käfig mit Bumble und Cabbage achtlos zu Bo-

den und ging auf den Rand des Abgrunds zu. Old Bark schüttelte den Kopf und sprach, dann zögerte er und drehte sich nach den Gefährten um.
Plötzlich begriffen die Freunde, welch teuflischen Plan Olwin ausgeheckt hatte. Sie weinten und liefen alle zu dem großen silbernen Bären.
Er stand ruhig da, in seinem Pelz funkelten Wassertröpfchen, so daß er ganz von Licht umgeben schien.
»Beruhigt euch!« rief er laut über das Tosen hinweg.
»Wir wollen Euch nicht verlieren«, weinte Branch. Tränen strömten über ihr Gesicht.
»Was sollen wir ohne Euch tun? Gegen Olwin können wir nichts ausrichten«, sagte Basil.
»Olwin kann euch nicht besiegen«, entgegnete der Bär. »Seine Kräfte sind gegen eure Rechtschaffenheit und Güte machtlos.«
»Aber er hat die Kinder! Und will Euch die Fälle hinunterstürzen«, rief Basil und deutete auf den Abgrund.
Old Bark blickte auf die weiße Gischt, die über den tosenden Fällen hing.
»Das bedeutet nichts. Olwin kennt die Fälle nicht, sonst würde er nicht tun, was er plant. Und die Kinder werden gerettet. Ihr müßt mir vertrauen, ganz gleich, was geschieht, denkt nur an eins: Alles wird gut werden. Das müßt ihr euch immer wieder sagen. Vergeßt es nie, und vertraut mir.«
Irgend etwas im Wesen des Bären beruhigte die Tiere. Und als Old Bark langsam auf Olwin zuging, waren sie immer noch voller Entsetzen, aber sie wiederholten ständig, was der Bär ihnen gesagt hatte.
Als Old Bark vor Olwin stand, schrie der Rotbärtige ihn mit blitzenden Augen an.
»Endlich habe ich Euch besiegt, Verräter! Jetzt seid Ihr mir ausgeliefert, und Euer Ende wird kurz und schmerzlos sein. Ich hätte Euch anders behandeln können, aber ich bin gerecht, selbst meinen Feinden gegenüber.«
»Ihr habt mich nicht besiegt, Bruder. Wir haben nicht gekämpft.«

Olwins Gesicht rötete sich vor Zorn.
»Ihr habt mich mein ganzes Leben lang bekämpft«, schrillte seine Stimme. »Nie war ich von Euch frei. Ihr ward daran schuld, daß meine Armeen unverrichteter Dinge aus dem Dornenwald zurückkehren mußten. Doch jetzt habe ich allein vollbracht, was nicht einmal sie geschafft haben. Und es ist zu spät, Euer Schicksal zu beklagen, Ihr elender Schuft! Ihr kennt Eure Schuld, genausogut wie ich.«
»Ich habe keine Schuld auf mich geladen, was Euch betrifft, Bruder, denn ich habe niemals die Hand gegen Euch erhoben.«
»Und wer trug dann die Schuld? Beantwortet mir diese eine Frage, ehe ich Euch in den wohlverdienten Tod schicke.«
»Der Wahre König.«
»*Ich* bin der Wahre König!« heulte Olwin. »*Ich* bin es.«
Bramble war von Todesangst ergriffen. Er konnte nicht verstehen, was gesprochen wurde und sah nur den Käfig mit seinem Sohn und Cabbage, der gefährlich nahe am Abgrund lag.
»Satan!« gellte Olwin. »Jetzt werdet Ihr meine Rache spüren!«
Er ging drohend, das jetzt dunkle Schwert Erinoults gezückt, auf Old Bark zu und zwang ihn immer näher zum Abgrund hin.
»Verschwindet!« schrie Olwin und sprang nach vorn.
Old Bark lächelte, trat einen Schritt zurück und verschwand in der Tiefe. Unfähig, sich zu bewegen, beobachteten die Tiere das grausige Schauspiel.
Olwin drehte sich zu ihnen um. Wahnsinn stand in seinen Augen.
»Jetzt bin ich der Wahre König!« schrie er. »Der Herrscher des Dornenwaldes!«
Bramble wollte gerade zum Sprung ansetzen, um seinen Sohn und Cabbage vor dem drohenden Tod zu retten, als ein grauer Schatten aus dem Nichts auftauchte und direkt auf Olwin zuflog.
»Bumble!« schrie Branch und schnellte nach vorn.
Die Kinder, die bis dahin vor tödlichem Entsetzen geschwiegen hatten, schrien laut auf.

Plötzlich waren sie allein, auf diesem grünen Plateau. Die Freunde eilten auf den Käfig zu und befreiten die Kinder.
Während Branch noch an dem Schloß des Käfigs herumtastete, kroch Bramble vorsichtig zum Abgrund und streckte die Nase vor. Unten tosten die gewaltigen Wassermassen, Gischt stob schäumend wirbelnd empor und näßte das Gras. Er zitterte innerlich, denn aus diesem Hexenkessel der Elemente kam niemand mehr lebend heraus.
Auch Blackpaw und Stump beugten sich über den Rand, doch Bramble schüttelte nur den Kopf.
»Könnte er sich gerettet haben?« fragte Stump. Aber als er die tobenden Wasser sah, wußte er, wie sinnlos seine Frage war.
»Was ist mit Olwin geschehen? Hat ihn jemand in den Abgrund gestoßen?« fragte Acorn, der sich zu ihnen gesellt hatte.
»Ja. Der große Wolf, der uns in Erinoults Gemach angegriffen hat«, antwortete Bramble. »Er ist uns ständig gefolgt.«
»Und hat Olwin den Garaus gemacht«, fiel Morley ein, Bewunderung in der Stimme. »Ich frage mich, warum er das getan hat? Schließlich war er ein Verbündeter des Rotbärtigen.«
»Vielleicht nicht mehr. Vielleicht wollte er sich an Olwin rächen, weil sein Volk so schlecht behandelt wurde.« Blackpaw schwieg und dachte einen Augenblick nach. »Ich kann mich erinnern, daß Olwin sagte, der Anführer der Wölfe sei ihm nicht gut gesonnen.«
»Doch das beantwortet noch immer nicht die Frage, was mit Old Bark geschehen ist.« Bramble schüttelte traurig den Kopf, Tränen standen in seinen Augen.
Granny, die jetzt ebenfalls gekommen war, warf einen Blick in den Abgrund und sagte dann: »Die Kinder sind in Sicherheit, und von Olwin haben wir auch nichts mehr zu befürchten. Das ist doch wieder ein Anfang.«
»Eben erst haben wir Old Bark kennengelernt und schon wieder verloren«, meinte Basil.
»Jetzt weiß ich, warum Gruff nie viel von diesen Dingen hier ge-

redet hat«, sprach Granny weiter. »Man kann seine Gefühle überhaupt nicht beschreiben.«
Endlich war es Bumble gelungen, sich aus den Armen seiner Mutter zu entwinden.
»Ist dieser alte Wolf tot?«
»Und Olwin auch?« fragte Cabbage. Seine Neugierde hatte seine Furcht besiegt.
Beryl drückte ihren Sohn zärtlich an sich.
»Du brauchst vor den beiden keine Angst mehr zu haben«, sagte sie. Auch ihr standen die Tränen in den Augen.
Sie wandte sich von dem Abgrund ab, dort war der große silberne Bär einen schrecklichen Tod gestorben.
»Ich will das nicht mehr sehen. Es ist entsetzlich. Immer muß ich an ihn denken.«
»Ja. So geht es mir auch«, sagte Bramble. »Ich träumte so oft von diesen Orten und hatte viel über sie in unseren Büchern der Weisheit gelesen. Die Wasserfälle, Dornenwald, sie hatten einen ganz besonderen Zauber für mich, ja sie schienen verzaubert zu sein.« Der Otter lächelte traurig. »Und nun mußte das geschehen.«
»Sollten wir nicht versuchen, abzusteigen? Dann können wir nach ihm suchen«, sagte Blackpaw und starrte hoffnungslos in die brodelnden Wassermassen.
Stump nickte.
»Ja. Das sollten wir tun. Es hat keinen Zweck, hier noch länger zu bleiben. Vielleicht finden wir einen Ort, wo wir uns niederlassen können, bis wir entschieden haben, wie es weitergehen soll.«
»Wenigstens brauchen wir uns um Unterkunft keine Sorgen mehr zu machen, und Nahrung gibt es auch im Überfluß. Endlich können wir in Frieden leben, ohne Mörderwölfe und Menschen.«
Basil strich sich nachdenklich mit der Pfote über die Schnurrhaare und runzelte die Stirn.
»Irgendwie kommt mir das alles zu einfach vor, nach dem, was wir durchgemacht haben.«

»Wie lange ist es her, seit das Abenteuer bei Granny angefangen hat?« fragte Morley. »Erst diese Mörderwölfe, dann die Menschen und Olwin.«
»Und dann kam Old Bark«, sagte Blackpaw. »Nur haben wir ihn leider nie richtig kennengelernt.«
»Aber wir haben ihn wenigstens gesehen«, meinte Bramble, »Und wir *wissen* jetzt, daß er niemals ein Tier umbringen könnte, wie immer von ihm behauptet wurde.«
»Nein, *er* würde nicht töten«, bekräftigte Branch. »Das geht alles auf das Konto der Mörderwölfe. Sie müssen schon lange, ehe wir es auch nur ahnten, dagewesen sein.«
»Ja. Und hinter dem Ganzen, dem Morden, Niederbrennen und der Verwüstung steckte einzig und allein Olwin«, schloß Bramble. Er blickte gedankenverloren über die Weite dieser grandiosen Landschaft: die Wasserfälle in ihrer Majestät – denn die besaßen sie, trotz des Schreckens, den die Tiere bei ihrem Anblick verspürten – und dahinter sanftgeschwungene Hügelketten, bedeckt mit uralten Bäumen.
»Es ist ein Jammer«, sagte Beryl. »Unser Wald verbrannt, unsere Häuser zerstört . . . und wenn ich erst an all die anderen armen Geschöpfe denke, die dort lebten . . .« Ihre Stimme verlor sich.
»Aber Olwin hat bitter dafür bezahlt«, meinte Morley und blickte noch einmal schaudernd in den Abgrund.
Blackpaw schritt unruhig auf und ab. Schließlich ließ er sich schwer ins Gras fallen.
»Ich weiß nicht, warum es so ist«, sagte er endlich, »aber es tut mir leid. Und die Mörderwölfe auch.«
»Ja, das sind wirklich seltsame Gefühle«, stimmte Bramble zu. »Doch mir geht es genauso. Olwin war sicher ein ganz übler Patron – er schreckte nicht einmal davor zurück, Bumble und Cabbage für seine Zwecke zu mißbrauchen, und schließlich hat er noch Old Bark in den Tod getrieben.«
Bramble schwieg abrupt.
»Ja, tat er das denn wirklich?« fragte er dann. »Ich hatte das Gefühl, Old Bark fürchtete sich vor Olwin überhaupt nicht, und

er versuchte, uns etwas mitzuteilen. Ich kann nicht glauben, daß er tot ist.«
Blackpaw schüttelte den Kopf.
»Das möchte ich auch gern glauben, mehr als alles andere. Aber diese Hoffnung ist einfach absurd und erweckt Old Bark nicht wieder zum Leben.«
»Vielleicht hast du recht«, sagte Morley. »Trotzdem halte ich an meiner Hoffnung fest. Es wäre ja möglich, daß wir ihn finden, wenn wir flußabwärts suchen.«
»Es ist unmöglich, dort hinunterzusteigen«, gab Bramble zu bedenken. »Die Felsen sind naß und glitschig. Wir würden alle wie unser Freund enden.«
»Was denkst du, Granny? Hast du irgendwelche Vorschläge?«
Die alte Dächsin runzelte die Stirn.
»Ideen hätte ich schon, aber sie kommen mir alle ziemlich sinnlos vor. Wenn ich recht überlege, wäre es am besten, hinter Old Bark herzuspringen. Das würde meinen alten Knochen guttun. Sie sind so müde.«
»Das verbiete ich dir«, sagte Stump erschreckt. »Ich will nicht der Älteste der Gruppe sein.«
Granny blickte ihren Freund lange an.
»Altes Haus, du findest immer die passenden Worte, nicht wahr? Mach dir darüber keine Gedanken. Noch springe ich nicht.«
»Es muß doch einen Weg hinunter geben«, überlegte Bramble. »Wie wäre sonst der Mörderwolf hierhergekommen?«
Der Otter blickte prüfend in alle Richtungen. Die Waldränder bewegten sich sanft in der leichten Brise; um ihn herum gab es nichts Ungewöhnliches, überall herrschten Frieden und Stille. Und doch war da irgend etwas.
Plötzlich wurde er hellwach und starrte auf die dunklen Schatten der Bäume.
Hatte sich dort etwas bewegt?
Ohne sich umzudrehen, redete er leise mit Stump.
»Sieh mal unauffällig zu dieser großen Ulme dort hin. Ich bin mir nicht ganz sicher, aber ich glaube, eine Bewegung dort entdeckt zu haben. Obwohl ich überzeugt bin, daß uns in Old

Barks Reich kein Leid geschehen kann, müssen wir auf der Hut sein.«

Kaum hatte er ausgesprochen, als vom Waldrand her ein Schrei ertönte, der ihnen allen das Blut in den Adern gefrieren ließ. Und dann stürmten in Riesensätzen mehr als hundert Mörderwölfe auf die Tiere zu, mit hängenden Lefzen, die ihre dolchartigen gelben Fangzähne enthüllten.

»Springt!« rief eine schwache, sehr entfernt klingende Stimme.

Bramble warf einen Blick auf das schäumende Tosen unter ihm.

»Springt! Springt um euer Leben!« erklang die Stimme wieder.

Der Otter blickte zurück. Die Wölfe waren nur noch einige Meter entfernt.

»Auf denn!« schrie Bramble und griff nach seinem Sohn, ehe er sprang.

Er hielt den Atem an, spürte, wie er fiel, ganz leicht und sanft drehte er sich in der Luft, und Bumble quietschte vor Vergnügen. Während er sich drehte, sah er seine Freunde: Auch sie wurden, wie von einer sanften Brise, Federn gleich, durch die Luft getragen.

Und dann folgte ein ohrenbetäubender Donner und der Aufprall, das Gefühl eiskalten Wassers, und dann nichts als eine sanfte, weiße Stille.

40. Ein gemütliches Arbeitszimmer

Wie lange sie bewußtlos gewesen waren, niemand wußte es. Vielleicht hatte es nur eine Sekunde gedauert oder Jahre.

Doch später stellte Bramble fest, daß alle ein ungeahntes Glücksgefühl durchströmt hatte, während sie, Vogelfedern gleich, über dem Abgrund schwebten. Alle Sorgen waren verschwunden, alle Fragen beantwortet, einfach, weil es sie nicht länger betraf. Bramble mußte lachen, und seine Freunde stimmten in das Gelächter ein. Selbst das eiskalte Wasser war erfrischend gewesen und ließ sie an ihre zugefrorenen Teiche an sonnigen Winter-

morgen denken, wo der Schnee, wie mit Tausenden von Edelsteinen bestückt, funkelte.
Dann erinnerte sich der Otter an diese sphärenhafte Musik – er hatte sich noch gewundert, warum jetzt nicht das Tosen des Wassers zu hören war. Doch die Musik wurde lauter; Hörner erklangen, als ob sie ihre Ankunft ankündigten.
In diesem Moment zwinkerte Bramble mit den Augen und sah sich um.
Er saß auf einem Rasen, der an einen kleinen Teich grenzte. Spielerische Wellen kräuselten dessen Oberfläche. Ein sanfter Wind strich durch die Bäume und bewegte raschelnd die Blätter. Breite Streifen Sonnenlichts fielen durch die Baumkronen und ließen das Wasser golden aufblitzen. Wohlig spürte er die Wärme auf seinem Pelz.
Er wollte gerade aufstehen, als er Branch und Bumble im klaren Wasser des Teichs auf sich zuschwimmen sah. Nicht weit von ihm entfernt lagen Morley und Stump friedlich schlafend in der Sonne.
Die Eichhörnchen riefen ihm vom Ast einer großen Eiche aus zu: »Sieh nur, Bramble! Hier brauchen wir keine Wintervorräte mehr anzulegen«, und ließen ein Dutzend Eicheln sorglos zu Boden fallen.
»Und es riecht überhaupt nicht mehr nach Winter«, meinte Ash.
Bramble hob schnuppernd die Nase, und der köstliche Duft des Spätherbstes lag in der Luft. Aus keiner Richtung kündigte sich dieser kalte, verhängnisvolle Geruch eines Drachenwinters an.
»Wo sind wir?« fragte er sich, und Granny, die jetzt neben ihm stand, beantwortete seine Frage.
»Unterhalb der Wasserfälle, wenn mich nicht alles täuscht. Selbst Gruff ist nie so weit gekommen.«
»Aber was ist geschehen? Warum sind wir nicht ertrunken?«
»Das glaubte ich auch. Es ist Zauber. Nur jene, die reinen Herzens sind, wagen es, diesen Weg zu gehen.«
»Ich hätte geschworen, daß wir alle untergehen«, sagte der Otter und schüttelte ungläubig den Kopf.

»Das würde jeder denken, ohne zu wissen, daß hinter diesen grauenerregenden Wasserfällen der lieblichste aller Orte verborgen liegt.«
Blackpaw, bis auf die Knochen durchnäßt, eilte den Freunden entgegen. Er schüttelte sich und machte alle naß.
»Einfach phantastisch!« rief er, »obwohl ich nicht der beste Schwimmer bin und meine Künste lieber in der Erde ausübe.«
»Er scheint ja geradezu sensibel zu werden«, meinte Stump spöttisch und stand auf.
»Kommen wir zu spät zum Tee?« fragte Morley, der zwar die Augen offen hatte, aber noch immer träumte.
»Tee! Tee! Du Träumer, wovon redest du überhaupt? Wie kannst du mich nur so quälen?« beklagte sich Stump. »Ich weiß gar nicht mehr, wie so etwas schmeckt.«
Bumble hatte jetzt das Ufer erreicht und lief aufgeregt von einem zum anderen. Cabbage kam bald nach, und dann stieg auch Branch lachend aus dem Wasser.
»Sie haben das Schwimmen noch nicht verlernt.«
»Nein, wie könnten sie auch. Ihre Väter haben es ihnen schließlich beigebracht«, gluckste Basil. »In dieser Hinsicht sind Bramble und ich immer noch für ein paar Überraschungen gut.«
»Glaubst du, Old Bark meinte diesen Ort, als er so geheimnisvolle Andeutungen machte?« fragte Bramble, ohne auf den Scherz des Bibers einzugehen. »Er sagte, daß wir uns keine Sorgen zu machen brauchen und daß den Kindern nichts geschehen würde.«
»Das stimmt«, bestätigte Branch.
»Also heißt das, wir treffen ihn wieder. Wo immer das auch sein mag«, meinte Basil.
»Aber wir sind alle müde und sollten erst einmal ausruhen, ehe wir weitergehen«, schlug Basil vor. »Wenn wir geschlafen haben, können wir eine Entscheidung treffen und sehen, was zu tun ist.«
Doch da glaubte Stump, eine Bewegung im Wald hinter sich entdeckt zu haben.
»Da ist etwas!« rief er und deutete auf die Stelle.

Doch nichts als das Gesumm der Bienen, die Blumen umschwärmten, war zu hören. Aus der Tiefe des Waldes drang der Gesang eines Vogels. Der Frieden schien ungetrübt.
»Wir sind alle völlig erschöpft«, meinte Bramble. »Nach einem Nickerchen wird es uns besser gehen.«
»Ich kann jetzt nicht schlafen«, gab Stump unwillig zurück. »Irgend jemand muß hiersein und uns beobachten.«
Er machte eine Pause und dachte nach.
»Ich weiß, daß Old Bark und ebenso Olwin und dieser Mörderwolf die Fälle hinunterstürzten. Mir passierte dasselbe . . . Ich kann mich des Gedankens nicht erwehren und glaube, daß sie jetzt alle hier sind.«
»Old Bark zu treffen würde mir nichts ausmachen«, sagte Morley. »Ja, ich würde mich freuen. Denn hier könnte er endlich mit Olwin abrechnen.«
»Gut. Dann gehen wir weiter und suchen nach ihm«, beschloß Blackpaw. »Es hat keinen Zweck hierzubleiben, ehe wir nicht wissen, was aus Olwin und den Mörderwölfen geworden ist. Je eher wir Old Bark finden, um so schneller kommen wir zur Ruhe.«
»Vielleicht war das ja Old Bark, dahinten im Wald«, sagte Morley. »Ich konnte nichts erkennen.«
»Es hat genausogut der Wolf oder Olwin sein können.«
»Hoffentlich nicht, Basil«, entgegnete der Otter. »Doch jetzt haben wir nur noch eine Möglichkeit. Folgen wir Stumps Nase. Mal sehen, wohin er uns führt.«
»Dann also los«, murrte der Maulwurf. »Ich habe diese Reise allmählich gründlich satt.«
Bramble stand auf und blickte sich noch einmal nach den schrecklichen Wasserfällen um. Doch er konnte nichts als einen blaßblauen Himmel mit zarten rosa Wölkchen und den Saum des Waldes erkennen.
»Das ist wirklich ein seltsamer Ort«, murmelte er mehr zu sich selbst. »Viel seltsamer noch, als in meinem Buch der Weisheit beschrieben.«
Und dann sah er sich wieder in seinem gemütlichen Arbeits-

zimmer sitzen, vor ihm das Buch der Otterweisheit, und auf die leeren Seiten starren, die ihm so eindringlich bewußt machten, daß er niemals ein Abenteuer erleben würde, das wert sei, in dieses Buch geschrieben zu werden. Und nun war sein Buch in Grannys altem Haus verbrannt, und er steckte mitten in einem so großen Abenteuer, das wohl nie enden würde. Aber so war es ja immer mit diesen Geschichten. Plötzlich wurde man – ohne es zu wollen – in sie verstrickt, und dann waren sie plötzlich ohne ersichtlichen Grund zu Ende.

Doch alle diese Gedanken waren dem Otter jetzt zu anstrengend.

Und er dachte gerade an gar nichts mehr, als er einen silbergrauen Schatten durch die Bäume vor sich huschen sah.

Bramble hatte kaum noch Zeit, die kleine Tür, die sich vor ihm öffnete, zu bemerken, und seine Überraschung war komplett, als er sich selbst in einem niedrigen gemütlichen Arbeitszimmer wiederfand. Dort saß Old Bark vor einem Kamin, lachte glucksend vor sich hin und bedeutete Bramble, sich neben ihn auf eine geschnitzte grüne Bank zu setzen, die die Gestalt eines fliegenden Schwans hatte.

41. Das Ende des Abenteuers

»Komm, setz dich, mein Freund. Wir wollen ein wenig reden und Neuigkeiten austauschen.«

Old Bark sprach leise, und einen Augenblick lang war Bramble versucht, herauszufinden, wie er hierhergekommen war. Aber er ließ es schnell sein und setzte sich, wie ihm geheißen.

»Was euch geschah, ist diesseits der Wasserfälle nicht ungewöhnlich, obwohl es euch ziemlich überrascht hat, wie ich annehme.«

»Eigentlich nicht«, zwitscherte Bramble, der sich plötzlich wieder sehr sehr jung vorkam. Ein warmes Gefühl durchströmte ihn. »Wir hatten uns schließlich daran gewöhnt. Und wir kannten Olwin.«

»Olwin«, sagte der Bär in Gedanken versunken. »Ja, mein Bruder Olwin ist jemand, der einen schon wankelmütig werden lassen kann.«
»Ist er auch hier?« fragte der Otter.
»Olwin? Nein, alter Junge. *Er* darf hier nicht leben. Er könnte es, wenn er seinen wahnwitzigen Plan, der Wahre König zu werden, aufgäbe.«
»Und dieser Mörderwolf, der mit ihm in die Tiefe stürzte?«
»Die arme Seele. Er ist in seine Heimat zurückgekehrt, um ein Leben ohne Olwin zu führen.«
»Das freut mich«, sagte Bramble. »Ich habe Angst vor den Wölfen, und sie sind nicht gerade angenehm, aber ich bin froh, daß die Ordnung wiederhergestellt wurde.«
»Nun, das ist noch nicht sicher«, sagte der Bär. »Viele Dinge wurden durch Olwins unglückliches Eingreifen verändert, aber im ganzen gesehen sind die Dinge jetzt wieder normal.«
»Heißt das, daß wir jetzt am Ende unserer Reise angelangt sind?« fragte Bramble.
Old Bark lächelte.
»Wie fühlst du dich?«
»Ganz ruhig jetzt. Doch noch vor ein paar Minuten, ehe ich hierherkam, war ich besorgt. Ich ging durch diesen seltsamen Wald und suchte nach Euch.«
»Siehst du, hier brauchst du nur etwas zu denken, und schon ist es geschehen«, antwortete der Bär. »Du hast an mich gedacht, und wir sitzen zusammen und plaudern.«
Bramble machte große Augen.
»Ich bin also nur hier, weil ich es mir vorgestellt habe?«
»Genauso ist es. Ich habe schon netten Besuch gehabt, ehe du kamst.«
»Branch? Und Bumble?«
»Ja, Branch. Und Bumble und ich haben immer sehr viel Spaß zusammen.«
Bramble schüttelte den Kopf. »Das verstehe ich nicht.«
»Das wirst du schon, wenn du dich erst einmal daran gewöhnt hast. Im Grunde ist es ganz einfach.«

»Aber wie wird es jetzt weitergehen?«
»Wie möchtest du denn, daß es weitergeht?« fragte Old Bark.
»Nun, ich möchte gern wieder in meinem Schaukelstuhl sitzen, mir die Pfoten vor einem Feuer wärmen, etwas Heidelbeertee trinken und dazu von Grannys Keksen essen und dann über unser großes Abenteuer plaudern.«
»Und weiter?«
»Und dann möchte ich alles aufschreiben, weil die Mörderwölfe unser altes Buch der Otterweisheit verbrannt haben.«
»Wünschst du dir noch etwas?«
»Nun«, meinte der Otter nachdenklich. »Ich wünsche mir, daß Bumble gesund bleibt und stark wird und sich später einmal in unserer Nähe am Fluß niederläßt.«
Er unterbrach sich plötzlich.
»Das heißt, an ganz gleich welchem Fluß, solange sein Wasser nur süß und klar ist und man genügend Ausflüge machen kann, damit keine Langeweile aufkommt.«
»Und was ist mit all den Dingen, die du gesehen hast? Quälen sie dich nicht?«
»Nein, ich glaube nicht«, antwortete Bramble. »Ich werde darüber in mein Buch der Weisheit schreiben, dann kann es später jemand lesen.«
»Und die Menschen?«
»Bisher hatte ich nur mit Olwin zu tun, und er gefiel mir nicht besonders.«
Bramble hörte Old Bark lachen und blickte erstaunt auf. Wo der Bär gesessen hatte, saß jetzt ein großer, stattlicher Mann, der Olwin sehr ähnlich war, nur trug er einen langen silberweißen Bart und hatte strahlende graue Augen.
»Ich kann dich nicht gehen lassen, wenn du nur Olwin kennengelernt hast«, lachte der Mann, doch seine Stimme war noch immer die Old Barks.
»Olwin war sehr überrascht, als wir von Euch als einem Bären sprachen«, sagte der Otter. »Er behauptete, Ihr wärt ein Mensch.«
»Nun«, sagte Old Bark, schüttelte sich und hatte wieder die Ge-

stalt des Bären angenommen. »Ich bin beides, ziehe aber manchmal die andere Form vor. Das ist sehr praktisch.«

»Lebt Ihr hier, diesseits der Wasserfälle?«

»Manchmal, mein Freund. Ich lebe an vielen Orten.«

Bramble schüttelte den Kopf.

»Das ist alles so verwirrend. Ich bin hier und kann es kaum fassen. Jetzt ergeben diese seltsamen Begebenheiten erst einen Sinn.«

»Ich glaube, jemand ruft nach dir, Bramble«, sagte Old Bark und lauschte angestrengt.

»Du gehst jetzt besser. Wir werden uns noch oft treffen. Aber nun muß ich von dir Abschied nehmen.«

Old Bark stand auf und lächelte Bramble zu. Da fing der Otter plötzlich an zu weinen, obwohl er nicht unglücklich war. Noch ehe er seine Tränen trocknen konnte, sah er sich um, und da saßen alle seine Freunde in einer gemütlichen Küche, so wie seine eigene gewesen war, oder zumindest eine seiner sehr ähnlichen. Branch war da, mit Bumble auf ihrem Schoß, und daneben saßen Basil und Beryl. Cabbage turnte um die Stühle herum. Der kauzige Maulwurf schimpfte wie eh und je. Granny saß neben den Eichhörnchen, und auch Blakpaw und Morley fehlten nicht.

»Das war die schönste Geschichte!« rief Branch aus.

»Bravo!« applaudierte Morley.

»Und wo war der Schatz?« zwitscherte Bumble.

»Und die alten Drachen?« fragte Cabbage.

»Wo war der Schatz?« schimpfte Granny. »Gruff hätte sich eine Drachenhorde halten sollen, das hätte euch Kinder glücklich gemacht.«

»Ich glaube, der größte Schatz ist dies«, sagte Bramble. »Einfach mit seinen Freunden am Feuer zu sitzen.«

Er blickte auf seinen Schoß, und da lag ein dickes Buch der Weisheit, mit vielen Landkarten, Zeichnungen von Mörderwölfen, Menschen und Armeen. Tief in Gedanken runzelte er die Stirn. Da war auch eine Zeichnung, die ihn an einen Wasserfall erinnerte.

Und auf der letzten Seite war ein Bär gezeichnet. Er saß in einem gemütlichen Studierzimmer auf einer Bank, die die Form eines Schwans hatte. Am anderen Ende der Bank saß ein zierlicher Otter.
Brambles Gedanken überschlugen sich.
Er blickte noch einmal in die Runde, und alles schien genauso zu sein – und doch verändert. Seine Freunde saßen da, die Sonne schien, und es gab keine Zeichen eines nahenden Winters. Er versuchte sich zu erinnern, warum sie alle zusammengekommen waren.
Drohte ein Drachenwinter?
Draußen im Garten blühten Blumen; er wußte gar nicht mehr, was das zu bedeuten hatte: ein Drachenwinter.
»Nun, wir haben ja alles besprochen«, sagte Morley und erhob sich steif, als hätte er lange Zeit gesessen. »Ich glaube, ich mache mich jetzt an den Frühjahrsputz. Es gibt noch viel zu tun, ehe ich mein Boot zu Wasser lassen kann.«
»Ich muß nach meinen Kohlpflänzchen schauen«, schnaubte Stump. »Erst wollten sie nicht angehen, aber mit dem anhaltend schönen Wetter haben sie sich gefangen.«
»Brauchst du Hilfe, Granny?« fragte Branch.
»Ich helfe dir beim Keksausstechen«, bot Bumble an.
»Ich auch«, rief Cabbage.
»Ach, ihr beiden, verschwindet jetzt. Ihr habt jeder wenigstens ein Dutzend Kekse verschlungen, während ihr Brambles Geschichte zugehört habt.«
»Das war sehr schön, Bramble«, sagte Blackpaw und stellte sich neben den Otter, der immer noch gedankenverloren auf den Wald hinter der Hecke starrte.
Hatte er am Waldesrand dort wirklich eine silbergraue Gestalt gesehen?
Es mußte so sein.
Eine Gestalt, die der in dem Buch, das auf seinem Schoß lag, sehr ähnelte.
Wie Bramble sich später erinnerte, begannen Abenteuer immer urplötzlich, und oft endeten sie auf dieselbe Weise. Und trotz-

dem war er überzeugt, Old Bark dort bei den sieben Eichen an der kleinen Lichtung gesehen zu haben.
Ich werde den Bären suchen, dachte er, und ihn fragen, was das alles zu bedeuten hat. Doch tief im Innersten wußte er, daß alle seine Fragen schon beantwortet waren.
»Nun«, sagte er, hielt seiner Frau die Pfote hin und winkte Granny zum Abschied, während er in den sonnendurchfluteten Garten trat, »das wird aber ein wunderschöner Frühling.«
»Das ist nach einem Drachenwinter immer so«, erklang eine Stimme, und Bramble erschrak.
Das war Old Bark!
Er wirbelte herum, sein Herz klopfte. Doch nur Branch und Bumble standen neben ihm.
Und es wurde in der Tat einer der schönsten Frühlinge, den die Tiere je erlebt hatten. Und sie lebten jetzt jenseits des Winters und aller Gefahren, bis der Bär kam und sie in die höheren Regionen jenseits der Wasserfälle geleitete.
Brambles Geschichte wurde immer länger, und selbst jetzt ist sie noch nicht zu Ende, nicht bis zu dem Tag, an dem wir alle zusammen in Grannys gemütlicher Küche sitzen und sie vorgelesen bekommen und dabei auf die Rückkehr des großen silbernen Bären warten.

Knaur®

Taschenbücher

Bd. 1

ISBN 3-426-01230-8

Bd. 2

ISBN 3-426-01231-6

Bd. 3

ISBN 3-426-01232-4

Bd. 4

ISBN 3-426-01233-2

Dieser insgesamt 4 Bände umfassende Romanzyklus spielt in der wunderbaren Welt Windameirs und seiner Reiche Cypher und Atlanton. Er erzählt die Geschichte von Broko, dem Zwergenfürsten, und seiner Gefährtin, dem Bären Bruinlen und dem Otter namens Olther, wie sie ausziehen und die Krone Windameirs retten.

Knaur

Taschenbücher

Band 1032
256 Seiten
ISBN 3-426-01032-1

White hat das Bild einer phantastischen und bizarren Welt entworfen, zwischen Friedfertigkeit und lebensbedrohender Aggressivität – sie ist unschwer als die unsere zu erkennen. Visionen und scharfsinnige Beobachtungen, die ihn während des Zweiten Weltkriegs heimsuchten, sind in dieses Meisterwerk der Fantasy-Literatur eingegangen. Fantasy heißt für White: die Überwindung einer Armut an Imagination – heißt aber auch: Ekel, Zorn und Empörung gegen die Welt des Roboters, gegen jede totalitäre Bedrohung. Das große Thema dieses Buches aber heißt Krieg und wie er gestoppt werden kann.